書下ろし

夢《ゆめ》胡《こ》蝶《ちょう》

羽州ぼろ鳶《とび》組⑥

今村翔吾

目次

【登場人物紹介】

新庄《しんじょう》藩火消《ひけし》《羽州《うしゅう》ぼろ鳶《とび》組》

頭取《とうどり》　松永源吾《まつながげんご》

源吾の妻　深雪《みゆき》

源吾の息子　平志郎《へいしろう》

頭取並《なみ》　鳥越新之助《とりごえしんのすけ》

壊し手組頭《くみがしら》　寅次郎《とらじろう》

纏番《まといばん》組頭　彦弥《ひこや》

風読み　加持星十郎《かじせいじゅうろう》

一番組組頭　武蔵《たけぞう》

新庄藩

御城使《ごじょうし》　折下左門《おりしもさもん》

江戸家老《がろう》　北条六右衛門《ほうじょうろくえもん》

御連枝《ごれんし》　戸沢正親《とざわまさちか》

加賀鳶《かがとび》

頭取　大音勘九郎《おおとかんくろう》

町火消に組

組頭　辰一《たついち》

仁正寺《にしょうじ》藩火消

頭取　柊与市《ひいらぎよいち》

麹町定《こうじまちじょう》火消

日名塚要人《ひなづかかなめ》

本荘《ほんじょう》藩火消
鮎川転《あゆかわうたた》

吉原火消
矢吉《やきち》
幸助《こうすけ》
大造《たいぞう》

老中《ろうじゅう》
田沼意次《たぬまおきつぐ》

火付盗賊改方《ひつけとうぞくあらためかた》
長官 赤井忠昌《あかいただまさ》
介添 島田政弥《しまだまさひさ》

妓楼《ぎろう》「醒ケ井《さめがい》」
花魁《おいらん》 花菊《はなぎく》
花魁 時里《ときさと》
禿《かむろ》 おとわ

「大文字屋《だいもんじや》」
下村彦右衛門《しもむらひこえもん》

御三卿《ごさんきょう》一橋《ひとつばし》家
徳川治済《とくがわはるさだ》

元花火師
秀助《ひですけ》（真秀《しんしゅう》）

「夢胡蝶 羽州ぼろ鳶組」の舞台

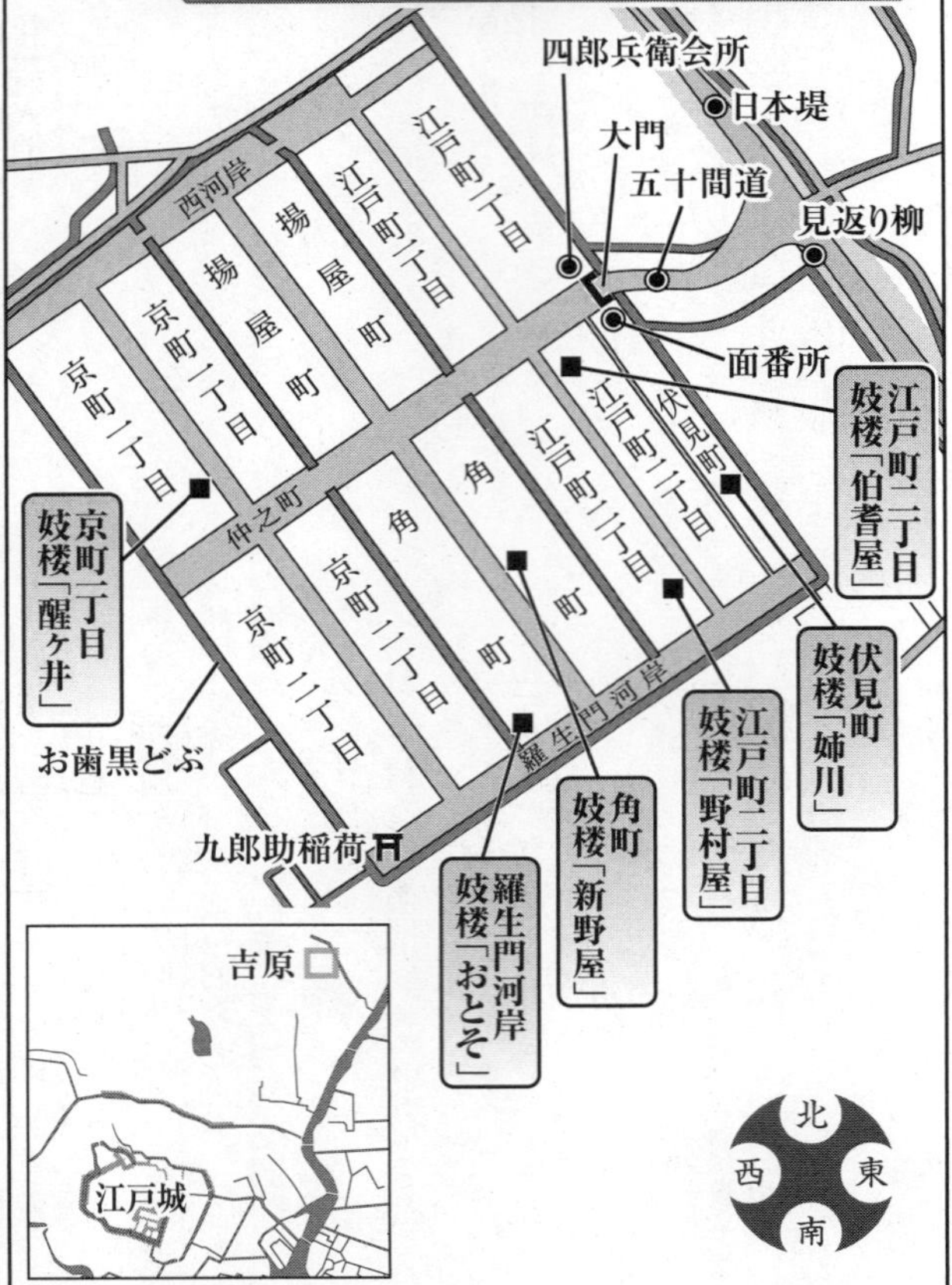

序章

母は出羽《でわ》の冬は美しいと言った。寒さは江戸とは比べものにならず、しんしんと雪が降り積もる。害こそあれど、利は何もなく、大人たちは口を揃《そろ》えて、冬を耐え忍んで訪れる春こそ一番の季節だと言う。

だが江戸で生まれ育った母は雪を見たことはあるが、出羽のような銀世界はそれまで知らず、初めて見た時の感動を忘れられないらしい。その美しさに思わず嗚咽《おえつ》してしまったと、いつの日か微笑《ほほえ》みながら語ってくれた。

己《おのれ》は出羽で生まれたからか、雪にそのような感動は無く、やはり春が好きだった。春になれば皆と野山を駆け巡り、遊べるからである。

元来《がんらい》、人より足が優《すぐ》れていた。駆けっこをすれば同い年の子に負けたことはなかったが、やはり三つ年上の権助《ごんすけ》にはなかなか勝てなかった。

——どうすれば勝てるだろう。

負けず嫌いな性質である。来る日も来る日も走り方を模索した。走り出しでいつも権助に差をつけられてしまう。走っているうちに差を縮めることは出来るのだが、あと一歩のところで追いつけずに負けてしまう。走り出しに工夫をすれば勝てるのではないかと思い、倒れるほど身体を前に傾け、合図とともに曲げていた脚を思いきり後方に蹴り出すようにした。

九歳になった頃、工夫の成果が現れて十二歳の権助にもついに勝った。

権助は悔しかったのか次は木登りで勝負を挑んできた。村の外れにある一本杉のてっぺんに、どちらが速く登れるかというものである。これは初めから己のほうが勝っていた。駆けっこの修練をしているうちに、知らぬ間に脚力が付いたからかもしれない。するすると猿《ましら》のように上り、権助がまだ半《なか》ばのところで木の先に上り詰めた。

この勝負にも負けた権助は、顔を真っ赤《まっか》にして言い放った。

「捨てられた子のくせに」

初めて聞いた。権助は大人たちが陰で己のことをそう呼んでいると言った。

「そんなことはない！」

唾《つば》を飛ばして反論したが、権助は口を尖《とが》らせてさらに罵倒《ばとう》する。

「お前の母は――」

「え……」

これには絶句し、頭を石で殴《なぐ》られたような衝撃を受けた。気が付いたら家に帰っていた。

「今日、権助のやつが私を捨てられた子だと言いました。それに母上を……」

権助の言ったことをそのまま母にぶつけた。否定して欲しい。その一心から。

母の顔が一瞬曇《くも》るのを見逃さなかった。真実が何であるのか、それですぐに悟ってしまった。言葉を探すように黙る母に対し、

「そのようなこと信じていません。権助は負け惜しみで嘘《うそ》を申したのです」

と、笑顔を向け、その場を後にした。

それでようやく解《わか》ったことがある。己には二人の兄がいる。兄同士は至極《しごく》仲がいいのに、どうした訳か二人とも己には冷たくあたるのだ。自分が剣術や勉学に励《はげ》まず、近隣の百姓の子たちと遊んでばかりいるから、怒っているのだと思っていた。

――いや、違う……。

知らぬうちに己の記憶を書き換えていた。よく考えてみれば、二人の兄たちが

冷たくあしらうから、嫌になって百姓の子の輪に混ぜてもらうようになった。だけど国家老《くにがろう》の父は優しくしてくれる。剣術の稽古を怠《なま》けても、叱《しか》られたことは一度も無かった。兄たちはよく叱られているが、己は一度も無い。

――父上は私が一番可愛《かわい》いのだ。

鼻高々《たかだか》だったが、これもよくよく考えてみれば変である。二人の兄と己は、何もかもが違う。顔も確かに似てはいない。これ以上考えるのが怖くなって、布団に潜り込んだ。

権助に勝って変わったことがあった。百姓の子の輪に入れて貰《もら》えなくなったのである。何度誘っても、今日は都合が悪いと避けられてしまう。初めは権助が、

――あいつとは遊ぶな。

と、皆に言ったのだと思った。だがその権助さえも複雑な表情で会釈《えしゃく》して通り過ぎる。己の知らないところで何か力が働いているのだと感じた。

自然、一人でいる時が長くなった。夏が過ぎ、秋が来ても、一人だった。一本杉のてっぺんから遠くを見るようになった。出羽の国を出れば、何か変わるかもしれない。間もなく来るであろう冬の訪れを感じながら、初めてそう思った九歳の秋だった。

それから間もなく疑問は次々に解けていった。兄たちの己への態度も露骨になっていく。己はこの家の子ではない。己は捨てられた子である。皆口には出さぬものの、己の母はこの国の全ての者に蔑《さげす》まれている。それを見返したいと強く願うようになったが、己は三男。立身出世は望めない。

「養子の口を見つけて欲しいのです」

そう父に願い出た。少し困惑した父であったが、己が望むならばそれもよかろうと奔走《ほんそう》してくれた。

養子に入った時に名も改めた。行きつく先を求めて流されるように生きている。そんな己の半生を表した半ば自嘲《じちょう》的な名だった。

養子に出て間もなく母が死んだ。己を出羽に縛《しば》るものは何もなくなった。本当に一人になったのである。そんな時、江戸であるお役目に欠員が出た。この太平の世に多くの者が「討ち死に」した。危険なお役目ではある。だがそれと同時に働き次第では出世も叶う。そして勇敢であれば、己の母を侮《あなど》った者たちを見返せると思った。

誰も就《つ》きたがらないお役目に志願し、江戸に出ることになったのは十九の頃。己の出生の秘密を知り、一人になって十年の歳月が過ぎていた。

江戸に出て役目に励んだ。どうやら己は向いていたらしく、二年もする頃には名も世間に轟《とどろ》き始めた。

——将来はお家の支柱になられる。

などと、あからさまに態度を変えて、すり寄ってくる者も出始めた。だがやはり己は一人だった。

江戸には母の暮らした町がある。鳥籠《かご》のような町である。母がどのような暮らしを送ったのか、知らず知らずのうちに足を運ぶようになった。

この町が己の人生を決めた。そう思うとやるせなく、腹立たしくなり、いつも浴《あ》びるほどの酒を呷《あお》って酩酊《めいてい》して帰る。そんな日々が続くようになった。それでもお役目に支障が出るどころか、怨《うら》みをぶつけるようにより励むようにもなった。お役目に励んでいる時だけは、誰かと共に生きているように思えたから。

ある日、いつもの通り酒を呑《の》み、千鳥足で帰路に就いた。皆が心躍らせるはずの三味線《しゃみせん》の音色が、心を逆撫《さかな》でする。苛立《いらだ》ちながら歩いていると、数名連れ立っていた武士の一人と肩がぶつかった。そのまま行き過ぎようとしたが、そのうちの一人が、

「それでも武士か」

と吐き捨てた時、己の中で何かが弾《はじ》け、気が付けば殴り掛かっていた。多勢《たぜい》に無勢《ぶぜい》、しかもこちらは酔っている。煙草《たばこ》の一服を済ますほどの時も待たずして、往来に大の字で寝そべることになった。散々に殴られたのだ。口内に広がる鉄の味を感じながら、蒼《あお》い空を茫《ぼう》と眺めていた。

——ああ、やはり一人なのだ。

どこまで流れてゆくのか。そしてどこで消え果てるのか。風に流されていく白雲に己を重ね合わせた。灯《ひ》が遮《さえぎ》られて視界が暗くなる。誰かが覗《のぞ》き込んでいた。

「もし……」

女である。酔っ払いの怪我《けが》人に声を掛けるとは酔狂《すいきょう》な女だと思った。

「ああ。生きている」

「何を……」

「喧嘩《けんか》だ」

「それは見れば解ります。今は寝そべって何を？」

変わった女だ。そう思って苦笑した。

「転がっているのさ」

「手当をしますので、うちで転がってはいかがです？」

女はくすりと笑った。女の恰好《かっこう》と話し方が釣り合っていないことに気が付いた。雲はもう見えない。子どものように無邪気に笑う女の顔をじっと見つめ、ぽつりと零《こぼ》した。

「ああ、頼む」

第一章　花の牢獄《ろうごく》

一

――ああ、何で止《や》められないかね。

彦弥《ひこや》はやたら分厚く柔らかいだけの布団《ふとん》に仰臥《ぎょうが》しながら、天井の木目を目でなぞり、隣に寄り添っている女に聞こえないように小さく息を吐いた。

今日は非番だったが、寅次郎《とらじろう》は達《だて》ヶ関《がせき》のところに行く用事があり、信太《しんた》も嫁入《よめい》りする妹のことで何かと忙しい。仕方なく一人で町をふらりと歩いていた時、女に声を掛けられた。名をお種《たね》と謂《い》い、年の頃は二十歳《はたち》を少し過ぎたところか。何でも山城座《やましろざ》の見世物《みせもの》を観に来たことがあるらしく、自分を贔屓《ひいき》にしてくれていたらしい。

鳶《とび》も務めるようになったことも知っており、一度野次馬《やじうま》の中から声援を送ったとも言っていた。

「これからどこに?」

「今日は暇をしているから適当に町を流そうと……」

正直に言ってしまったのがまずかった。

「近くに美味《おい》しい団子《だんご》屋さんがあるんです。ご一緒にいかがですか?」

一度は断ったものの、お種はぐいぐいと話を進める。結局、共に行くことになった。

そのお種は今、己《おのれ》の腕を枕《まくら》にしてこちらをじっと見つめている。

——姐《あね》さんにこっぴどく叱《しか》られそうだ。

彦弥は視線に気付かぬふりをして、唇《くちびる》を歯でなぞった。お種が割に積極的であったこともあり、水が低きに流れるように酉《とり》の刻(午後六時)までには不忍池《しのばずのいけ》に来た。このあたりは男女が逢引《あいび》きする出合茶屋《であいぢゃや》が多く、今いる場所もその一軒である。

女好きと揶揄《やゆ》されているが、間違っていないのだから仕方ない。結局のところ欲求に負けて、出逢ったばかりのお種と寝ている。

「彦《ひこ》さん」

「ん?」

彦弥は視線を天井から動かさぬまま、気のない返事をした。

「また会って下さいますか？」

――来た……。

女と謂うものは、どうしてこうも判を押したように同じ台詞《せりふ》を言うのか。こうならぬように茶屋に入る前、

「いいかい。男と女ってものは一期一会《いちごいちえ》。今日限りにしよう」

と、釘《くぎ》を刺し、お種もそれこそ粋《いき》というものなどと、もっともらしく答えていたではないか。

「まあ、あれだ……暇があればな。また親父が興行を打つから、暫《しばら》くは鳶との掛け持ちで忙しいけどな」

「いつお暇が？　種が合わせます」

「うん……」

「まずは朝まで。まだ時はございます」

なかなか好色《こうしょく》なことを言うので、流石《さすが》にたじろいでしまった。

お種は出戻りだと言う。十七の時に嫁《とつ》いで一年ほどで三行半《みくだりはん》を突き付けられたらしい。その原因もこのあたりにあるのではないかと、勝手に想像を巡らせ

た。

お種は朝までここにいるつもりらしいが、彦弥は一刻も早く帰りたくなっている。欲情だけで行為に及んだ男は、口にしないだけで皆そう思うのではないか。そう考えることで誰にともなく言い訳をした。

「あ、半鐘《はんしょう》が聞こえる」

嘘《うそ》である。聞こえていないし、そもそも半鐘など鳴ってはいないだろう。

「え……火事ですか?」

「そうらしい」

彦弥はお種の頭から腕を引き抜いて身を起こした。

「私には聞こえませんが……」

「長年火消《ひけし》をやっていると、耳が化物《ばけもの》のように良くなるのさ」

これもまた嘘である。御頭《おかしら》だけが常人《じょうじん》離れした聴力を持っており、鍛《きた》えたところでその域には一生掛かっても届かないに違いない。

「長年って、彦弥さんはまだ四年目じゃ」

お種が己について詳しいことを失念していた。彦弥は後悔を出さぬようにし、何食わぬ顔で返す。

「それほど俺が優《すぐ》れた火消ってことさ」

早くも衣紋《えもん》掛《か》けから半纏《はんてん》を取って袖《そで》を通す。今日は当然ながら火消半纏ではない。町人でも羽織を着用する者はいるが、いずれも金持ちばかりで、彦弥のような者が羽織るといえば薄手の木綿《もめん》半纏である。

「火消番付《ばんづけ》も上がりましたものね」

――こりゃ、いよいよ姐さんにどやされる。

お種は本当によく知っている。そう思えばちくりと胸が痛む。しかし何も無理やり手を出した訳ではないし、今回に限って言えばどちらかというと向こうが誘って来た。

彦弥は臙脂《えんじ》の長手拭《てぬぐ》いを見つめた。昔、冬場になると度々《たびたび》風邪《かぜ》を引いた。

「彦弥さんは薄着だから。首を温めれば風邪を引かないから」

と、幼馴染《おさななじみ》のお夏《なつ》が首巻にとくれたものである。お夏という名のくせに紅葉が好きだから、この色を選んだのだといった。手拭いというものは使っていると端が解《ほつ》れて色褪《あ》せてくる。しかしそれでも使い続ければ、横糸が解れることで縦《たて》糸が締まり、それ以上解れることはない。この首巻代わりの手拭いも最近ではもう解れはしない。お夏に貰《もら》ってもう四度目の冬なのだとそれで実感した。

そのお夏は、もう一人の幼馴染である甚助《じんすけ》と夫婦《めおと》になり甲州《こうしゅう》で田を耕《たがや》して暮らしている。昨年の秋には自《みずか》ら作った米を送ってきてくれた。心の中に燻《くすぶ》っていた火がようやく消えたと思う頃に、今度は手拭いを見てまた思い耽《ふけ》ってしまった。

彦弥は振り払うように頰《ほお》をぴしゃりと叩《たた》くと、布団から見上げるお種に向けて言った。

「金は払っておく。ゆっくりとしていきな」

「はい」

お種の機嫌が急に悪くなったような気がした。恐らく嘘だと分かっているのだろう。お種は少し意地悪そうな口調で続けた。

「その木札《きふだ》。不恰好《ぶかっこう》ね。私の知り合いにいい職人さんが……」

「ほっとけよ」

彦弥は自分でもひやりとするほど冷たく言い残して部屋を出た。お早いことでと笑う主人に無言で金を渡して、外へと踏み出す。東の空に尖《とが》った月が顔を見せている。

「うー、寒い。降るんじゃねえか？」

如月《きさらぎ》（二月）に入ったが夜はまだまだ寒い。月明かりで足元から長く伸びた影も、そのまま凍《い》てついて道に貼りついてしまいそうである。寒気に磨き出されたように、一番星が美しく瞬《またた》いている。先生いわく今年の冬は長くなるそうで、梅と雪が同時に見られるのではないかと言っていたのを思い出した。

彦弥は長手拭いを首にふわりと回し、とぼとぼと歩き出す。

――勝手な野郎め。どれが本当のお前だ。

舌打ちをして自分を責め立てた。

欲に負けてゆきずりの女と寝る自分、長手拭いを見てお夏を思い出す自分、お七《しち》がくれた木札を馬鹿《ばか》にされて怒る自分。どれも真《まこと》であり、どれも嘘に思えて来る。軽業で観衆から喝采《かっさい》を浴《あ》びている時ですら、

――これは本当の俺じゃねえ。

と、腹立たしく思えてくることもある。唯一無心でいられるのは、火消として誰かを救うべく奔走《ほんそう》している時だけかもしれない。

そのようなことを茫《ぼう》と考えながら歩いた。新庄藩《しんじょうはん》上屋敷のある南に向かってはいない。今日はどうもまだ帰りたくない気分であった。幸い明日は御頭も十三枚目も先生も、新庄藩の評定《ひょうじょう》に出なければならず訓練は休みとなっている。

足は自然と東の浅草《あさくさ》方面へと向いた。お夏と約束を交《か》わした場所、御頭と初めて言葉を交わした場所、待乳山《まつちやま》に登るつもりになっている。登ったからといって何か変わる訳ではない。それでも男というものは感傷《かんしょう》的になると、思い出に縋《すが》りたくなる生き物らしい。

間《ま》もなく待乳山といったところまで来て、彦弥は拳《こぶし》で額《ひたい》をごつんと叩いた。

「嘘をついた罰《ばち》が当たった」

突如《とつじょ》、半鐘がけたたましく鳴り響き始めたのである。音の大きさから察するに少しばかり距離がある。次に方角を探って首を捻《ひね》った。音の方角には田園が広がっているだけのはず、と思ったのである。

「くそっ……あそこか」

闇《やみ》に抗《あらが》うかのように煌々《こうこう》と輝く地。江戸最大、いや日《ひ》ノ本《もと》一の不夜城《ふやじょう》である。彦弥は風除《よ》けに長手拭いを口元まで上げると、旋風《つむじ》の如《ごと》く駆け出した。無心である。厳密に言えば、己が救えるかもしれない命のことだけが頭を占《し》めている。彦弥は畔《あぜ》を飛び越えると、一直線に光の元を目指した。

二

半鐘の音が鳴ってからどれほどの時が経《た》ったであろうか。四半刻《しはんとき》（約三十分）は過ぎていまいが、二タ切《ふきれ》（約二十分）は超えたように思う。この界隈《かいわい》ではそのような特殊な時の刻み方をする。

花菊《はなぎく》は押し入れの中でそっと息を殺しながら、その時を待っていた。

——ようやく苦界《くがい》から出られる。

吉原《よしわら》のことを遊女たちはそのように呼ぶ。

花菊が故郷の越後《えちご》を離れ、吉原に売られてきたのは十歳の頃であった。さめざめと涙を流す父母に対し、

「毎日、白い御飯《おまんま》が食べられる」

と、女衒《ぜげん》が卑《いや》しい笑みを浮かべていたのをよく覚えている。

花菊は吉原大門《おおもん》を潜《くぐ》って表通りのさらに奥、京町《きょうまち》一丁目の大見世《おおみせ》「醒ヶ井《さめがい》」に、禿《かむろ》として奉公することになった。禿とは妓楼《ぎろう》のしきたりや躾《しつけ》を学びながら、花魁の下で雑用をする者で、十歳から十五歳くらいまでの者ばかりである。

そこから振袖新造《ふりそでしんぞう》として客を取るようになると人気となり、部屋持ち、座敷持ち、花魁の最高位である昼三《ちゆうさん》まで、四年の間に瞬《ま》く間に駆け上がった。客は山百合《やまゆり》のように美しい白い肌だとか、蝶《ちよう》のように華やかだとか、褒《ほ》めてくれる。仮にそれが世辞《せじ》だろうが、真《まこと》だろうが、ただ美しいだけの蠟《ろう》細工と変わらないと思っている。少なくとも心は幼い頃と何一つ変わっていないのだ。それから二年経って二十一歳を迎えたが、己の人気は衰《おとろ》えるどころか、江戸中で評判を呼んでいるらしい。

らしいというのは、花菊は吉原から外に出たことが殆《ほとん》ど無いからである。何もそれは花菊だけではない。この苦界に住まう全ての遊女がそうなのだ。

吉原は総坪数二万七百六十七坪という広さである。それを黒板塀《くろいたべい》がぐるりと取り囲み、塀の上には忍返《しのびがえし》が備えられていた。その塀のさらに外側には、幅二間(約三・六メートル)の堀が巡らされている。通称、お歯黒《はぐろ》どぶと謂う。

唯一の出入口である大門には、内から向かって左に四郎兵衛会所《しろべえかいしよ》という板屋根の小屋があって番人が詰めており、大門を出ようとする女を常に見張っている。

つまり遊女たちに逃げる道はどこにも残されてはいない。

しかし、たった一度だけ外の風に触れたことがある。今より六年前の明和五年

（一七六八）卯月《うづき》（四月）、花菊が新造出しをしてさほど経っていない頃、吉原が火事により全焼の憂《う》き目にあった。
限で、市中の家屋を借り、仮宅《かりたく》を構えることになる。
　そのような時には、妓楼が再建されるまでの間、二百五十日や三百日などの期
鳶《とんび》が一羽、悠然《ゆうぜん》と翔《か》けていたのをよく覚えている。
　花菊はこの時に見上げた空を忘れられないでいた。どこまでも続く青い空を、
　馴染《なじ》みの客の一人にこの話をした時、その男は、
「空など、どこでも同じだろう？」
と、素気《そっけ》なかった。外界に暮らす者らしい感想だと花菊は思った。廓《くるわ》の中から
見上げる空には枠《わく》がある。
　二百五十日の仮宅での商いを終え、花菊は吉原に戻った。どこの妓楼もこの機
会にと、より豪奢《ごうしゃ》に建て替えられており、客たちはまるで夢の国のようだなどと
囃《はや》し立てたが、花菊にとっては外面だけが美しい牢獄《ろうごく》のように思えてしまう。さ
しずめ「花の牢獄」といったところか。
　おつとめは決して楽ではない。昼見世《ひるみせ》は九つ（午後零時）から、七つ（午後四
時）まで。夜見世《よみせ》は暮六《くれむ》つ（午後六時）から始まり、八つ（午前二時）で大引

け。そこから客と床《とこ》を共にすることもある。

躰《からだ》も堪《こた》えるが、花菊は心こそ痛かった。毎日、惚《ほ》れた訳でもない男の腕に抱かれることが辛《つら》かった。多くの遊女はそのような心をどこかに捨ててしまっている。そうでなくてはやっていけないということも解《わか》る。

だが花菊はどうしても割り切ることが出来ず、顔に白粉《おしろい》を塗ってつとめに出る時、心にもそっと化粧《けわい》をしていた。

火事の報せを聞いた時、花菊は二階の部屋に客といた。万石《まんごく》に届きそうな大身旗本であり、大層な役職にも就《つ》いている男だった。男は、

「お上は俺で保たれている」

などと大言《たいげん》を吐き、花菊は内心呆《あき》れ返っていたものだが、勿論《もちろん》そのようなことはおくびにも出さない。凄《すご》いと大袈裟《おおげさ》に驚いて滅法褒《めっぽうほ》めてやるのだ。

威張《いば》り散らしていた男だが、出火と聞くや血相《けっそう》を変えて布団《ふとん》を撥《は》ね退《の》け、一目散《いちもくさん》に逃げて行った。単純に火事を恐れたのもあるだろうが、万が一名のある武士がこんなところで果てたならば、末代まで誹《そし》りを受けると考えたのだろう。預けてある大小さえも忘れているかもしれない。

花菊はというと、火事を喜んだ。再び外界に出られるからではない。一時は外

に出られても、一年も経たずしてまたここに舞い戻ることになる。もう二度とここに帰るつもりはなかった。死をもって苦界と別れようと考えていたのである。

花菊は心に決めていた通り押し入れに身を隠した。暫《しばら》くすると妓楼の若い者が、名を連呼しながら二階へ上がって来た。火事の時に好《この》き好んで押し入れに隠れる者などいない。客と共に先に逃げたと考えたのだろう。花菊が答えずにいると、若い者は慌ただしい跫音《あしおと》を残して下へ降りて行った。

そうして花菊は押し入れの中に居続けているのである。

——ここは越後……。

何一つ見えない闇の中にいると、ここが故郷の越後のように思えてくる。いや、努めて思おうとした。

父や母の消息も知れない。ただ何となくもうこの世にはいないような気がしている。そうなればたとえそれがあの世であろうとも、また一緒に暮らすことが出来るかもしれない。そう考えると知らぬ間に口元が綻《ほころ》んだ。客に見せる作ったものとは違う、心からの笑顔であった。

どうやら火事は二階へ駆け上がってきているらしく、先刻より煙《けむり》の臭いを感じるようになった。ぴたりと閉めたつもりでも、襖《ふすま》には僅かな隙間《すきま》があり、縦《たて》に光の線が走っている。部屋の内にまで火が入って来た証《あかし》である。妓楼は炎に包まれているのだろう。耳を澄ませば轟々《ごうごう》という音もする。

「熱いかな」

花菊はぽつりと言った。廓《くるわ》言葉ではなく、地の話し方になっていた。そう言えば火に巻かれて死ぬより先に、煙で逝《い》くと聞いたことがある。もうすぐ、もうすぐと心で念じながら待っていたその時、花菊を紅い光が覆《おお》った。襖が勢いよく開け放たれたのである。

「何してんだ……出るぞ！」

男である。驚かせたと思ったのか、口元を覆っていた長手拭いを下へずらした。多くの男を見て来たが、これほど眉目秀麗《びもくしゅうれい》な者は滅多《めった》にいない。その整った顔の割にどこか粗野《そや》な雰囲気が香り立っている。

男の背後では、炎が壁を伝い、天井にまで達せんとしていた。見慣れたはずの部屋は、赤い死神の遊び場となって、全く別の光景に変貌《へんぼう》していた。

男が手を取って押し入れから引きずり出そうとしたので、花菊は慌ててそれを振り払った。

「止《や》めておくなんし」

男の前では花魁を演じなければならない。その哀《かな》しい性《さが》は火事場でも消えない。そんな我が身が恨《うら》めしかった。

「何言ってんだ！　死ぬぞ！」

「あちきは死にたいのでありんす！」

懸命に叫ぶと、ふっと手を握《にぎ》る力が緩《ゆる》んだ。

「何でだよ」

「生きていても……九郎助稲荷《くろすけいなり》様は何一つ願いを聞き届けて下さりんせん……」

廓の四隅には稲荷が祀《まつ》られている。その中でも京町二丁目の端にある九郎助稲荷が最も御利益《ごりやく》があると言われており、花菊は毎日欠かさずここに参り続けている。

「願いって何だ」

「今更《いまさら》、話など……」

「俺は無理やり女に何かさせようってのが大嫌いなんだ。俺が願いを聞いてやる。そしたら大人《おとな》しく出てきてくれるか？」

「でも……炎が……」

二階屋は一度火事になればあっと言う間に炎が回る。男の背後にある入口の襖はすでに燃え崩れ、炎は梁《はり》にまで這《は》い上がろうとしていた。

「さあ、聞かせろ」

男はどんと畳の上に胡坐《あぐら》を掻《か》いた。背後に炎が迫っているのだ。正気の沙汰《さた》ではない。

「沢山《たくさん》ありんす」

「全部言え」

花菊は男に本音など語ったことはない。ましてや今日逢《あ》ったばかりの男である。だがこのような極限にあるからか、眼前の男に面食らったからか、心から言葉が零《こぼ》れ出た。不思議と廓言葉にならなかった。

「父や母にもう一度会いたかった……」

「どこにいる」

「越後……でももう死んでいるかもしれない」

「そんなの解らねえだろ。生きてなさったらどうするつもりだ。二度と会えねえだろうが。他は？」

今の花菊に厳しい口調《くちょう》で接する男は皆無《かいむ》である。しかしこのような状況にありながら、それが何故か心地よく思えた。

「上野《うえの》の桜が見たかった。評判の小諸屋《こもろや》さんのお蕎麦《そば》を食べてみたかった。世の女が囃《はや》し立てる火消の活躍を見たかった……」

「まず一つはすぐ叶えられる。それで全てか？」

どれのことを言っているのか解らないが、男は額《ひたい》に浮かぶ珠《たま》のような汗を拭《ぬぐ》いながら白い歯を見せた。よく見ると、緩く巻いた首巻の下から覗く首に、大きな痣《あざ》がある。所々引き攣《つ》れていることから火傷《やけど》の痕《あと》らしい。

「皆と同じような恋をしたかった」

花菊はぽつりと言って俯《うつむ》いた。

「あんた、名は？」

思わず、父や母に呼んでもらっていた名が口から出た。男は花菊の名を呼び、凜と言い放った。

「――その願い、全て俺が叶える」

「そんなこと……」

「だから生きろ。生きてたらきっといいこともある」

男はやはり笑った。その笑顔は息を呑《の》むほどに眩《まぶ》しく、花菊は思わずこくりと頷《うなず》いた。男は手を差し伸べて続ける。

「いいか?」

「助けて」

「女の頼みは断らねえ」

男はぐっと手を引いて花菊を押し入れから引き出すと、自身の首巻を取って口に巻いてくれた。

忍び込んだ炎は壁を嘗《な》め回しており、部屋にふんぞり返っていた高価な調度品も関係ないとばかりに燃やしている。部屋唯一の出入口の襖は激しく燃え盛っている。これでも煙が充満しないのは、二階の窓が開いているからだろう。

部屋全体が歪《ゆが》んだのかと思うほど、灼熱《しゃくねつ》で景色がゆらいでいる。肌の潤いは刻一刻と奪われていった。

「もう無理……」

ようやく生きる決心をしたのに、炎は無情にもそれを呑み込まんとしている。

「いいや、まだだ。悪いな」

「えっ――」

男はそう言うと、花菊の膝《ひざ》の裏に手を掛ける。そして一気に持ち上げて、横に抱きかかえる恰好《かっこう》を取った。

「首に手を……離すなよ。俺は力が弱いからよ」

「はい」

花菊は白い手を男の首に回した。細いが、芯の通ったようにしっかりとしている。男の強さそのものに触れたように感じた。

「だからさっきも無理やり引っ張り出して暴れられたら、とてもじゃねえけど連れて逃げられねえ」

そう言いながら入口とは反対方向、窓の方へとつかつかと進んでいく。

花菊は軽い失望を抱いた。男が願いを聞くと言ったのも、押し入れから素直に出させるための方便《ほうべん》だったのだ。あれほど男は信用ならぬと思っていたのに。

男は窓枠に足を掛けた。下で若い者たちが、どこかから持って来た布団を広げている。七、八人で四方を引っ張ってそこに放り投げさせようとしているのだ。

熱波が頰を撫《な》でる。己ですらこうなのだから、きっと男は背に刺すような痛みを感じているに違いない。

「放り投げてくなんし」

「馬鹿。離すなって言っただろう？」

男は桟瓦《さんがわら》を踏むと、何故《なぜ》か下ではなく上を見た。

「俺も離しやしねえ」

男がそう続けて身を翻《ひるがえ》した時、ふわりと躰が軽くなるのを感じた。我が身を抱きかかえたまま、後ろ向きに宙を飛んだのである。男は天を見上げるような恰好である。下から悲鳴とも歓声ともつかぬ声が上がる。

その大音声《だいおんじょう》に包まれながら、男がぽつりと言ったのを花菊は聞き逃さなかった。

「願いは叶えてやるさ」

強い弾力を一度感じ、それは二度、三度と繰り返すたびに徐々に弱くなる。ゆっくりと目を開いた時、花菊は広げられた布団の上にいた。いや、しっかりと抱きしめられた男の腕の中にいた。

「主《ぬし》さんは……」

花菊は掠《かす》れた声で絞り出した。

「ぼろ鳶さ」

男はどこか痛むのか顔を顰《しか》めているが、必死に笑みを作ろうとしているのが分かった。花菊は周囲の人々に聞こえぬように囁《ささや》いた。

「ぞっとする」

「ひでえな」

どうやら廓言葉の意味が伝わらなかったらしく、男は首を左右に傾けながら苦く笑った。周りの若い者が心配するのを知らぬふりして、花菊はもう一度ぎゅっと手に力を込めた。

三

方角《ほうがく》火消大手《おおて》組新庄藩火消頭《がしら》、松永源吾《まつながげんご》は身支度《みじたく》に些《いささ》か手間取っていた。二日前に江戸《えど》家老《がろう》北条六右衛門《ほうじょうろくえもん》が国元から戻り、本日は新庄藩江戸屋敷の主だった者による評定が行われるのである。

「一人で着られますか？」

「心配ない。平志郎《へいしろう》を見てやってくれ」

裃《かみしも》を付ける段になって、平志郎が泣き始めたのである。

裃など滅多に付けるものではない。これまでも全て妻の深雪《みゆき》が手伝ってくれたので、手順がしっかりと頭に入っていない。定《じょう》火消の頃も雇った近所の婆《ばあ》さんに手伝ってもらっていた。

「まず帯を……深雪、これは上か、下か？」

「今少しお待ちを。すぐにおむつを替えますね」

どうやら平志郎が泣く訳は襁褓《むつき》が濡れているせいであるらしい。襁褓とは赤子の下着で、近頃では「おむつ」などとも称されている。深雪はすでに手慣れた様子で襁褓を取り替えた。すると平志郎も落ち着いたようで泣くのを止めた。

「悪いな」

源吾は手に袴《はかま》を持ち、突っ立っているという情けない姿である。流石《さすが》にこのような姿は誰にも見せられない。

「子どもが二人になりましたものね」

深雪はくすくすと笑いながら袴を受け取る。

「御家老とお会いするのは久しぶりだ」

「はい。本復《ほんぷく》されたようで何よりです」

新庄藩の江戸家老である北条六右衛門と会うのは、昨年の初め、国元新庄へ共に行った時以来、ほぼ一年ぶりのことである。源吾は滞在一《ひと》月ほどで江戸へ戻ったが、六右衛門は国元でやらねばならぬことが山積《さんせき》していたために残った。

六右衛門は江戸家老という役目であるが、実質的な藩の指導者であり、国家老の面々からも絶大な信頼を得ていた。国家老の職に収まることも出来たが、新庄藩の財政立て直しには商作物、工芸品の販路拡大が肝要《かんよう》と見て、自ら江戸家老として先頭に立って商人たちに売り込んでいる。

その六右衛門は昨年の四月、流行《はや》り病によって倒れ、一時は意識不明の事態にまで陥《おちい》った。後に意識を取り戻して快方に向かったが、

――六右衛門なくして新庄藩は立ち行かぬ。

と、国家老の面々が大事を取って休養させることになった。その間の江戸では、殿様の御連枝《ごれんし》である戸沢正親《とざわまさちか》が六右衛門の代理を務め、源吾と衝突するような一幕もあった。

また特産品の公開買い付けでは、六右衛門の指名により、この深雪が名代《みょうだい》を務めるということになり、源吾は冷や冷やしたものである。

ともかく家老不在という難局を、皆で力を合わせて乗り切った。

帯を締められている間、源吾の耳は軽快な跫音を捉えている。やがて勝手口が開く。

「お邪魔してよろしいですか」

「もう入っているだろう」

源吾は首を捻った。新庄藩火消・頭取並《とうどりなみ》の鳥越新之助《とりごえしんのすけ》である。こちらもしっかりと裃を着用している。

「馬子《まご》にも衣装ですね」

「お前もな」

火消侍《ひけしざむらい》が裃を付けることなどそうあるものではない。あっても年始の儀礼などで、一人ずつ謁見するため互いの姿を見ることも無かった。

深雪は新之助を頭から爪の先までよくよくと見る。

「しっかりと着ておられますね。御自分で？」

組下である新之助に裃の乱れはないかと危惧《きぐ》したのであろう。

「母に」

「それは失礼しました。秋代《あきよ》様が付けて下さったなら安心です。よし、出来ました」

深雪は最後に扇子《せんす》を差し込み、腹のあたりをぽんと叩いた。

「左門《さもん》はもう行ったのか？」

「ええ、勿論。折下《おりしも》様ですよ？」

新之助は口元を綻ばせた。元来生真面目《がんらいきまじめ》な左門はいかなる場合も遅参をしな

い。それが評定ともなれば、半刻（約一時間）前には席に着くので、

――折下半刻。

と、号のような綽名《あだな》で家中の者に呼ばれている。

「奥方様、平志郎は……？」

新之助は奥を覗《のぞ》き込むようにして言った。

「今、眠りにつきそうなところです」

「少しだけ顔を見ても？」

「ええ」

新之助の顔が明るくなり、雪駄《せった》をぽんぽんと脱ぎ捨てて座敷に上がった。そして奥へと進んで布団の上の平志郎の顔を覗き込む。

「平志郎、頭取並ですよ」

平志郎は襁褓を替えて貰《もら》い気分がよくなったのか、早くも微睡《まどろ》んでいる。囁くように話しかける新之助を横目にみながら、源吾は刀を受け取った。

「大人になっても怒らないで下さいね」

「気の早いことだ」

源吾は苦笑し、深雪も眉《まゆ》を上げている。

新庄藩では火消頭は世襲《せしゅう》となっており、元々は眞鍋《まなべ》家がこれを務めてきた。また鳥越家も同じで頭取並を代々受け継いでいる。松永家は新参であり、同様に世襲が許されるかは解らないが、確かに平志郎が後を嗣《つ》げば、新之助の上役になるのだ。平志郎が二十歳になる時、新之助は四十一であり、あり得ぬことではない。

「あ、そうだ。先生は下役を伴うため別に行くとのことです」

新之助は思い出したように言う。

「そうなるか」

風読みの加持星十郎《かじせいじゅうろう》は厳密に言えば火消ではない。新庄藩天文方《てんもんかた》の長を務めており、建前として火消はその余力で行っていることになっている。天文方といっても星十郎が登用されるまでは存在しなかったので、名目だけの役目になっていたが、昨今《さっこん》一人、三十石取りから抜擢《ばってき》されて配下を持ったと聞いていた。晴れて星十郎も上役になった訳である。

「そろそろ行くぞ」

源吾が促《うなが》すと、新之助は少し名残惜《なごりお》しそうに立ち上がった。

「いってらっしゃいませ」

深雪は外まで出て見送ってくれる。

「今日は宴席もあるのでちと遅くなる。飯は済ませておいてくれ」

「あまり過ごしすぎないように。新之助さんも、星十郎さんにしっかりと見張るように伝えておいて下さいね」

「何でそんな回りくどいことを。私が見張ればいいじゃないですか」

新之助はひらひらと手を振る。

「頭取、頭取並共に限度を知りませんから」

「分かりましたよ」

ちくりと言われて、流石の新之助も苦笑して了承する。

二人並んで歩くが、共に裃が慣れず歩みは遅い。

「面倒だな」

「ですね」

改まったことが大嫌いな点、確かに新之助とは息が合う。

「今日は訓練も休み。非番と合わせて二日続けての休みだ。皆羽を伸ばしていることだろうな」

「ええ。昨夜、寅次郎さんは達ヶ関さんと約束があったとか。久しぶりに相撲《すもう》を観に行きたいなあ……」

「昨年も行っただろう」

思えば新之助と初めて火事に遭遇したのは、相撲興行の会場にいる時であった。源吾はあれから観覧に行っていないが、この多趣味の若者は昨年も二度行ったと聞いている。

「そういえば……彦弥さん朝帰りだったらしいですよ。番士が止めると、じゃあ乗り越えるかって嘯《うそぶ》いたようで、困り果ててこっそり入れてあげたとか」

新庄藩では戌《いぬ》の刻（午後八時）が門限となっている。もっともそれは緩やかな規則で、亥《い》の刻（午後十時）くらいまでは入れて貰える。だがそれを過ぎれば流石に簡単にはいかない。

「あの馬鹿。また女だろう」

「泊まってしまえばいいのに」

非番の場合、泊まりの届けさえ出せば大抵《たいてい》認められる。彦弥の裁可を出すのは己であるから、よっぽどのことが無い限り認めないことはない。

「どうせ女と一緒になったはいいものの、ふいに帰りたくなったんだろうよ」

「え？　何故ですか？」

新之助は眉を八の字に下げて意外そうにしている。

「何故って……」

「好きな人と一緒なら、帰りたくないものじゃないのかなと」

新之助は大真面目のようである。

「まあ、男にはたまにそういうことがあるだろうよ」

「御頭にもそんなことが？」

「知るかよ」

立派な裃を付けた武士が二人、男女の話をしているのだから、これほど無様《ぶざま》なことはないだろう。

「好いた人なら一緒にいたいはずなんですけどねえ……」

源吾が答えずにいても、新之助はまだぶつぶつ独《ひと》り言《ご》ちている。新之助は齢《よわい》二十三で、もう妻を娶《めと》っていてもおかしくない歳だ。浮いた話の一つや二つあってもよさそうだが、そのような話は耳にしたことがない。そこでふと思って訊《き》いてみた。

「お前、妻を迎える気はないのか？」

「まあ、良い人がいれば」

「母上は何か仰《おつしや》らないのか？」

「今のところ、特には……」

「へえ……」

新之助の父、蔵之介《くらのすけ》は四年前に土蔵から噴き出た朱土竜《あけもぐら》をまともに受け、火事場で殉職《じゆんしよく》している。通常ならば一人息子の新之助には早く妻を娶り、子を生《な》して欲しいものであろう。

「昔、母はあれでも結構もてたらしいのです」

「だろうな」

新之助の母、秋代は相当な器量《きりよう》よしで、四十をとうに超えているが、三十を少し過ぎたようにしか見えぬほど若々しい。それこそ彦弥などは、秋代を知ってからというもの、あんな別嬪《べつぴん》の母なら羨《うらや》ましいとことあるごとに言っていた。

「引く手あまたで、他家の千石《せんごく》取りの家からも縁談が来たと、未《いま》だに自慢しています よ」

新之助は何とも言えぬ笑みを向けて続けた。

「何でも父が一目惚《ひとめぼ》れしたとかで、縁談を申し込んだそうです。あの大人しい父からは想像出来ないことですが……」

蔵之介は良く言えば堅実、悪く言えば地味な男であったという。人生の中で思い切ったことをしたのは、その一度きりだと、秋代から聞かされたらしい。

「よっぽど惚れておられたらしいな」

「ええ。母は父の顔を見たかったらしく、親に頼んで鳥越の家を訪ねる用事を作ってもらったらしいのです。突如《とつじょ》姿を見せた母に、応対に出た父は四半刻もの間、顔を真っ赤《まか》にして身を揉《も》んでいたとか。それがあまりにおかしかったので、母は受けてしまったとのことです」

「誠実なお人柄を感じ取られたのだろう」

新庄藩の財政が逼迫《ひっぱく》した時、北条六右衛門は火消の費《つい》えの削減を命じた。それに真っ向《まこう》から反対した鳶たちが六右衛門を急襲しかねない事態にまで発展した。源吾の前任の火消頭である眞鍋は自ら腹を切ることで事態を収めようとしたが、腕に覚えのある鳶の多くは新庄藩を見限って出て行ってしまった。

蔵之介は頭不在で崩壊寸前の火消組を率《ひき》い、あくまでも愚直《ぐちょく》にお役目に奔走《ほんそう》して殉職したという経緯《いきさつ》である。そしてこの三人は年も同じ、剣や学問も同門のいわゆる幼馴染《おさななじみ》であった。

「そんな母ですから、無理に進めなくてもよいと。いざとなれば養子を取ればよいと、あっけらかんとしていますよ」

江戸には新之助一人であるが、国元には鳥越家の縁者もいるらしい。そのような話をしている間に上屋敷の本邸に着いた。評定が行われる大広間に入ると、すでに左門や星十郎などよく見知った顔触れが見える。

「遅れるのではないかと冷や冷やしたぞ」

左門は眉間《みけん》に力を込めて真面目顔で言った。四半刻は切っていようが、まだ刻限までには時間がある。

「お前が早すぎるんだよ。半刻殿」

源吾が揶揄《からか》うようにして返すと、すでに着座している他の藩士の中には噴き出す者もいた。次に下座《しもざ》に控える星十郎の元へ向かう。

「おはようございます」

「おう。そいつ……いや、その者か」

いつもの癖《くせ》で荒っぽくなりかけたのを控える。今日の星十郎は天文方頭取であり、その後ろに控えているのは己の配下ではないのだ。その侍は相当に若く、まだ二十歳《はたち》にも達していないのではないか。緊張しているのか顔を真っ赤にして見上げている。

「はい。安島《あじま》殿です。こちら火消方頭取の……」

星十郎が紹介するより早く、若い侍は両手をついて挨拶《あいさつ》をした。

「松永様でございますね。安島弥助《やすけ》と申します。以後お見知りおきを」

「安島っていえば……あの安島一族か」

国元に安島直円《ちよくえん》という男がいる。元々微禄《びろく》であったのだが、六右衛門が算術の腕を買って御勘定　預《おかんじようあずかり》に抜擢した。さらにそこから江戸に出して算術を学ばせ、今では吟味役《ぎんみやく》並びに御金元方兼帯《おかねもとかたけんたい》を務めている。

しかもこの直円が江戸で学んだ師というのが、星十郎と縁深く、源吾も懇意《こんい》にしていた山路連貝軒《やまじれんがいけん》だというのだから世間は狭い。

六右衛門は興味があるだろうと、その直円が編纂《へんさん》した書を江戸に送って来てくれた。それを深雪は穴が空くほど読み込み、

――新庄藩にはまだまだ素晴らしい人材がおられるのですね。それを見抜かれた御家老も流石でございます。

などと、言っていたのを思い出した。

「私は安島弥惣次直茂《やそうじなおしげ》の次男。安島直円の甥《おい》に当たります」

弥助はたどたどしい口調《くちよう》で言った。

「安島一族は天文にも通じておられる。御家老が部屋住みの中から見出したのが、この安島弥助殿です。まだ若いですがとても勉強熱心で」

かくいう星十郎もまだ二十九歳でそう歳を食っている訳ではない。弥助は六右衛門に先《さき》んじて出府《しゆつぷ》したばかりらしく、まだ全てがぎこちなかった。

「星十郎は怒らせると怖いぞ。刀が走る」

「加持様が……やはり温厚な方ほど、怒った時に恐ろしいというのは……」

軽口を真《ま》に受けて弥助は唾《つば》を呑んだ。

「御頭、脅《おど》さないで下さい。大丈夫。たとえ抜いても竹光《たけみつ》です」

虚弱《きよじやく》な星十郎は刀すら重いと竹光を差している。流石にこの場で公言するのはまずいと思ったか、星十郎は後半になるにつれ、徐々に声を潜めた。

「源吾、間もなくだ」

左門に窘《たしな》められ席に着く。火消方で言えば源吾は左門と隣、やや下がって新之助、さらに下がって星十郎といった席次である。暫《しば》し待ってまず御連枝様の戸沢正親、そして北条六右衛門が姿を見せた。

新庄藩は特有の「御連枝」という身分を設《もう》けている。権限こそもたぬものの、藩主の家族として扱われる。一度臣籍に降ろせば擁立《ようりつ》する時に様々な問題が起きるため、代々夭折《ようせつ》する後継ぎが多かった新庄藩はこのような措置《そち》を取り、時にはその御連枝が藩主の補佐を務めることもあった。

二人は緊張する面々をちらりと見て、示し合わせたように微笑《ほほえ》むと、二番目の上座に向かい合うようにして座った。

皆が一斉に頭を下げ、正親が面《おもて》を上げるように言った。続いて代表して次席家老の児玉金兵衛《こだまきんべえ》が六右衛門本復《ほんぷく》の祝いを述《の》べる。六右衛門も深々と頭を下げた後、ゆっくりとした調子で話し始めた。

「まずは御連枝様、この不肖《ふしょう》の家臣をお助け下さり、まことにありがとうございます」

「気にするな。しかしようやく肩の荷が下りた」

正親は非凡《ひぼん》ではあるが、何と言ってもまだ齢十八。家臣の支えがあったとはいえ、六右衛門不在の中、その心労たるや大変なものであっただろう。心底《しんそこ》安心しているようだった。

「御連枝様はこのまま江戸に残られることになった。皆《みな》心するように」

これも耳にしていたことである。大名は一門を人質として江戸に置いておく決まりになっている。戸沢家は藩主の弟を出しているが、それでも藩主の帰国が認められなかった。幕府に多額の借財《しゃくざい》をして返済も滞《とどこお》っており、心証《しんしょう》がよろしくない。故《ゆえ》に藩主孝次郎《こうじろう》は元服《げんぷく》を終えた三百諸侯の中で、唯一官位を授かっていない。追加の人質として御連枝様が残ることで、ようやく帰国が認められた。

「では評定を始める」

「では私はこれで……」

六右衛門が宣言すると、それを潮《しお》に正親はしずしずと奥へと下がった。執政の役目が六右衛門に戻ったことを意味する。

——よく出来た御方だ。

源吾は改めて思った。傍流《ぼうりゅう》の正親に藩主の座が巡ってくることはないだろう。それを承知で新庄藩の危機に見事執政の代役を務めた。そして自らが用済みとなれば、元の部屋住みに戻る。船頭が二人になるとよからぬことを考える者がいるからである。

当初こそ衝突したが、正親の領民への想いに触れ、勝手ながら互いに心が通じていると源吾は思っている。故に一抹《いちまつ》の寂しさのようなものを感じた。

評定の議題の大半は政治向きのことで、火消しか能のない己にはよく解らない。左門がよく意見を求められ、六右衛門に頼りにされていることだけは解った。

　ふと耳障りな音を聴いて下座を見る。

　――こいつは……。

　新之助が白目を剝《む》いている。開始早々に居眠りをしているのである。さらに下座の星十郎はそれに気付いており、何とか起こす術《すべ》はないかと思案しているのか、前髪をしごくという癖《くせ》が出ている。

「次に火消方、報じよ」

「はっ……現在、新庄藩火消は……」

「こら、鳥越を起こせ」

　源吾が状況を説明しかけた時、児玉金兵衛が口に手を添えて言った。いや当人は囁いたつもりなのだろうが、この男、喉《のど》がおかしいのではないかというほど声の調節が下手《へた》である。以前も新庄藩火消不在を咎めにきた火事場《かじば》見廻《みまわり》の前で、

「儂《わし》が鳥越ということに……」

　と「囁いて」すぐに露見《ろけん》したと聞いている。

「鳥越」

「ひゃい。出来ます」

――何がだ。

源吾は腹の内で罵《ののし》った。

突飛《とっぴ》な声を上げたことも相まって、噴き出す者が続出している。流石に叱責《しっせき》されるかと思ったが、六右衛門は呆れながらも怒っている様子はない。

「皆、許してやれ。昨夜も当家の火消は大いに働いたのだ。昼夜問わずの役目、ご苦労である」

「え……」

源吾は思わず声が零れ、下座の星十郎を見た。星十郎も首を横に振っている。昨夜、新庄藩火消は出動していない。これは六右衛門が見かねて庇《かば》ってくれたということなのか。いや同じ家中の者ならば必ず解る嘘《うそ》を、六右衛門がつくはずがない。

「今朝《けさ》、妓楼《ぎろう》『醒ヶ井』の楼主が礼を申しに来た。目を瞠《みは》る活躍であったとか」

――妓楼……醒ヶ井？

全く身に覚えがない。妓楼というからには吉原のことであろう。確かに昨夜半《はん》鐘《しょう》の音で目を覚ましたが、新庄藩上屋敷のある麻布《あざぶ》からはだいぶ遠くに聞こえた。恐らく源吾以外の者は半鐘に気付いてすらおらず、叩き起こして集合を掛けねばならない。そうして駆け付けた頃には、他家の火消で近づくことも儘《まま》ならぬと諦《あきら》めていた。

「まことに当家の……？」

人の手柄を取るつもりはない。またこのままにしておくには気味が悪すぎる。思い切って源吾は切り出した。

「そうだ。知らぬのか？」

六右衛門も意外だったらしく眉を顰めた。

「新之助」

「私も身に覚えが」

新之助の奥で星十郎も首を振っている。

――どういうことだ……。

この場にいる新庄藩火消全員が怪訝《けげん》な表情を浮かべていた。六右衛門も何かおかしいと察したようだ。

「楼主は直《じか》に礼を言いたいと申しておる。本日は評定を控えていると伝えたところ、明日出直して来るとのこと。教練場で迎えるように」

ここでさらに突《つつ》いて、皆の前で恥《はじ》をかかせるようなことがあってはならぬという六右衛門の配慮である。

「は……」

訝《いぶか》しいことがあるならば、そこで聞き取れと目で語っていた。

仕切り直して源吾はこの間の火消方の報告をした。六右衛門は、全てを聞き終えた後に口を開く。

「火消の費えはこれまで通りとする。少ないであろうが……」

「いえ、皆々様苦しいのは存じ上げております」

鳶の給金をそのまま維持して頂けるだけでもありがたい。道具への費えは雀《すずめ》の涙ほどであるが、これは修理をして長持ちさせていくしかないだろう。

「鍋の金気抜きに用いられるほどの当家よ。辛抱してくれ」

六右衛門は戯《おど》けたように言った。

新しい鍋は使い始めて暫くは鉄の臭いがするため、何度か湯を沸《わ》かして金気を抜かねばならない。新庄藩に金がないことは大名旗本から、庶民に至るまで有名である。誰が言い出したか知らないが、新庄藩と書いた紙を新しい鍋に張ると「金気」が見事に抜ける、と江戸で大層流行っているという。

この場にいる者は苦笑しつつも問題にはしていない。貧しさを恥とは思っておらず、真に恥じるべきは心のさもしさだと心得ている。故に江戸家老の座にある者が、このような軽口を叩くのだ。

「奉書《ほうしょ》の件だ」

六右衛門は改まった様子で言った。

「はい。いかがなりましたでしょうか」

奉書火消の件である。源吾らは江戸のいかなる場所でも出来得る限り駆け付けているが、方角火消ならば決められた門に迫る火だけ防げばよい。

例外はこの奉書火消で、将軍から直接どこどこを消せと命じられて出動することを指す。この場合、大名が出張って本陣に腰を据え、時と場合によっては出動しなければならない。

新庄藩藩主の戸沢孝次郎は病弱である。特に肺が弱いらしく、一旦咳《せき》が出れば数刻止まらないことなども儘《まま》あるらしい。そんな殿さまが煙など吸い込もうものならば、命を落としかねない。今までは、

――戸沢孝次郎、本陣にて指揮を執ります。

と、幕府に応じていたが、いつまでもそのようなごまかしは通用しない。何か方策はないかと六右衛門に相談していたのである。

「名代《みょうだい》を立てることで許しが出た」

「なるほど。御家老が名代を？」

「いや、儂ではない」

少しばかり気が重くなった。新たな人物が名代に立てば、それなりに諍《いさか》いも起きるだろう。

「どなた様が……」

「お願い致す」

六右衛門が言うと同時に襖が開く。そこには先ほど下がった正親の姿があった。

「火消方において殿の名代を務めることになる。以後頼む」

「御連枝様が⁉」

「不満か？」

正親はにやりと笑った。

「滅相《めっそう》もございません……」

「お主らが無茶をせぬようにと、六右衛門に頼まれたのだ」

その目が笑っている。火事場見廻の柴田七九郎《しばたしちくろう》に、新之助の飼い犬である鳶丸《とびまる》

を指して、

――これが鳥越新之助でございます。

と、言い放った男である。無茶だけならば源吾の上を行く。つまり六右衛門と相談して、火消方がより動きやすいようにしてくれたということだ。

最初は藩内でも白い目で見られていた火消方が、ようやく皆に認められつつあることを知った。

見回せば、お歴々《れきれき》も全てを承知であるのか微笑みを浮かべており、左門などは感極まっているようで、目尻をさっと指で拭《ぬぐ》っている。

「以後、より一層お役目に励《はげ》みます」

源吾は喜びを噛《か》みしめながら、やはり微笑む六右衛門に向けて深く頭を下げた。

四

翌日、源吾は新之助と共に教練場で待っていた。六右衛門が言っていた妓楼「醒ヶ井」の主人が礼を述べに来るからである。

水番、纏《まとい》番、壊し手など各組に分かれて訓練を行っており、賑《にぎ》やかな声が響き渡っている。

「間違いじゃあないですか？」

新之助は昨日からずっとそう言っている。源吾も評定の後、六右衛門に改めて身に覚えがないことを伝えている。しかし六右衛門は、

「先方は新庄藩火消で間違いないと申しておったぞ」

と、首を傾けつつ言っていた。

失態を他家に擦《なす》り付けるならまだしも、手柄を譲《ゆず》るとは考え難《にく》い。となればこれは一体どういうことなのだろうか。

「お見えになりました」

刻限丁度《ちようど》に来たようで、鳶の一人である権太《ごんた》が案内してきた。権太は四十三と火消をするには少し年がいっているので、このような雑用を主に行っている。

連れて来た男は四十絡《がら》みか。でっぷりと肥《こ》えており、満月を思わせる丸顔である。余程金回りがよいのだろう、見るからに豪奢《ごうしや》な身形《みなり》である。同じ金持ちでも大丸《だいまる》の下村彦右衛門《しもむらひこえもん》などはさりげなく良い物を身に着けているのだが、そのような洒落気《しやれつけ》は感じなかった。

「醍ヶ井の主《あるじ》、鳩五郎《きゆうごろう》と申します」

「新庄藩火消方頭取、松永源吾と申す。こちらは頭取並、鳥越新之助です」

名乗り合ったところで、鳩五郎は相好《そうごう》を崩して礼を述べた。

「一昨日は私どもの花魁、花菊をお救い頂き誠にありがとうございました。些《さ》少《しょう》ではございますが……」

勝手に話を進めようとするので、源吾は慌てて制止した。

「お待ち下さい。まことに当家の者に相違《そうい》ないでしょうか」

「再三《さいさん》御名をお尋《たず》ねしましたが、御名乗りになられませんでした。流石武門の名家戸沢家中の御方。謙虚《けんきょ》な方でございますな」

鳩五郎は目尻を下げ、口を窄《すぼ》め、感心している態《てい》で頷いた。

「はて、それで何故当家と？」

「花魁も名をお尋ねしたようで、その時『ぼろ鳶』と小声でお答えになったのをうちの若い者が聞いておりまして。ならば新庄藩の御方と思った次第でございます」

汚名か勇名かは知らぬが、ともかくぼろ鳶の名は花街《かがい》にまで知れ渡っているらしく、それで新庄藩の家中だと予想を立てたのである。

「なるほど。どのような火事だったので？」

配下の者かどうかを調べるためにも、まずはそこから聞かねばなるまい。

「灸《きゅう》の不始末です」

「灸？」

「はい。一昨日は如月二日ですので」

灸が出火原因になり得ることは解る。しかし如月二日とどう関係するのか、皆《かい》目《もく》解らなかった。鳩五郎はうっかりしていたといった様子で続ける。

「臍《へそ》の下のつぼに灸を据えれば、子を孕《はら》まぬといいます。特に如月二日は一年の内で最も灸が効くと伝わっております。故にその日、遊女は挙《こぞ》って灸を据えるのです」

鳩五郎は吉原ではずっと伝承されてきたことだと言うが、源吾はそのような俗言は耳にしたことはない。どうやら廓の中には特有の風習が根付いているようだ。

「なるほど……鳩五郎殿の醒ヶ井は？」

「昨年、隣の妓楼が廃業し、うちが買い取ることになりました。故にうちは二軒続きなのですが……残念ながら一軒だけに止《とど》まりました。一軒は半焼にも至らず」

「不幸中の幸いというやつですね」

新之助は声を明るくしたが、鳩五郎は微妙な表情である。これに関しては、源吾は訳に気付いているが、新之助には解らないだろう。

「あれ？　どうしました？」

鳩五郎の表情が冴えないことを、不審に思った新之助の袖を引いた。

「話の腰を折って申し訳ない。続きを」

源吾が促すと、鳩五郎は安心したように当日の様子を続けて説明した。

「炎上した建屋に、うちの看板である花菊が取り残されまして。それを新庄藩の鳶の方が救い出して下さったのです」

鳩五郎によると皆が逃げ遂《おお》せたと思ったが、その花菊の姿が見当たらない。一階は炎に包まれ、二階を焦《こ》がしており、とてもじゃないが入ることは出来ないと絶望していたらしい。そんな時、口を手拭いで覆った一人の男が颯爽《さっそう》と現れ、隣の妓楼の屋根に上がると、一気に駆け抜けて跳躍し、二階の窓から中に入ったのだという。

そして暫くすると花菊を抱いて窓辺に現れ、下で受け止めようと広げていた布団に、自らを盾《たて》にするかのように背面から飛び降りたらしい。

——そんなことが出来る奴は……。

新之助も気付いたようで眉を開いている。

「心当たりがあります。暫しお待ちください」

権太を呼んで、彦弥を呼びに行かせた。程《ほど》なくして現れた彦弥を見て鳩五郎が声を上げた。

「この御方でございます！」

「やはりそうか」

源吾は手招きをして脇に座らせた。

「一昨日はうちの花菊をお救い頂き、誠にありがとうございます」

「まあ……うん。構わないさ」

歯切れ悪く彦弥は応じる。

「お前、何で黙っていた」

「後で言います。まずここは……」

彦弥は小声で答えた。

「些少ではございますが、御礼としてこれを……」

鳩五郎はずっと脇に置いていた袱紗《ふくさ》を前に押しやった。源吾がそっと開く。包まれていたのは小判である。十両という大金である。

「そんなものは頂け――」

彦弥が言うのを遮《さえぎ》り、源吾は落ち着いて言った。

「火消が火事から人を救うのは当然のこと。当家はそのことで一切の御礼を受け取らぬという掟《おきて》があります」

「しかし……」

「お気持ちだけ頂戴《ちょうだい》しておきます」

これは源吾が定めた掟であった。礼の多寡《たか》で救い出す者の後先を決める火消は多い。だが、これは源吾にとって最も唾棄《だき》する火消の姿であり、一切認めてはいない。新庄藩だけでなく真《ま》っ当《とう》な火消組は、配下にこの掟を課している。加賀鳶《かがとび》の大音勘九郎《おおとかんくろう》は、礼を弾《はず》むから先に己の店の火を消して欲しいと言った商人に対し、

――当家を愚弄《ぐろう》するか。

と、刀を抜かんばかりに怒ったという話である。

また辰一《たついち》も同様で、こちらは一層加減を知らない。同じように頼んだ商人の襟《えり》

首を摑《つか》み、

――よし。先に消してやるから、お前はそこで待っていろ。

と、燃え盛る他人の店の中に放り込もうとし、商人は泣きながら詫《わ》びたという。

鳩五郎は渋々《しぶしぶ》といった様子で袱紗を下げながら言った。

「では、せめて一度うちに遊びにいらしてください」

「そうですか……彦弥どうだ？　構わねえぞ」

これまで断れば角《かど》が立つと思い、彦弥に勧《すす》めてみた。

「いや、結構です。お気遣いなく」

女好きの彦弥のことである。跳び上がって喜ぶと思ったが、その意外な答えに些か面食らった。新之助もこれには驚いたようで、いいのですかと二度ばかり確かめている。

再度礼を述べて鳩五郎が帰った後、源吾は彦弥に尋ねた。

「お前、変なものでも食ったのか？」

「いいえ。今朝は飯と味噌《みそ》汁、沢庵《たくあん》くらいですよ」

「いや、そうじゃねえ。廓だぜ？」

「いいんですよ。いつも茶化して吉原だ何だと言っていますが……実は行ったことはないんです」

「へ？」

素《す》っ頓狂《とんきよう》な声が漏《も》れてしまった。てっきり吉原にも精通していると思っていたのである。

「こちとらもっぱら素人《しろうと》ですよ」

彦弥は小指を立てて笑った。

「一昨日ももしかして……」

「そのまさか。不忍池でね。その帰りに火事があったんですよ。これが解っちまうと、姐《あね》さんに叱《しか》られちまう」

「なるほど。そういうことだったんですね」

新之助は納得して手を打った。だが源吾は胸に引っ掛かるものがあった。不忍池から新庄藩上屋敷のある麻布まで帰ろうとすれば、吉原の近辺を通るはずなどない。

もっとも、彦弥が悪事を働いているとは思っていないし、わざわざどこかの娘に手を出したことを認めているのだから、それも嘘だとは思えない。

「ところで、何でさっき袖を引いたのですか？」

二軒連《つら》なった妓楼のうち、一軒が全焼、一軒が僅かな被害だけで残った。新之助がそれを不幸中の幸いだと言い、鳩五郎が微妙な顔をしたことだ。

「吉原は特別なのさ。二軒とも燃えることを鳩五郎は望んでいたんだろう」

「え？」

新之助と彦弥の声が重なった。

「吉原は店が全焼すれば、廓の外での商いが認められる。しかもその間、一切の税を納めなくてもいいのさ」

「ならば今回は……」

「残念ながらって言っていただろう？　外での商いは認められなかったということだ」

「いや、おかしいでしょう。焼け残って残念って。苦しんでいる人もいるのに……」

「全くだ。だが忘八《ぼうはち》なんてそんなもんだ」

彦弥は苦々《にがにが》しく言って視線を天井へやった。

「忘八って何ですか？」

新之助は眉を顰めた。

「楼主のことをそう呼ぶんだよ」

妓楼は商売柄、様々な悶着《もんちゃく》が付き物で、楼主は商いの才の他に、非情さや冷酷さも求められた。故に仁、義、礼、智、忠、信、孝、悌の八つの徳を忘れた人にあらざる者という意味で忘八と呼ばれるのだと彦弥は説明した。

「へえ。物知りですね」

新之助は素直に感心している。

「さて……そろそろ訓練に戻るか。新之助、先に行ってくれ。御家老に報じなければならねえ」

「分かりました」

新之助は頼られたことが嬉《うれ》しいらしく、揚々《ようよう》と席を立った。源吾は文机《ふづくえ》に向かいつつ、同じく腰を浮かせた彦弥を呼び止めた。

「彦弥、悪いが少し残れ。当日の様子も記したい」

新之助が出て行くのを背で感じると、源吾はすぐに文机から離れて彦弥の前に胡坐を掻いた。

「御家老への報告はよろしいので……？」

「彦弥、何か俺に隠していることはないか」

源吾は正面から見据えつつ声低く言った。

「御頭、いつからそんなに疑り深くなったんだい。俺は何も……」

ちまちまと腹を探り合うつもりはない。彦弥が言い切るより早く、源吾は一気に捲《まく》し立てた。

「不忍池から上屋敷に戻るなら逆だ、吉原から離れるはず。半鐘の音が聞こえたとして、流石にお前の脚でも間に合わねえ。それに吉原に行かねえと言う割に、いやに詳しいじゃねえか。忘八なんてのは俺も初耳だぜ」

彦弥はきゅっと口を歪め、少し考えた後言った。

「前から興味はあったんですよ。聞いて詳しくなっただけです」

「じゃあ、何故一昨日、吉原の近くにいた」

「うーん……」

唸って言いにくそうにしていたが、彦弥は口を開いた。

「待乳山に登りたくなったんです」

「夜にか？」

「男だって思い耽りたい時もあるでしょう？」

待乳山が彦弥にとって特別な地であることは源吾も知っている。何か悩みでも抱えているのではないか。

「俺でよければ聞くぞ」

彦弥は白い歯を見せて首を横に振る。

「大した話じゃあない。どうやって女を口説《くど》こうかってなとこです」

「お前って奴は」

源吾は苦笑してしまった。

彦弥は自他《じた》共に認める女好きであるが、女を騙《だま》すような男でないことを源吾は重々知っている。これほどの男前で、現役軽業師として黄色い歓声を受け、さらに江戸で三本の指に入る人気の職である鳶、それも花形の纏師なのだ。彦弥は口説くなどと言っているが、言い寄る女が沢山いることも耳にしていた。

「ほどほどにしておけよ」

源吾が呆れたように付け加える。

「組に迷惑は掛けません。だから奥方様にはこれで」

彦弥は人差し指を口に添え、悪戯《いたずら》っぽく笑った。その笑顔の奥に、出逢った頃のような、どこか哀しげな香りを感じるのは気のせいであろうか。源吾は鼻先を摘《つま》みながら、教練場へ戻る彦弥を見送った。

数日後、訓練に励んでいた最中、左門が教練場に現れた。当初は毎日のように顔を出してくれていた左門であったが、新庄藩火消がそれなりの体を成したこともあり、また何より自身のお役目が忙しく、頻度はかなり減っていた。

左門は訓練する皆を邪魔をせぬように、何も言わずに近づいてくる。

「どうした？」

「客だ。屋敷のほうへ来てくれ」

先日も鳩五郎が来たばかり。頻々《ひんぴん》と客が訪ねて来ることなどまずない。皆の中に入って指揮を練習している新之助を呼び寄せようとすると、左門が言葉を重ねる。

「彦弥も頼む」

「また吉原か？」

左門は頷く。またどこかの楼主が礼を言いに来たということか。

「だが、火消だ」

て来る。

「お客さんが来られたのですか？」

抜けて来た新之助が丁度加わった。彦弥も手拭いで汗を拭いつつこちらへ歩いて来る。

「へえ、珍しいな」

「吉原火消だとよ」

「吉原火消っていうと……」

新之助は視線を上に運んで記憶を手繰《たぐ》ろうとする。

「滅多に会うことのない連中だ。廓の中だけが管轄《かんかつ》だからな。それがまた何で……礼を言いに来たか？」

尋ねると、左門は少し難しい顔になった。

「それだけではないようだ。何か頼みたいことがあるらしい」

左門も内容は聞かされていないという。吉原火消の頼み事と言われても見当《けんとう》もつかない。会えば疑問も晴れるかと、先日と同じように新之助と彦弥の二人を引き連れて向かった。

待たせてあるという客間の襖を開けると、そこには小柄な男がちょこんと正座していた。火消と聞いていたが、その割に項《うなじ》が日焼けしておらず、むしろ白いとさえ思えた。

源吾は上座に回って着座した。新之助は脇に、彦弥は少し下がったところに座る。

「お待たせ致しました」

「滅相もございません。前触れなく訪ねたご無礼、平《ひら》にご容赦《ようしゃ》下さい」

――火消らしくねえな。

前へ回ってみてもやはりそのような感想を持った。項同様、顔も日焼けしていない。そして頭《こうべ》を垂れる所作《しょさ》が、粗野《そや》な火消と異なり丁寧で美しかったこともある。

「吉原火消頭、矢吉《やきち》と申します」

頭だと聞いて些か驚いた。矢吉は、新之助とそう年の頃も変わらないのではないかというほど若い。

「新庄藩火消方頭取、松永源吾です」

「一度火事場でお見かけ致しましたので、こちらは存じ上げております。流石と舌を巻きました」

矢吉は熱っぽく語り、続けて新之助が名乗った。

「申し遅れました。私は頭取並の鳥越新之助です」

「お名前はよく目に致します」

矢吉は少しばかり口を綻ばせた。

「隣り合わせですものね」

「何の話だ？」

源吾は話が呑み込めずに新之助と矢吉を交互に見た。

「番付ですよ」

一年に一度出る火消番付において新之助は東の十三枚目に位置しており、この矢吉はその一つ下の東の十四枚目であるらしい。新之助は一度見たものは忘れないという便利な特技を持っており、勿論火消番付も全て諳《そら》んじている。

「纏番を務めている彦弥です」

最後に彦弥が端的に名乗った。

「先日はまことにありがとうございました。うちが至らぬばかりにご迷惑をお掛け致しました」

「失礼だがお歳は？」

源吾は先ほどから気に掛かっていたことを口にした。

「当年で二十三となります」

新之助と同い年、今年二十八になる彦弥の五つ下とやはり若い。源吾が訝しんでいることを察したか、矢吉は苦笑しつつ言葉を重ねた。

「吉原火消は皆私とそう歳が変わらないのです」

火消のことに精通している源吾でも吉原火消のことは詳しくない。火消は大きく二つに分けられる。一つは武家火消であり、それらは幕府直轄の定《じょう》火消、各大名が持っている八丁《はっちょう》火消に大別される。その八丁火消の中から幕府より特別な任務を与えられたものが、寺社や蔵を守る所々《しょしょ》火消や、新庄藩のように江戸城を守ることに専念する方角火消である。

もう一つが町《まち》火消であり、四十八組ある。これは幕府が町方《まちかた》に命じて結成させたもので、その費用も町々で負担している。

吉原火消はこの二つに属していない。敢《あ》えて似たものを探すとすれば店《たな》火消であろう。店火消は富商が自らの財産を守るために抱えている自衛組織である。札《ふだ》差《さし》などの半官半民の商人を除《のぞ》き、置くことは義務ではない。吉原では各妓楼が店火消を抱えており、これらの集合体が吉原火消と呼ばれている。

別名を「火の番」とも謂い、印《しるし》半纏、紺の腹掛《はらが》け、股引《ももひき》、三尺帯《さんじゃくおび》というで

たちである。吉原の夜が深くなると、鉄輪のついた棒をじゃらじゃらと鳴らしつつ、

——火の用心さっしゃいましょー、二階を回っしゃいましょー。

と、呼びかけて火の番をすることは有名である。

そのような性質上、管轄以前に吉原以外を守る義理もないので、吉原の外に現れることはなく、決して他の火消とかち合うことはなかった。

源吾はこの若い火消に向けて諭《さと》すように言った。

「礼ならば結構だ。火事に遭《あ》えば助けるのは火消として当然」

「そうですよね……」

何故だか矢吉は歯切れ悪く応じた。

「ところで頼みがあると聞いたが」

「はい……是非ともお聞き届け頂きたいことがあります」

「事と次第によるが、同じ火消だ。力を貸せるならば貸すつもりだ」

矢吉は躊躇《ちゅうちょ》するような素振《そぶ》りを見せたが、深く息を吸うと一気に言い放った。

「彦弥さんに吉原へ来て頂きたいのです」

「それは遊びにということではなく……」

「火消としてということです」

想像の範疇《はんちゅう》を超えていたので、暫しの間声も出なかった。

「それは吉原火消になれということでいいんだな」

「はい。私に代わり、吉原火消の頭を務めて頂きたいのです。俸給は年に二十五両」

「二十五両か。そりゃすげえな」

十両取れば一流の鳶と言われる中、破格の待遇である。現在の彦弥ら主だった頭の年俸は十両だが、それは表向きだけのことで、実際のところは六両ほどしか支給されていない。これは寅次郎や彦弥が配下にも暮らしに困らぬだけやって欲しいと申し出たことである。

配下が高く評価されるのは源吾としても嬉しく、少しばかり気分が高揚した。

「また何で彦弥を」

「吉原の町は全ての建物が二階建てなのです。彦弥さんの身軽さが活きてきます」

「確かにそれは違いねえ」

正直なところ彦弥を失うのはとても痛い。とはいえ今時二十五両の俸給を貰う鳶など皆無《かいむ》である。彦弥にとって良い話であるのは間違いない。

「ちょっと待ってくれ。勝手に話を進めて貰ったら困る」

それまで大人しく静観していた彦弥が口を開いた。

「どうだ。いい話だとは思う」

「俺はもうここには必要ねえってか？」

「いいや、必要だ。信太も成長したが、お前の代わりは務まらねえ」

「なら話は簡単さ。俺は元々鳶になんてなる気はちっとも無かった。御頭に誘われたからこうしてやっているだけさ。俺が新庄藩を辞す時は、鳶を辞める時なんだよ」

彦弥は一気に話すと、矢吉に向けて片手で拝《おが》みながら続けた。

「てな訳だからよ。悪いけど、断らせて貰うぜ」

「そうですか……そこまできっぱり言われれば仕方ありませんね」

ただ引き抜きを失敗しただけにしては、矢吉の表情は暗い。源吾はそれが気になった。

「頭を譲ってまで迎えたいっていうのは相当だ。何か訳があるんじゃねえか？」

「吉原火消の頭なんて、俸給がいいだけで大層なものではありません。私も実力で選ばれた訳ではありませんので……」

「どういうことです？」

新之助は怪訝《けげん》そうに口を突き出した。

「私なんて元は幇間《ほうかん》です」

幇間とは太鼓《たいこ》持ちとも呼ばれ、吉原の中の裏長屋に住み、見番《けんばん》に属す。この見番は幇間の他にも芸者を抱えており、妓楼の宴会などに幇間、芸者を派遣する。その幇間の仕事といえば、宴席で面白い小噺《こばなし》をしたり、芸者の三味線《しゃみせん》に合わせて唄や踊りを披露《ひろう》して座を賑やかし、客の機嫌を取りもつことである。

「なるほどな。だからその異名か」

同じように芸の道にいる彦弥はいち早く言った。

「ええ。私の二つ名である『小唄《こうた》』はそこから来ています。楼主たちは火消に期待なんかしちゃいない。だから誰でもいいんです」

矢吉は苦々しく説明を始めた。火事で妓楼が焼ければ、廓の外で仮宅を構えることが認められ、この場合には幕府に納めるべき税が全て免除されるというのは、源吾が先日解説した通りであった。多少誇張はあろうが吉原の一日の総売り上げは千両とも言われる。ここから得られる税を失うことは幕府としても痛い。そこで幕府は楼主たちに独自で火消を用意させ、その連合体という形で吉原火消を結成させた。

だがこの吉原火消、当の楼主たちが表には出さぬものの、

——燃えれば儲かる。

と、思っているのだからまともな火消が選出されるはずはない。妓楼の出来の悪い若い者を出したり、あぶれ者を雇って人数を間に合わせたりと、素人ばかりで構成されている。

「俸給が高いのも、適当に炎に当たることへの、口止め料が含まれているのです」

矢吉の声に怒りが滲《にじ》んでいるのを感じた。

「お前さんは違うのかい？」

矢吉の言葉に熱を感じたからか、源吾の話し振りも武士のそれではなく、火消のものに戻っている。

「私は吉原火消に志願しました」

「へえ。俸給目当てって訳じゃなさそうだな」

「はい……妹を吉原の火事で失いました」

矢吉は膝の上に置いた両の拳を強く握りしめた。

矢吉と妹は常陸国《ひたち》鷲子《とりのこ》村の産で元は百姓の家に生まれた。他に兄弟姉妹が三人、父母合わせて七人の家族であったが、宝暦《ほうれき》年間から続く飢饉《ききん》のこともあり、末弟、末妹の二人が売りに出された。

「私たち兄妹は運が良かったのです。私は幇間として見番に、妹は禿として妓楼に、同じ廓の中に売られたのですから」

「それで？」

合いの手を入れたのは彦弥だった。彦弥はいつになく真剣な表情になっている。彦弥は自身が捨て子ということもあり、似た境遇の者に対して強い共感を持っていた。今回も矢吉と妹の話を聞いて思うところがあるのだろう。

「私が十五の時に廓で火事がありました。その時の吉原火消はあまりにも動きが悪かった。燃えたのは妹が買われた妓楼。そこの忘八が、当時の吉原火消頭の雇い主だったのです。つまり自分の店が燃えるように火消を遅らせた……」

矢吉は怒りが蘇《よみがえ》ったか、吉原火消の立場にありながら、思わず楼主のことを忘八の蔑称《べっしょう》で呼んでしまっている。

「本当に何なんですか。吉原の連中は！」

新之助もそれに同調するかのように憤《いきどお》りを顕《あら》わにした。

「花魁が逃げたかは確かめたようですが、新造や禿は数えもしなかった。妹は火元近くの納戸で痛ましい姿で見つかりました。まだ十二でした……」

場を静寂が支配した。教練場から屋敷までは少しばかり距離があるが、訓練に励む鳶の声が薄く聞こえるほど静かな時が流れた。その無言の時を再び破ったのも矢吉であった。

「今、吉原では連続して火付けが起きています」

「何……そんな話は初耳だ」

「廓の中の話は外には漏れませんので。吉原火消は他の火消とも一切の繋がりがありません」

吉原で起こった火事を、他の火消が手伝ってはならないという決まりはない。だがそれでも応援に駆け付けないのには訳がある。吉原火消は周囲の火事に対して一切の見舞いを行わないからだ。吉原の目と鼻の先で炎が猛《たけ》っており、火消が奔走していようとも、吉原火消は見て見ぬふりを決め込む。そのような吉原火消であるから、他の火消も助けてやろうなどとは思わない。その点でも吉原火消は特異な存在といえる。

　矢吉は下唇を噛みしめ、重々《おもおも》しく言った。

「私が頭になってから、周囲の見舞い火消に向かおうとしたこともあります。しかし忘八連中が、そんなことをしても一文の得にもならない。どうしても向かうならお前は馘《くび》だと」

　なおも矢吉は食い下がったらしいが、楼主たちは万が一風向きが変わり、手薄な吉原に火が回って、うちの大事な『品』が壊れたらどうするとまで言い腐ったらしい。

　矢吉は自ら手を挙げて頭に就任した。誰もやる気がない吉原火消である。矢吉を物好きな男だと陰で嗤《わら》っているという。矢吉は頭として、徐々にでも吉原の火事への姿勢を変えたいと願っている。故に志《こころざし》半《なか》ばで馘になる訳にいかず、苦《く》悩《のう》の末従っているという。

「その火付けどんな次第だ」

　源吾は声を落として尋ねた。

「手口は単純に火を付けただけのものもあります。しかし下手人《げしゅにん》が皆目解らない」

「普通に火を付けたってなら、すぐにでも……」

源吾が言いかけると、矢吉は顔を顰め薄く笑った。馬鹿にしている訳ではない。自分でも辟易《へきえき》しているといった様子に取れた。

「吉原にはいかほどの人が住んでいるかご存知ですか」

「いや……」

「一万です」

「それほどか――」

確かに賑わっているとは思っていたが、あの狭い区画にそれほどの人が住んでいるとは想像以上であった。

「それだけではありません。吉原千両と言うほどの賑わいです」

矢吉はいかに廓を訪れる客が多いか熱弁を揮《ふる》った。

一日の売り上げが一千両。花魁のうち最も高いのは昼三が一両一分。客の全員が昼三を指名したとしても、一日に実に八百人以上の客が来ていることになる。実際には金二朱の河岸女郎が目当ての客も多いので、三千人を超える日もあると見ているが、吉原に住まう矢吉ですらその正確な数は把握しきれていないという。

「下手人が誰か見当もつかないと」

「恥ずかしながら……火付けは未だ防げず、最近では四、五日に一度。このままではいずれ大火にもなりかねない。どうにかしたいが、腑抜《ふぬ》けの吉原火消だけじゃどうにもならない」

「それがどうしてうちに？」

新之助が話を引き取って進めた。

「彦弥さんが花菊を救ってくれたのを見て、修羅場《しゅらば》を潜《くぐ》ってきたぼろ……いや、新庄藩の方々ならば、きっと解決の糸口を摑めるのではないかと、藁《わら》にも縋《すが》る思いで来たのです」

「なるほど……だとよ。どうする？」

源吾は腕を組んで首を振った。先ほどから彦弥が前のめりになって膝を揺らしていた。

「矢吉、やっぱり俺は吉原火消にはなれねえ」

彦弥は矢吉を見据えて言い切った。

「はい……」

「だが、焼けるのを喜ぶ忘八どもや、火に手加減する吉原火消、そして火付けをしようって輩《やから》……どいつもこいつも胸糞《むなくそ》が悪い。御頭」

彦弥は矢吉から目を離さぬままに呼んだ。

「おう」

「暫く暇をくれませんか。ちょっくら廓に乗り込んで片付けてきます」

「構わねえさ」

太鼓の拍子のように小気味よく受け答えしたものだから、矢吉のほうが驚いている。

「本当ですか……」

源吾は一呼吸置いて話した。

「ああ……だが彦弥だけじゃ心許《こころもと》ない」

「まあそうでしょうね。信太は俺がいない間の纏番として残さなきゃならねえ。誰を付けてくれます？」

彦弥は苦笑いしながら顔を窺ってきた。

「俺が行く」

「えっ、火喰鳥《ひくいどり》が直々《じきじき》に――」

矢吉は吃驚《びっくり》して言葉を失う。新之助はにやりと笑いながら腕を突《つつ》いてきた。

「何だかんだ言って、御頭も吉原に行きたいんでしょう。奥方様にこのことを……」

矢吉の前だということも忘れて、源吾は新之助の肩に肘鉄《ひじてつ》を見舞った。痛いと悲鳴を上げる新之助をよそに、源吾は彦弥と矢吉を交互に見た。

「俺も聞いているだけで腸《はらわた》が煮えくり返っていたのさ。眠てえ野郎どもの目を覚ましてやる」

「流石、御頭だ。俺が見込んだ男だけはある」

彦弥はからりと笑って白い歯を覗かせた。新之助も肩を摩《さす》りながら笑っている。急転直下の決断に、頼みに来たにもかかわらず、矢吉だけが茫然としていた。

第二章　不夜城《ふやじょう》

一

矢吉の前ではああ言ったが、源吾には他の思惑《おもわく》もあった。

――新之助を次の段階へ進めなくてはならない。

と、いうことだ。

今の新庄藩は己がいなくなれば、崩壊まではせずとも、今まで通りの動きは出来ないだろうと考えている。引退を考えるにはちと早いが、これればかりは突然やってくる可能性もある。つまりは己が殉職《じゅんしょく》するということである。火消《ひけし》は常にそれを頭の片隅に置いておかねばならない。

新之助は当初よりも大きく成長したが、まだまだ半人前。人を育《はぐく》むということは実に難しい。今までは手取り足取り教えて来たが、それでは一定以上は成長しない。かつて己もそうであったように、自分で考えて動き、失敗から学び、成功から自信を得て次の段階へ進めると考えている。

しかしこの段階が最も危険なのだ。半人前であるが故《ゆえ》に、一つの失敗で取り返しがつかない事態を招くこともある。己が大きな失敗を未然に防いでやることも出来る今のうちに、新之助に任せる局面を増やしていかねばならないと考えていた。

翌日の夕刻、源吾は吉原行きの算段を始めるため、訓練を終えると自宅に武蔵《たけぞう》と星十郎を呼んだ。武蔵は元万《まん》組の頭《かしら》であり、人を育てることの大切さを熟知している。また星十郎は新庄藩火消の軍師的な立場であり、このような相談には欠かせない。そして同時に星十郎も天文方《てんもんかた》の頭に就任し、人を育成する立場になった。人と隔絶《かくぜつ》して生きて来た星十郎である。老婆心《ろうばしん》ながら聞かせた方がよいと考えた。

「今回の吉原はそれにはうってつけだ」

源吾は武蔵に向けて言った。

「ああ、吉原ならいざとなれば飛んで戻れる。前回はちと不安だったからな」

武蔵が前回と言ったのは、京行きのことだ。頭である源吾、軍師である星十郎、源吾を除《のぞ》いて最も現場に精通する武蔵が抜けていた。先代長谷川平蔵《はせがわへいぞう》の窮地《きゅうち》とあって仕方なかったが、かなりの不安を残して向かった。

「では、此度《こたび》は誰を連れて行かれますか？」

やはり星十郎は呑《の》み込みが早い。人選の相談だと解《わか》っている。

「俺と彦弥、あと一人だな」

「寅《とら》でしょうね」

武蔵は源吾が思い描いていた男の名を出した。

「俺もそう考えていた」

「お二人、仲がよろしいからですか？」

星十郎の問いに、武蔵は首を振って答えた。

「互いに命を預け合うんだ。確かに火消に相性は大事です。その点、彦弥と寅は申し分ない。しかし寅を連れて行くのは別の意味がある。御頭と頭取並《とうどりなみ》のことと同じですよ」

やはり武蔵は全てを見抜いている。星十郎の智謀《ちぼう》は新庄藩火消でずば抜けているが、ここらの人の妙《みよう》に関しては武蔵に譲《ゆず》らざるを得ないだろう。

「というと、壊し手のこと……」

「ええ。彦弥はああ見えて人を育てるのが上手い。適度に放任するところがいいのでしょう。番付《ばんづけ》入りした信太を含め、纏《まとい》番は皆急速に力を付けています」

源吾は黙して武蔵の話を聞いた。星十郎も素直に頷いて耳を傾けている。

「寅は優しすぎる。配下を危険に晒《さら》さぬようにと、いつまでも自分が先頭に立って火の粉を被ってしまう。これじゃあ辰一と『に組』の二の舞だ。壊し手にも試練を与えなくてはなりません」

完璧な回答に満足して源吾は頷《うなず》いた。万組という小規模な町《まち》火消を率《ひき》い、火消番付の小結《こむすび》にまで上ったのは伊達《だて》ではない。やはり武蔵は一流の火消にして、一流の頭だ。三十両を出しても抱えたいと思う藩があってもおかしくなく、本当ならば新庄藩で抱えられるような人材ではない。

「なるほど。勉強になります」

星十郎は星十郎で、自身がその点で武蔵に劣《おと》ることを十分承知しており、こうして学ぶ姿勢を見せるのがこの男の真の凄《すご》さと言えよう。

「お前ら二人が新之助に付いてくれれば不安はねえ。留守番を頼む」

「はい。任せて下せえ」

源吾は星十郎に向けて言った。

「一万人以上の中から下手人《げしゅにん》を探し当てるとなれば、俺たちだけじゃ心許《こころもと》ねえ。星十郎の知恵は必要だ。迷った時は報《しら》せるから助けてくれ」

「承《うけたまわ》りました」

源吾が言い切ると、星十郎は顔を少し紅潮《こうちょう》させ力強く頷いた。源吾は配下がいかに優《すぐ》れていても、己を奮起《ふんき》させることこそあれ、妬心《としん》を抱くことはない。それも組を纏めていく上で重要なことの一つだと戒《いまし》めている。

今日は全員が揃《そろ》っている訳ではないので、食事は構わないと伝えてある。二人が帰った後、隣の部屋で平志郎に乳を与えていた深雪に声を掛けた。

「深雪、悪いが暫《しばら》く留守がちになる」

新庄藩上屋敷から吉原まではかなりの距離になる。毎日通っていては時間も限られてしまい、下手人に迫ることは出来ない。

「はい。家のことはお任せ下さい」

場所が場所だけに、新之助は深雪の機嫌を損ねるのではないかと心配しており、源吾としても余計な憶測をされないかと少々危惧《きぐ》していた。しかし深雪にそのような様子は見受けられない。

「何も心配することはないからな」

言ったそばから己の馬鹿さ加減に辟易《へきえき》した。言わずともいいことである。襖《ふすま》が開き、深雪が入って来た。平志郎は腹《ふく》が膨れたようで、布団《ふとん》に寝かしつけられ、か細い寝息を立てている。

「分かっています。それとも実は疚しいことでも……」

「ないない」

「そんなお金も当家にはありませんしね」

深雪は意地悪そうな顔を作って笑って見せ、食事の支度《したく》をするべく台所へ降りて行った。手持ち無沙汰《ぶさた》になったが、軒先《のき》に煙草《たばこ》を吸いに行く気にもなれない。ここで部屋を離れればやはり怪《あや》しいと思われるのではないかという、恐怖が僅《わず》かにある。すっかり部屋の隅にあることに慣れて、普段はあまり気に掛けない菩薩《ぼさつ》花《ばな》の葉を撫《な》でた。

「水をやったほうがいいんじゃねえか？」

「今日はもうあげています」

「それならいいんだ」

「珍しいことを仰《おつしや》います。やっぱり何か……」

台所で忙《せわ》しなく動いていた深雪が足を止め、こちらを見る。その目が笑っていることから、本気でないことはすぐに解ったが、菜を切ろうとした包丁が手に収まっているので、源吾としては気が気でない。
「彦弥じゃあるめえしな」
源吾が吐き捨てると、深雪は首を傾《かし》げつつまな板に向かった。
「彦弥さんは何で、あんなに女好きなのでしょうね」
源吾も以前、彦弥が何故《なぜ》あんなにも女好きなのかを考えたことはある。それで
一つの仮説に辿《たど》り着いていた。
「あいつは捨て子だ。顔も見たことがない母への想いが、捩《ね》じれてそうなったの
かもしれねえな……」
「今回も彦弥さんが受けることを切りだしたのでしょう？」
菜を切る音、次いで水を汲《く》む音が聴こえる。深雪は話しながらでも手際よく食
事の支度を進めている。
「ああ。俺も首を突っ込むつもりになっていたが、真っ先に言ったのはあいつ
だ」
「吉原に好いた人でも出来たのでしょうか？」
彦弥は吉原に通ったことはないと言っていた。それが真《まこと》ならば、火事の時にい
い女を見かけて目星を付けたということか。普段の彦弥を見ていれば有り得ない

話ではない。

「どうだろうな」

矢吉が話していた時、終始《しゆうし》彦弥が妙に真剣な面持《おもも》ちであったことが少し気に掛かっていた。

「旦那《だんな》様は私のことを好いていますか?」

「馬鹿《ばか》、武士が言えるか」

大人《おとな》の、それも武家の女が訊《き》くことではあるまい。源吾も武士として相当に型破りなつもりでいるが、それでも気恥ずかしく面と向かって言えるはずが無い。ましてや夫婦になって何年も経《た》っており、平志郎という子までいる。

「普段は火消が火消がって仰っているのに、このような時だけ武士ですか?」

火を弱めるために竈《かまど》の薪《まき》を横に避《よ》けていた深雪は、振り返って悪戯っぽい視線を送った。

「揶揄《からか》わないでくれ。そんなこと言い合う夫婦が他にいるか?」

「口にしないだけで、世の妻は皆聞きたがっているものだと思います。世の殿方も、その点だけは彦弥さんを見習ったほうがいいかもしれませんね」

「そんなもんかねえ……」

これ以上話を続けていると、本当に言わされかねない。源吾は適当に相槌《あいづち》を打って煙草盆《ぼん》を取った。

この妻は母になっても昔の初々《ういうい》しさを失わない。飯が炊きあがる沸々《ふつふつ》とした音に、深雪のくすくすと楽しげに笑う声が重なっている。源吾は苦く笑いながら、煙草盆と共に軒先へ逃げるように向かった。

二

翌日、支度を進めている源吾の元に、左門が訪ねてきた。新庄藩に老中《ろうじゅう》の田《た》沼意次《ぬまおきつぐ》から直々《じきじき》に文が届いたという。

――吉原に不審な火事が多発しておる。方角火消大手組新庄藩は、吉原火消を援《たす》けて真相を暴き、事を鎮《しず》めるように。

田沼から届いた文を要約するとそのような内容であった。

もともと見舞い火消は罪ではないのだから、先方が受け入れるというのであれば、吉原火消への応援は咎《とが》められることはない。もっとも新庄藩火消のお役目である方角《ほうがく》火消に支障を来《きた》してはならないのが前提ではある。故に幕府に報じる必要はなかったのだが、意外なことでこの応援が公のものとなった。

「田沼様は何でもご存知《ぞんじ》だな」

左門から文を受け取って目を通し、源吾は舌を巻いた。

「吉原ではこの不審火を隠しているが、毎日数百、数千の男が登楼しているのだ。隠し通せるものではあるまい。諸藩の江戸詰めからも耳にしている」

左門のお役目は江戸での外交官ともいうべき御城使《ごじょうし》である。諸藩の同役と面会する機会が多い。

「とんと知らなかったな……」

「お主は吉原に行かぬでな」

「そんなに侍《さむらい》の客が多いのか？」

「ああ、当家と違って羽振りがよい藩はな。そうでなくとも藩の費用を使いこみ、腹を切らされたという例もある」

妻を国元に残して参勤《さんきん》している武士の中には、足繁く吉原に通っている者も多いらしく、それで身を持ち崩す者も少なくないという。では止《や》めればよいと思うが、それをさせない魔力のようなものが吉原にはあるということか。

「ともかく、この事件は幕閣《ばっかく》にも取り沙汰されているということだ。気を引き締めて頼む」

左門は一層真剣な面持ちで付け加えた。


源吾が彦弥と寅次郎を連れて吉原に向かったのは、翌如月十一日のことであった。京に向かった時のように、行李《こうり》に着替えなど日常のものの他に、手持ちの鳶《とび》口《ぐち》、火消羽織《ばおり》などの最小限の火消道具を詰めてきている。寅次郎はそれらの荷の他に、特注で作らせた大鉞《まさかり》を持ってきている。さすがに剝《む》き出しのまま持ち運ぶのはまずいと、白布を巻いているがそれでも大層目立つ。

そもそも槍《やり》のような長物を持って往来《おうらい》を歩くことは、事情がなければ許されない。すでに二度ばかり辻番《つじばん》に止められ、身分を示して火消道具だと説明しなければならなかった。

「このままじゃ吉原に入るまでに十回は止められそうだ」

「確かに。面倒なことだ」

彦弥は舌打ちをして、寅次郎も辟易しているといった様子である。

「万が一のことを考えれば仕方ねえ。新之助が配下を連れて駆け付けるまでは、俺たち三人しかいねえんだ。寅にも気張って貰《もら》う必要がある」

四、五日に一度の不審火とは尋常ではない。火事になれば消火に移らねばならないが、矢吉の話に依《よ》ると、吉原火消は大して役に立たないと思った方がよいだろう。そうなれば三人だけでも消し止める覚悟でいる。

「そういえば頭取並、今回はあまり文句を仰《おつしや》いませんでしたね」

寅次郎は思い出したように呟《つぶや》いた。源吾が武蔵と星十郎を連れて京に向かった時は、新之助はずるいだの、何で私がだの、文句ばかり垂れていたのである。

「全く興味が無いんだとよ」

源吾もまた、新之助が置いてけぼりになることに不満を口にすると思っていたが、意外なほどすんなりと受け入れた。京は行ってみたいと常々《つねづね》思っていたというが、吉原にそのような思い入れはないらしい。むしろ、

——私は何か苦手ですね。

と、眉《まゆ》を八の字にして見せた。

中に入ったことはないが、以前、近くを通ったことがあり、周囲に放たれる強烈な浮《うわ》ついた雰囲気にそのような感想を持ったらしい。また吉原に向かう男たちの顔が、どれも締まりの無い醜《みにく》いものに見えたようで、自分には合わない場所なのだと思い至ったという。

「新之助って女に惚《ほ》れたことあるんですかね？」

話を聞き終えて、彦弥は笑った。彦弥は新之助のことを名で呼び捨てる。反対に新之助は敬称をつけて呼ぶのだから、どちらが武士だか解らない。通常は有り得ないことだが、無頼漢《ぶらいかん》の多い火消の中ではこのようなことも儘《まま》ある。

「浮いた話は聞かねえな」

「ふうん。あんな別嬪《べっぴん》な母上がいれば、目が肥《こ》えても仕方ねえか」

彦弥は言い終わると陽気に口笛を吹き始めた。

源吾はそんな彦弥を横目で見て、新之助に女気が無いのも、彦弥に女気があり過ぎるのも、何となく根は同じようなところにあるのかもしれないと思った。

神田界隈《かんだかいわい》を通り、浅草を抜けて隅田川《すみだがわ》沿いに北上すると、吉原に続く日本堤に入るのである。

日本堤は隅田川の決壊を防ぐための堤防であったが、吉原が千束村《せんぞく》に移ってからは吉原への通り道として利用されるようになった。浅草聖天町《しょうでんちょう》と、三ノ輪《みわ》を一本道に結んでおり、吉原はその中間に位置するため、江戸のどこから来ても最後は日本堤を通ることになる。

待乳山聖天から吉原までを特に「土手八丁《どてはっちょう》」と呼び、葦簀《よしず》張《ば》りの掛茶屋や、屋台が数多く並んでいる。先日、彦弥は待乳山の傍《そば》で火事を見て、この土手八丁を駆け抜けて吉原に向かったということである。

「ここが衣紋坂《えもんざか》さ」

彦弥は現れた下り坂を指差した。

日本堤は土手であるため、周囲よりも高くなっている。吉原に降りるためのこの坂だった。

「そしてこれが見返《みかえ》り柳《やなぎ》」

彦弥は衣紋坂を下って左側にある、何の変哲《へんてつ》もない柳を見上げた。吉原から帰る客が名残惜《なごりお》しんで、この辺りで立ち止まって振り返ることから、このような名が付いたという。

「寅の鈲は許しが出ているんですよね？」

続いて柳の斜向かいに立つ高札《こうさつ》を見ながら尋ねてくる。高札には様々な条文が書かれていた。例えば、江戸市中で許可なく売春の店を出してはいけないだとか、医師の他には何者も駕籠《かご》を乗り入れてはならないなどというものである。その中に遊郭《ゆうかく》に槍や薙刀《なぎなた》を持ち込んではならないという一条も書かれている。

「田沼様から直々にお許しを頂いている」

せめて鳶口と鉞くらいなければ、万が一の時に対処できないと、左門を通じて田沼の許可を得ていた。

「お次は五十間道《ごじっけんみち》だ」

彦弥は軽い調子でまた説明を始めた。

衣紋坂から吉原まで約五十間（約九〇メートル）であったことで、そのまま五十間道と呼ぶようになった。三度大きく曲がっていて、ここにも両側に茶屋や商家などが軒を連《つら》ね、客を呼び込む声が絶えない。ここまでくればいよいよ吉原だという気になってくる。

――やっぱり、やけに詳しい。

源吾は内心そう思った。日本堤の名こそ知っていたものの、吉原に通うことのない源吾は、衣紋坂や五十間道などは知らなかった。それに対して彦弥は吉原について知識がある。吉原に行ったことがないというのは嘘《うそ》で、実際のところは馴《な》染《じ》みの女でもいるのかもしれない。

二度目の曲がり角に差し掛かった時、源吾は口に出した。

「なあ、彦弥」

「なんですか？」

「お前、吉原に通ってないというのは本当か？」

「嘘じゃねえよ」

「別に通っていても咎めることはねえんだぜ？」

「わかっていますよ。奥方様もそうでしょうし」

市井《しせい》では遊女を玄人《くろうと》と呼び、それ以外の女を素人《しろうと》と呼ぶ。深雪が彦弥を叱《しか》りつけるのは、素人に手を出しているからで、吉原に通っていても苦笑するだけだろう。

「それにしては詳しすぎやしねえか？」

「言ったでしょう。登楼したことはないが、憧《あこが》れはあって見に来ることはあるんですよ。吉原にはそんな素見《すけん》も多いのさ」

「素見？」

寅次郎が太い首を傾げる。源吾もまた聞き慣れない語彙《ごい》である。

「うーん……張見世《はりみせ》って分かりますか？」

「ああ、遊女が並んでいる……」

妓楼《ぎろう》が表通りに面したところに設《もう》ける格子《こうし》のことだ。内側に遊女がずらりと並んでおり、客は格子越しに眺めて品定《しなさだ》めをする。妓楼の営業は昼見世と夜見世があり、昼見世は午《うま》の刻（午後零時）から申《さる》の刻（午後四時）まで、夜見世は暮れ六つ、つまりは凡《およ》そ酉《とり》の刻（午後六時）から子《ね》の刻（午前零時）まで行われ、この間に客の付かない遊女は張見世に出て客を引く。

「この張見世を見るだけで、登楼しようとしない冷やかしのことを素見と呼ぶ。つまりは俺ももっぱら素見てな訳さ」

彦弥は片笑《かたえ》んで解説を続けた。

田舎《いなか》から出て来た百姓などは必ずといっていいほど吉原見物に出る。遊女を卑《ひ》猥《わい》な対象として見るという訳ではなく、どちらかというと有名人を見るような羨《せん》望《ぼう》の眼差《まなざ》しで見て、国元への土産《みやげ》話にする。

このような素見が多いから、

――素見が七分買うやつが三分なり。

という川柳《せんりゅう》もあるほどらしい。つまり七割が冷やかしなのだそうだ。

彦弥に吉原のいろはを教えて貰いながら歩み、ついに大門《おおもん》へと辿り着いた。

「大層《たいそう》なものですね」

寅次郎も初めてらしく、大門を見上げながら零した。

昼間だというのに、吉原には人が多い。大門を境として別世界のような賑わいとなっている。

この大門が廓《くるわ》唯一の出入口になっている。男の出入りは自由であるが、女となると極めて厳しい。素人女が入る時は予《あらかじ》め切手《きって》と呼ばれる通行証を手に入れておかねばならない。この切手を持たない女は、いかなる理由があろうとも廓の外に出られない。遊女が変装して逃亡するのを防ぐためだった。

「まずは……面番所《めんばんしょ》だったか？」

源吾は詰まりつつ彦弥に尋ねた。吉原に到着次第、手続きを踏むように言われている。吉原にある施設は他に無いものだらけであり、そのため名もうろ覚えだ。

「左が面番所、右が四郎兵衛会所です。まずは面番所にって話だったはずですぜ」

面番所は瓦《かわら》屋根の建物で、町奉行の支配下にある。隠密廻《おんみつまわ》りの同心《どうしん》が二人、岡《おか》っ引《ぴ》きが交代で常駐《じょうちゅう》しており、お尋《たず》ね者などが出入りしないか見張っている。源吾は立番《たちばん》している岡っ引きの近くまで歩を進めた。

「新庄藩火消方頭取、松永源吾ほか二人。すでにお聞き及びかと思いますが、吉原に常駐して不審火を取り締まることになりました。よしなにお願い致す」

流石にこのような時は武士らしくしなければならないと、源吾は背筋を伸ばして朗々《ろうろう》と話した。

「少々お待ちを」

岡っ引きは面番所の中に駆け込み、代わりに武士が現れた。

「隠密廻りの岡田五兵衛《おかだごへえ》と申します。新庄藩の方々のことは伺っております」

「長物を持参しているが、それもお聞きか」

寅次郎が携《たずさ》える布を巻いた大鉞をちらりと見た。

「奉行から許可が出ております」

田沼から吉原に向かえと命じられたのはまだ一日前のことである。多少の行き違いもあるかと危惧していたが、流石というべきか田沼の手回しは早い。

「滞在中は吉原火消の世話になります。何かあればお報せ下さい」

「ご覧の通り、面番所は十名にも満たぬ役所。なかなか火付けを追い詰めるまでには至っておりません。大名火消も投じて下さるとは、いよいよ上も本腰を入れて下さったという訳ですな」

岡田の話の中で気に掛かることがあった。

「今、大名火消『も』と仰いましたか？」

「ええ……確かに」

岡田は怪訝《けげん》そうにしている。

「それは面番所に加えてという……」

「いえ定火消《じょうびけし》ですよ」

「定火消⁉」

源吾が声を上げるのを、岡田は口に指を当てて制した。

「ご存知《ぞんじ》ないのですか？」

「はい。てっきり我らだけかと」

言ってよかったものかと岡田はばつの悪そうな顔になる。

「同じ上からのお達し故、話してはいかんということはないと思いますが……」

「お聞かせ下され」

岡田は声を落として話した。

「貴殿らと同じく、内密に定火消が二日前に入っています」

「それもこの火付け事件を追うため、と」

「はい。そのように聞いております」

「それは老中田沼様の命で？」

岡田は細かく首を振りつつ言う。

「私どものような木っ端《こっぱ》役人には、どなたの命かまでは解りかねます……ただ奉行所から便宜《べんぎ》をはかるようにと申し付けられました」

奉行所から面番所にお達しがあったということは、少なくとも正規の手順を踏んでいることは確かである。

源吾らは、元々吉原火消頭の矢吉の要請を受けて、吉原の事件に乗り出すつもりだった。そこに見計らったかのように田沼からの命が来た。

――もしかすると彦弥のことを知っていたのかもしれない。

脳裏《のうり》にそのような考えがふと過《よぎ》った。つまりは吉原の火事で新庄藩の火消、つまり彦弥が活躍したことを聞きつけ、それに乗じて「ぼろ鳶組」を投入しようと思いついたのではないか。田沼はかなり多忙なはずなのに、この手回しの早さは、元々吉原の火付け事件に注目していた証左《しょうさ》ではないか。すでに定火消が吉原の内偵を始めていることと、それも関係するような気がした。

「どこの定火消ですか？」

岡田に顔を近づけて尋ねた。府下には小川町《おがわまち》、八重洲河岸《やえすがし》、駿河台《するがだい》、麴町御《こうじまちご》門《もん》外、市谷左内坂《いちがやさないざか》、御茶ノ水《おちゃのみず》、赤坂《あかさか》御門外、飯田町《いいだまち》の八か所の定火消が存在する。そのうち八重洲河岸は過日の事件で進藤内記《しんどうないき》の蟄居《ちつきょ》、鳶の流出により実質的に機能を喪失しており、周囲の大名火消、町火消に援けるように命じられていた。

「麴町定火消です」

「確か麴町は配置換えがあり、諏訪《すわ》殿から替わったはず」

昨年、火消の家族が人質に取られ、太鼓《たいこ》や半鐘《はんしょう》による合図が妨害される事件があった。この時に麴町定火消頭、中田和次郎《なかたわじろう》という者が家族を人質に取られており、太鼓を打つことが出来なかった。それを知らずに新庄藩が太鼓を叩《たた》き、中田の家族は殺されてしまったのである。翌日、中田は自害、主君の諏訪主殿頭《とのものかみ》が配置転換を希望し、新たな旗本が麴町定火消を務めることになったのが、昨年の夏、源吾が京に行っている間のことであった。

「戸田斎宮《とだいさいぐう》殿の麾下《きか》の方です」

戸田斎宮は鉄砲組五千石の大身旗本である。もっとも旗本が火消を指揮する訳ではなく、その下に進藤内記や、かつて飯田町定火消で己が務めていたように火消頭がいる。

「名は」

「麴町定火消頭、日名塚要人《ひなづかかなめ》殿と」

「おい」

　十両以下の火消まで全て諳《そら》んじている新之助はいない。彦弥と寅次郎を呼び寄せて聞いたことがないかと尋ねた。彦弥も寅次郎もさして火消を知らぬはずで、大して期待はしていなかったが、意外にも二人ともがその名を記憶していた。

「知っていますぜ。俺の元一つ下だ」

「儂《わし》の元の対《つい》ですね」

「そりゃ覚えるわな」

　源吾は納得して頷いた。去年の安永《あんえい》二年（一七七三）版火消番付において彦弥の一つ下、寅次郎の対であるならば西の前頭《まえがしら》八枚目となる。長年番付入りしていれば源吾も名前くらいは耳にするため、昨年の頭が初の番付入りと見てよかろう。

「その時はどこに属していたか解るか？」

　昨年の夏に麴町定火消は戸田斎宮に引き継がれたのである。昨年の頭にすでに番付入りしているということは、ほかの火消組で、ある程度活躍していたということになる。

「確かその時も麹町定火消と……」

「どういうことだ……？」

当時から麹町定火消ということならば、諏訪主殿頭の家臣であるはず。配置換えがあったのに未《いま》だ麹町定火消ということは、諏訪家から戸田家に移ったとしか考えられない。また諏訪家に属していたならば、頭の中田和次郎の十両を、遥《はる》かに超える位置にいたことになる。新之助のように番付に注目し、細部まで見ていれば当時に気付いたかもしれないが、昔はともかく、今の己はそこまで興味が無い。

「米沢藩《よねざわ》の春雷《しゅんらい》のように配下のほうが上のこともあるが……」

源吾は顎に手を添えて考え込んだ。米沢藩の火消頭は東の前頭六枚目「黄獏《おうばく》」の神尾悌三郎《かみおていさぶろう》、その配下の「春雷」沖也《おきや》のほうが東前頭四枚目と上位にいる。このように有り得ないことではない。ただ沖也の特技や活躍は府下でも図抜《ずぬ》けて有名であるのに対し、日名塚要人の手柄話は聞いたことが無い。

「その日名塚殿、何人の配下と共に来られた」

源吾は改めて岡田に問うた。

「それが……一人です」

「一人ですと」

　そのまま繰り返す源吾に、岡田は短く頷く。

「私も同じように尋ねたのですが、日名塚殿は一人の方が身軽に探ることが出来ると仰っていました」

「ありがとうございます。暫《しば》しの間世話になります」

　源吾は頭を下げて面番所を後にした。この後は向かいの四郎兵衛会所で矢吉と待ち合わせることになっている。

「何だったかな」

「確か長い名だったはずだ」

　彦弥が鬢《びん》を掻《か》きむしり、寅次郎もそれに応じる。源吾が岡田とやり取りをしている間も、二人は何かを話していたらしい。

「どうした？」

「いやね、その日名塚って侍の二つ名ですよ」

　火消の異名、他の呼び方として綽名《あだな》、二つ名とも言うが、それも火消番付には掲載されている。彦弥は眉間《みけん》を拳《こぶし》でこつこつと叩いて思い出そうとしていた。

　ともかくこの吉原の火付けには何か裏があると直感している。そちらにも気を配りつつ事を進めねばなるまい。

四郎兵衛会所は目と鼻の先である。入口に近づいても、寅次郎はまだぶつぶつと呟いていた。

「から、から、から何とかじゃなかったか？」

それで彦弥は閃《ひらめ》いたらしく、顔を勢いよく上げた。

「思い出した！」

「何だ」

異名なども番付を賑やかすための遊びに過ぎないことを知っているが、それでも知れば日名塚の特徴が少しでも解るかもしれない。

彦弥は確かめるように二度、三度小さく頷きながら、はっきりと言い切った。

「唐笠童子《からかさどうじ》」

聞いても異名の由来は皆目見当《かいもくけんとう》が付かない。ただ妙に語呂《ごろ》がいいので、己でも口に出してみて首を捻《ひね》った。

三

面番所が瓦屋根なのに対し、四郎兵衛会所は板屋根である。前者はお尋ね者の出入りを監視して治安を維持するのが目的で、役人がお役目として行っている。後者は女の出入りを見張るもので、こちらも常に番をしているが、妓楼が資金を出して人を雇って運営している。その違いが屋根の造りにも表れている。

四郎兵衛会所に入ると、約束の午の刻にはまだ随分時があるはずだが、すでに矢吉は待ち構えていた。

「ご足労頂きありがとうございます。気が変わられないかとそわそわしておりました」

矢吉はいてもたってもいられず、半刻（約一時間）前からここで待っていたらしい。

「お前は左門か」

「え？」

彦弥と寅次郎が噴き出すが、当然ながら矢吉には何のことか分からない。

「いや、こっちの話だ。あれからどうだ？」

「幸いにも、今のところ動きはありません。まず、御三方の寝床になる場所を案内致します」

そう言うと矢吉は早くも腰を上げた。三人は座る間もなく四郎兵衛会所から出た。

「いやに急ぐな」

別に茶を飲ませろ、などと言うつもりはないが、それにしても性急である。

「会所は忘八……楼主の組合で営《いとな》んでいます。待ち合わせるためには使わざるを得ませんでしたが、今の私には居心地のよい場所ではありませんからね」

「どういうことです？」

寅次郎は大股《おおまた》で歩きながら矢吉の横に並んだ。

「それには順を追って説明せねばなりません。まず吉原火消の成り立ちは話しましたね？」

「ああ。銘々《めいめい》の楼主が人を出し、その集まりが吉原火消ということだな」

源吾は先日聞いたことを頭の中で反芻《はんすう》しつつ応じた。

「さらに詳しく話します。ややこしい話ですが……」

矢吉はそう前置きして、両手を駆使《くし》しつつ説明を始めた。

「まず吉原は七つの町、二つの河岸から成り立っています」

町は江戸町《えどちよう》一丁目、江戸町二丁目、揚屋町《あげやまち》、角町《すみちよう》、京町一丁目、京町二丁目、伏見町《ふしみちよう》の七つ。河岸は羅生門《らしようもん》河岸、西《にし》河岸の二つ。矢吉は指を折りつつ話した。

往来の両側にはずらりと茶屋や妓楼が建ち並び、見世の名を染め抜いた紺地の暖簾がかかっている。そこを抜けると、急に普通の町並みが広がった。

「この内、揚屋町だけは妓楼がありません。御三方に滞在して頂くのもここにある長屋です」

揚屋町は商家しかない。ここで暮らしに必要な殆《ほとん》どの物が揃い、吉原だけで衣食住全てが完結出来るようになっている。路地を奥に入った裏長屋には、職人、芸人、芸事の師匠など、妓楼や遊女に何らかの関わりのある者が住んでいる。この揚屋町だけは江戸市中とさして変わらない光景でかえって吉原の中では異質な町であった。

「そこに泊まればいいんだな」

「はい。最も新しい長屋の三部屋をご用意しています。次に他の六町、二河岸について話します」

矢吉は外界の者には理解しにくい話だと分かっているのだろう。一々前置きして上手《うま》く話す。流石、元は唄と喋《しゃべ》りで銭を得ていた幇間《ほうかん》といえよう。

「これらにはそれぞれ上中下があります」

「江戸町と京町一丁目は上、他は中、河岸が下だな」

三人の中で最も吉原に詳しい彦弥が答えると、矢吉は眉を開いた。

「御名答です。さらに妓楼には、様々な格があります。ご存知ですか?」

今度は問答形式にして話を転がす。

「大《おお》見世、中《ちゅう》見世、小《こ》見世、局《つぼね》見世、河岸《かし》見世の順だったか」

彦弥は即座に五つ答えた。

「へえ……本当にお詳しい。馴染みの見世でもおありで」

「素見さ」

「なるほど。これらの見世について詳しく話せば朝になってしまいます。ただ大見世と河岸見世ならば天と地の差があります。そして町によってそれぞれの見世の数が違うのです」

例えば江戸町一丁目ならば大見世が三、中見世が六、小見世が五という数である。京町二丁目ならば小見世が二十八、局見世が五十八。羅生門河岸ならば最安値の河岸見世ばかりが二十八あるといった具合である。

「火事を楼主は嫌がらない……」

「税がただになるからだな」

　これは源吾もすでに矢吉から聞いている。

「ただ例外もあります。局見世、河岸見世などの小さな妓楼です」

　吉原で大火が起こった場合、仮宅での商いは、幕府がその都度指定した地域で行われる。旅籠《はたご》の二階や、料理屋を間借《まが》りすることになるのだが、数に限りがあるので、見世どうしでの激しい争奪戦が繰り広げられる。中には小さな商家に暫く商いを止めてもらい、商いで得られるだろう利益を保証してまで、一軒全てを借り上げる大見世もあった。高い税が免除になることで、それでも採算が取れるどころか、大いに儲《もう》かるのだという。

　この時に頭金として多額の銭が動くため、小さな見世は太刀《たち》打ち出来ず、どこも借りられないという事態が度々《たびたび》起こるらしい。となれば半年、あるいは一年、大きな見世は濡《ぬ》れ手に粟《あわ》で稼《かせ》げるが、小さな見世は一切の収入が断たれることになる。

「なるほど……俺たちの知らないところで、そのようなことが起こっているのか」

火消の風習や決まりも変わっているが、吉原のそれもかなり特有のものであることが解る。

「吉原火消は各町合わせて五十七名。うち江戸一丁目、二丁目、角町、京町一丁目、二丁目に抱えられた鳶が離脱しました。残るは伏見町、羅生門河岸、西河岸が抱える十一名のみ」

「なっ――火付けが起きている最中だぞ⁉」

源吾は吃驚《びっくり》して声が大きくなった。

「その最中だからこそです。これを機に多くの楼主が外で営業が出来るのを待ち望んでいる……」

火を消してはならない火消など、何のために存在しているというのか。寅次郎も険《けわ》しい顔で唸る。

「それは最早《もはや》『火消』とは呼べませんね。消さないのですから」

矢吉は溜息《ためいき》を漏《も》らして言った。

「最初の話に戻ります。四郎兵衛会所の番人の大半は、その大見世から来ているのです。つまり今の私は目の敵《かたき》という訳で、居心地が悪いと申したのです……着きました」

矢吉の話に引き込まれて、ふと気づくと裏路地に続く道まで来ている。

「話が終わると同時とは、まるで計ったようだな」

「計っていたのです。話の尺を操るのは幇間のいろは……習い性になっておりますので」

矢吉は苦笑しながら路地に入って行く。幾つかの長屋のうち、最も新しいものの前で矢吉は足を止めた。建ててまだ一年も経っていないのではないか。新しい材木の香りがしている。

「こちらから三部屋です。荷を置いてきてください。こちらでお待ちしております」

矢吉に促されるまま三人別々に部屋に入る。中は六畳ほどと並の長屋だが、仮住まいするには十分な広さである。畳も新しく藺草《いぐさ》の匂いが部屋に満ちていた。

――さて、やるか。

源吾は再度気合いを入れ直すと、部屋の奥に荷を下ろした。暫く深雪や平志郎と離れて暮らすとはいえ、同じ江戸の中での話である。京に赴《おもむ》いた時とは異なり、会いたくなればすぐに戻れる。それを想うだけで気持ちは随分と軽やかになった。

源吾が荷を置いて外に出た時には、すでに彦弥と寅次郎も戻っていた。二人は荷を放り投げてきたに違いない。

「では、参りましょう」

矢吉は手で促し、歩き始める。

「聞き込みか？」

源吾は事前に探索の方針を矢吉に伝えている。

――足で稼ぐ。

これに勝《まさ》る方法はないと考えていた。これは平蔵が順守している探索法である。

――俺の真似《まね》かい？

もし平蔵がここにいたならば、そのように軽口とも、憎《にく》まれ口ともつかぬことを言ったであろう。もっとも平蔵も、先代平蔵が常々語っていたことを受け継いでいるのである。

「その前にご説明したように、この揚屋町には茶屋も多い。探索は明日からにして、まずはそこで事件の経緯をお話し致します」

矢吉に連れられて入ったのは、一軒の茶屋であった。確かに揚屋町の町並みは普通であり、ここが吉原であるというのを忘れてしまう。

「来たよ」

矢吉は主人に気軽な調子で声を掛けた。

「矢吉さんかい。奥の座敷は空けてあるよ」

主人はにこやかに応じる。はなからここで打ち合わせを行うつもりで、手配しているのだ。この辺りの気配りも幇間として培《つちか》われたものらしい。

奥の座敷へ上がり、車座《くるまざ》になって腰を落ち着けると、矢吉はすぐに、

「茶でいいですね」

と、念を押して主人に茶の用意を頼んだ。源吾はこの若い吉原火消に好意を抱き始めている。これまでの如才《じょさい》なさからみれば、酒を勧《すす》めて機嫌を取ろうとしそうなものである。

しかし矢吉は毛頭《もうとう》呑ませる気はない。いつ何時、また不審火が起こるかもしれず、酔えば自身は勿論《もちろん》、源吾らも火消が務まらぬと考えているのだろう。火消と

しての本分《ほんぶん》をよく弁《わきま》えている。

茶を運んできた給仕の女が下がったのを見届け、矢吉は口火を切った。

「さて、今回の事件ですが、一月ほど前に遡《さかのぼ》ります」

吉原で不審火が起こったのは安永三年を迎えて間もない、睦月《むつき》（一月）八日のことであった。出火元は江戸町二丁目の妓楼「野村屋《のむらや》」である。

「四つの拍子木《ひょうしぎ》が打たれ、間もなくのことです」

「四つってことは亥《い》の刻（午後十時）か」

源吾が言うと、彦弥が横からすかさず口を挟んだ。

「御頭、子《ね》の刻です」

「いや、四つは亥の刻だろう。子の刻なら九つだ」

子どもでもあるまいし、時刻を間違うことはない。源吾は自信を持って言い返したが、矢吉が首を横に振る。

「その通り、吉原で『四つ』は子の刻なのです」

「意味が解らねえ」

また吉原の変わった風習らしく、源吾は呆《あき》れて吐き捨てた。

元来《がんらい》、江戸の店は遅くまで営業しても亥の刻、つまり四つには閉めなくてはならない。しかし吉原ではさらに営業を続けるため、亥の刻には拍子木を打たない。子の刻になって初めて四つを打つ。そして続けざまに正しい時刻である九つを打つのである。これを「引け四つ」と呼び、ここから新たな客は取らないという仕組みらしい。

「引け四つの後、大引けまでの間に火は起こりました。大引けとは拍子木八つ。丑《うし》の刻（午前二時）です。ここで全ての宴《うたげ》はお開きになり、遊女も客と床につきます」

「つまりはまだ宴をしていたってことだな？」

「はい。出火は二階の廻し部屋です」

「聞き覚えのない言葉ばかりで嫌にならあ」

源吾は決して気長ではない。むしろ短気なほうであるし、火消の大半がそうである。吉原に来てから、知らない語彙ばかりが出てきて気が滅入《めい》る。当初、新之助が火消の用語を知らず、

――どれほどあるんですか。一遍《いっぺん》に教えて下さいよ。

と、頬を膨《ふく》らませていたのを思い出した。とはいっても、教える側はそれがとっくに染み付いており、都度訊かれなければ、思い出さないものである。

「廻し部屋とは、遊女の個室が埋まっている時、客を待たせる部屋ですね」

「なるほど。当日、そこに人はいたのですか？」

源吾が不機嫌になっているのを見かねたか、寅次郎が割って入る。この図体《ずうたい》に似合わずまめな男は、いつも通り帳面と筆を手に聞いていた。

「この日は空いていましたので、誰も使ってはいなかったようです」

「そこから火が出たということは、確実に火付けだな。宴席から立った者、出入りしていた者は？」

「います。客、花魁《おいらん》、若い者、幇間、芸者、遣手婆《やりてばばあ》、中郎《ちゆうろう》、客が誤って羽織の袖《そで》を破いたらしくお針も、あとは台屋《だいや》も来ていたようです」

「待て待て……もう勘弁してくれ」

大抵《たいてい》のことには音《ね》を上げないが、今回ばかりは覚えることが多すぎて本当に辟《へき》易《えき》とする。

「まあ、全て妓楼にはつきものの連中です」

矢吉はばつが悪そうにこめかみを搔きつつ続けた。

「それから六日後に伏見町で、さらに角町、羅生門河岸、江戸町二丁目、そして先日の京町一丁目と、数日おきに続きました」

京町一丁目の火事は彦弥が駆け付けたもので、そこからすでに九日経っているため、いつまた不審火が起こってもおかしくない状況といえる。

「客と遊女以外の何者かってことだよな」

吉原の知識がある彦弥には、それだけで解ることがあったらしい。

「その通りです。客と遊女は有り得ません」

矢吉はすぐさま同意した。

手法はともかく、下手人は複数の妓楼に跨《また》がって火付けをしていることになる。これは客や遊女では絶対に出来ないことらしい。

「遊女は解りますが、客もですかい？」

寅次郎は帳面に書いていた手を止めて顔を上げた。

「客は一旦、ある妓楼の遊女と馴染みになれば、ほかの妓楼には登楼出来ない掟《おきて》があります」

金を払う客からすれば、どこの妓楼に揚がろうとも勝手のように思えるが、これは許されないという。これを破る客は、相応の仕置きを受けることになっており、これを吉原では「倡家《しょうか》の法式」と呼ぶのだという。

客が他の妓楼に揚がっていることが分かるや、振袖新造《ふりそでしんぞう》や若い者が大門辺《あた》りで待ち伏せし、帰路につく客を捕え、強引に妓楼に押し込む。そして水も飯も与えずに、長時間に亘《わた》って拘束するらしい。

「えげつないな」

源吾は苦く口を歪《ゆが》め、寅次郎も頬《ほお》を引き攣《つ》らせている。

「それだけじゃありません。顔に墨《すみ》を塗り、酷《ひど》い時は髷《まげ》を切って笑い物にするのです」

「相手が誰でもか？」

「ええ。武士町人問わず。相手が大名でもしてのけるのが吉原というやつです」

「どうやったら許されるんだ？」

「遣手婆、若い者、つまりは妓楼で奉公する者たちに祝儀《しゆうぎ》を与えるのです。それで許してもらえ、ようやく家に帰ることが出来ます」

「だから遊女と客がありえないということか」

源吾は納得して茶を啜《すす》った。彦弥が再び推理を始める。こと吉原に関しては星十郎よりも頼りになるかもしれない。

「客、遊女の線は無い。若い者、遣手婆、中郎、お針も妓楼の奉公人だから他の妓楼に出入りは少ない。怪しいのは幇間、芸者、台屋だな」

「幇間、芸者は解る。台屋ってなんだ？」

源吾が疑問を投げかけ、寅次郎は記そうと帳面を持ち上げた。これも彦弥が流《りゅう》暢《ちょう》に答える。

「仕出し屋と思って下せえ。大きな台に縁起《えんぎ》物の料理を載せ、それを男が頭に載せて運ぶんです」

見た目こそ豪華であるが、味はまずいといった代物《しろもの》で、その割に値が張るのだという。

――中にも此松壱分《このまついちぶ》に高いもの。

という、松をあしらった台のものが、金一分もすることに呆れた川柳まであると彦弥は話した。

「本当によくご存知で」

あまりに詳しいので、矢吉すら感心してしまっている。

「本当はお前、よく来ているんだろう？」

「本当に素見なんですって。信じて下せえ」

彦弥は手を忙しく振って否定した。

「ともかく、だいたいの話は分かった。明日から妓楼に出入りの者を中心に探ろう」

勿論、これまで矢吉ら吉原火消も聞き取りは行っていた。だが全ての事件に居合わせた者はおらず、下手人の像は一向に浮かんでこないという。源吾はもう一度聞き込みを行いたいと伝えてある。吉原の風習に慣れない者の目で見れば、何か解るかもしれないと考えていた。

「お願いします」

矢吉は改めて深々と頭を下げた。そこでふと気に掛かったことがある。

「ところで矢吉、何でうちに頼もうと思った。確かに彦弥が助けたという縁はあるかもしれねえが、その前から不審火は起こっていたのだろう？　頼むなら加賀鳶が真っ先に浮かびそうなもんだが……」

「それまでは外界の火消に頼むなんてこと、考えちゃあいなかったんです。彦弥の兄貴が花菊を助け出すのを見て、この方に頼むしかねえって……」

「待て、待て。いつから俺がお前の兄貴になった」

彦弥は作ったように笑う。

「今や私と共に残った吉原火消は、皆勝手にそう呼んでいます」

矢吉は照れ臭そうに口を捩《ねじ》った。

「彦弥、えらい人気だな」

源吾もつられて思わず笑ってしまった。寅次郎も彦弥の兄貴と呼んで揶揄っている。

「あの軽業は、吉原火消なら憧れて当然です」

「吉原火消なら？」

「流石の火喰鳥もご存知ではありませんでしたか。吉原火消は総勢五十七名。その全てが纏師上がりです」

驚く三人を等分に見て、矢吉は続けた。

「もっともその前はあぶれ者や、妓楼の若い者、私のような幇間ですがね。外界に一年から二年、修業に出て吉原に戻る。理由は吉原の殆どが二階建てということ。高所での火消が極めて多いからです。故に纏師の修業が中心ですが、他も勿論学びます」

「なるほど……俺のところに来たことはないな」

源吾の定火消時代、吉原からそのような修業の申し入れはなかった。

「修業先は町火消だけに絞っていますので」

「なるほど合点《がてん》がいった」

「冴《やまびこ》の名は聞いていたのですが、目の前で見て肝《きも》を潰しました。しかも火消になって僅《わず》か四年。いずれは縞天狗《しまてんぐ》も超える方だろうってね」

矢吉は膝《ひざ》をにじらせて熱っぽく語った。

「縞天狗って言えば……」

寅次郎は記憶を手繰《たぐ》るように視線を上にやる。

「府下最高の纏師だ」

源吾は断言した。い組の漣次《れんじ》。源吾と同じ頃に鳶になった男である。縞模様を好み、縞模様の着物ばかり着ている。さらに皆と揃いでなくてはならない半纏さえも、色合いだけ合わせた縞の長半纏を拵《こしら》える徹底ぶりで、縞天狗の異名で呼ばれている。その漣次は、明和の大火の少し前、秀助《ひですけ》の仕込んだ瓦斯《がす》爆発を受けて死んだ「白狼《はくろう》」の金五郎《きんごろう》の薫陶《くんとう》を受けて成長し、今や江戸一番の纏師にまでなっている。

そもそも源吾が彦弥を新庄藩火消に誘ったのも、漣次の若い頃を彷彿《ほうふつ》とさせたからである。

「い組の縞天狗、新庄藩の冴……いけ好かねえが、本荘藩《ほんじよう》の天蜂《てんほう》で江戸三大纏師なんて呼んでいる者もいます」

天蜂こと鮎川転《あゆかわうたた》はどのような工夫をしているのか、動き出しから相当な速さで走れるらしい。それが蜂が襲って来る時の動きに似ていることから、今のような異名が付いたということである。

矢吉は指を一本ずつ立てて説明してみせた。彦弥も悪い気はしないらしく、

「縞でも水玉でも俺は負けねえさ」

などと勇ましく言い、からりと笑った。

確かに次の世代が育ちつつある。己もいつかは新之助に抜かれる時が来るのだろうか。そう思った時には、へらへらと笑う新之助の顔が頭に浮かんできて、

――まだまだ先の話か。

と思い直して、今日髭《ひげ》を当たったばかりで滑りのよい顎《あご》をつるりと撫《な》でた。

第三章　吉原火消《びけし》

一

翌日の巳《み》の下刻（午前十一時）、源吾らは町へと繰り出した。今まで不審火のあった妓楼《ぎろう》は六軒。これらを手分けしてもう一度、聞き込むのである。

「こちらが西河岸『河野屋《こうのや》』の幸助《こうすけ》、こっちは羅生門河岸『ふもと』の大造《たいぞう》です」

三手に分かれて聞き込みをする。それぞれの案内役を務めさせるため、矢吉が手配した吉原火消《びけし》の鳶《とび》である。矢吉は頭《かしら》であるため配下ということになるが、それぞれ別の見世に所属しているため、同輩といった感覚も強いようだ。

「おお、訝《やまびこ》……彦弥の兄貴だ」

幸助はまだ十八とかなり若い。脂《あぶら》でてかった頰《ほお》を震わせて感動している。

「止《や》めろ。その呼び方は」

彦弥は手をひらひらと宙に振りつつ、にべもなく言った。しかし幸助は、その素振《そぶ》りがまた恰好《かっこう》いいと興奮して、彦弥を苦笑させている。

一方の大造は枡《ます》のように四角い顔立ちで、幸助と違って落ち着いた雰囲気である。歳も矢吉より源吾に近く、三十一ということであった。

「あっしはその昔、松永様と一度お会いしています」

「そうなのか?」

言われてみれば、この四角い顔はどこかで見たような気がした。

「今から十一年前になりますか。桶町《おけちょう》の火事で屋根が抜け、落ちたあっしは脚を痛めて動けずにいました。それを助けて下すったのです」

「確かにそんなことがあった気がする……『せ組』だったか?」

「はい。当時は『せ組』で修業していたのです。その節はありがとうございました」

「当たり前のことだ。忘れてくれ」

「これが火喰鳥。なるほど、庶民が持て囃《はや》すのも解《わか》る。そう思ったものです」

大造が笑うと、さらにえらが張ったようになり迫力が増す。

「止めろ。どうもここは調子が狂う」

彦弥の気持ちが解るような気がして、源吾も苦笑しながら首を振った。この二人に矢吉を加え、新庄藩の者に一人ずつ付いて三組作るのである。

源吾には矢吉、彦弥には当人たっての願いで幸助が、寅次郎と大造は共に礼儀正しくお辞儀《じぎ》しあっていた。

「割り当ては……」

矢吉が話を始めた矢先、彦弥が口を入れた。

「すまねえが。俺は京町一丁目『醒ヶ井』に行きてえがいいか？　あとの一軒はどこでもいい」

「それはお前が助けた遊女の……」

寅次郎は彦弥を見下ろす。

「ああ、そうだ」

「彦弥、まさか悪い虫が出たか？」

彦弥が救った例の遊女のことである。確か吉原でも評判の美人だと聞いている。

別に女に惚れるのを悪いこととは思わない。むしろ源吾も、そして深雪も、彦弥に真に善い人が出来ることを望んでいる。とはいえ遊びで来ている訳ではないので、私情が絡《から》むとややこしいところではある。まして相手は遊女、決して実ることのない恋になる。

「いや。そういう訳じゃありません」

「そうなのか？」

「……こんなことがなくても、吉原には来るつもりだったんです」

彦弥の意外な告白に、矢吉は口を尖《とが》らせて聞き入っていた。

「じゃあ何故、醒ヶ井に拘《こだわ》る」

「約束したんですよ」

彦弥ははにかみながら、その日に遊女と交《か》わした話の内容を語り始めた。

「馬鹿野郎《ばかやろう》……新之助といい、どうしてうちは皆こう馬鹿なんだ」

源吾は額《ひたい》に手を当てて息を漏《も》らした。

「仕方ねえでしょう。梃子《てこ》でも動かねえ様子だったんだから」

普段から彦弥とよく接している寅次郎も呆《あき》れた表情を隠さなかった。

「だからって本当に叶えてやる必要があるのかい？　嘘《うそ》も方便《ほうべん》って言うだろう。実際にその花魁《おいらん》は命が助かった訳だし……」

「寅、こいつがそんなたまかよ」

源吾が窘《たしな》めると、寅次郎も眉《まゆ》と同時に肩を落とした。

「女の頼みは……」

「断らねえ。だろ？」

「流石《さすが》、御頭」

彦弥は蒼天を思わせる爽《さわ》やかな笑みを投げて来た。そのやり取りを横で見ていた矢吉ら吉原火消は、唖然《あぜん》とした表情になっていた。

「しかし手伝うと言っても、それは……」

矢吉は申し訳なさそうにぽつぽつと話した。小諸屋の蕎麦《そば》を食べるなどは、出前をすれば何とかなるかもしれない。しかし上野の桜を見るためには吉原を出るほかなく、花魁の身では不可能。越後にいる父母に逢うに至ってはもっと難しい。挙句《あげく》の果てには恋をしたいなどという、人の力ではどうにもならぬ願いまである。

「約束は約束だ。足りねえ頭を絞って、やってのけるつもりだぜ」

矢吉に暗に無理だと言われても怯《ひる》まぬあたり、楽観的な彦弥らしい。

「それにしてもあの花菊がそんなことを……」

矢吉は幸助、大造と目を合わせて呟いた。

「花菊って花魁なんだな」

醒ヶ井の主人、鳩五郎が花魁の名を言っていたが、源吾は記憶に留めていなかった。

「ええ。数少ない呼び出し昼三《ちゅうさん》の中でも、今最も人気の花魁です。十年前なら太夫《たゆう》と呼ばれていたはずです」

矢吉が言うには、花魁には様々な位がある。昔は太夫、格子《こうし》などという位もあったが、宝暦年間にそれらは消滅したらしい。

まず下から順に言うと、吉原に売られてきたばかり、あるいは花魁の雑用をしていた禿《かむろ》が客を取るようになると、振袖新造《ふりそでしんぞう》と呼ばれる。

「振袖新造は略して振新《ふりしん》とも言い、個室は与えられません。二十畳ほどの部屋で雑居です。客を取る時は例の廻し部屋を使うのですよ。妓楼の格にもよりますが金二朱です」

金二朱というと、宿場の旅籠で一晩泊まる額に相当する。

「次が寝起きする個室が一つ与えられた部屋持ちで昼夜金一分。寝起きの部屋以外に座敷を与えられるのが座敷持ちで昼夜金二分と上がっていきます」

金一分といえば人夫の日当の二倍ほど、金二分は米が一石近く買えてしまうほどの値である。矢吉の解説はやはり明確で、恐らく事件が解決するころには、源吾も相当詳しくなっていることだろう。

「それらの上にいるのが昼三。昼夜で三分であることから、その名が付きました。部屋は他と比べ物にならぬほど豪奢《ごうしや》な作りです。そして中でも花魁道中をする昼三を、呼び出し昼三と言います。これが一両一分です」

「一両一分⁉」

下女の年給にもあたる額に、源吾は思わず声を高くした。

「台屋《だいや》の仕出し、芸者や幇間《ほうかん》、祝儀《しゆうぎ》などは別です」

「そりゃ庶民には無理だな」

現に呼び出し昼三を指名する客は、富商の主人や若旦那《だんな》ばかりである。昔は各藩の江戸家老なども指名したらしいが、どこの藩も財政状況は苦しく、昨今は殆《ほとん》ど見かけないという。

「では、参りますか。申の下刻《さる》（午後五時）にまたここで」

一頻《ひとしき》り説明した後、矢吉に促されて三手に分かれた。

まず源吾と矢吉が向かうのは江戸町二丁目の野村屋。この連続不審火の最初と思われる火事が起こった妓楼である。

「丁度、昼見世が始まったばかりです」

矢吉が横で呟《つぶや》いた。妓楼の営業は昼と夜、昼見世は午の刻から申の刻まで。夜見世に比べればどこも閑散《かんさん》としており、聞き込みを行うにはそのほうが都合がよい。

「一番暇な時間ということか」

「ええ、遊女の朝は遅いのです」

夜の客を見送った後、遊女は再び居室に戻って眠る。厳しい暮らしの中で、唯一の安らぎと言う遊女も少なくないという。

「あれが張《はり》見世ですよ」

表通りを歩いていると、矢吉は顎《あご》をしゃくって張見世を指した。格子が巡らされており、その中に遊女がずらりと居並んでいる。中の遊女は、熱心に手招きして客を呼ぼうとする者、外には目もくれず手紙を認《したた》めている者、ただ茫《ぼう》と宙に視線を送る者と様々である。

「格子の形が違うようだが」

「よくお気付きで。見世の格によって違うのです」

妓楼は表通りから門口を入った横に細い格子が組まれており、これを籬《まがき》と謂う。上まであるものが惣《そう》籬、四分の一があいているものは半籬、半分までのものは惣半籬と呼ばれ、それぞれ大見世、中見世、小見世と見世の格によって異なっていた。

「着きました。野村屋です」

「あら、いいおきちゃ」

張見世の中の一人の遊女が、手に持っていた煙管《きせる》を太い格子の外へ差し伸べた。

「おきちゃ？」

「客のことです。受け取ってやって下さい」

矢吉は可笑しそうにしており、言われるがまま受け取った。

「一口吸って、返すんです」

「こうか？」

一口吸うと、糸のように煙が立つ煙管を逆さまにして返した。遊女は艶《つや》やかな笑みを浮かべ、自らも煙管を吸った。

「ささ、中へ」

矢吉に勧められ、野村屋の入口へ向かう。

「何だったんだ？」

「あれは『吸いつけ煙草』といって、気に入った男にするのです。松永様は気に入られたということです」

「へえ……なるほどな」

男として嫌な気はしないが、すぐに深雪のふてくされる顔が浮かんできて、苦笑しながら口辺を指で掻いた。

入った先の籬は全面が朱塗りの格子。つまりは最も格の高い大見世ということか。通路を進み、暖簾《のれん》を潜《くぐ》ると、広い土間になっている。土間には竈《かまど》などの他に、一画には井戸も備えられている。

「いらっしゃ――なんだ、矢吉さんか」

一段高い板の間に男が顔を見せた。店の若い者であろう。残念そうに言う。

「昨日申し入れたように、話を聞かせて頂きますよ」

「そんなことしていたら、うちも商売上がったりなんですがね」

「昼見世なんてそうそう客が付くもんかよ」

若い者は渋ってはみせたが、矢吉がすぐに反論する。やはり大見世は火付けを

望んではいないまでも、そうなってしまえば、

――仕方がない。

といった程度の考えであるらしい。

「矢吉、手早く終わらせてくれよ」

二階に続く階段の向こう、畳敷きの広間から別の男が言う。これはこの妓楼の楼主のようだ。

「どこの部屋をお借りすればよろしいですか？」

「出来れば客の目に触れたくはない。廻し部屋が空いているから使ってくれ」

「順次お呼び致します」

「私は内所《ないしょ》を長く離れられない。早くしてくれよ」

内所とは楼主が座っていた広間のことを指し、ここで妓楼を訪れる客の応対をするとともに、遊女や奉公人を呼びつけて指示を出したりするのである。この内所からは入口、台所、広間、階段と全てを見渡せるような構造となっている。

「こちらが新庄藩火消頭、松永様です。正式にお上《かみ》の命《めい》を受けて吉原の不審火をお取り調べなさいます」

本来は矢吉ら吉原火消の一存で引き込むつもりであった。しかし運よく偶然に

も田沼からのお達しがあったのだから、遣《つか》わぬ手はないとばかりに矢吉は宣言した。

「よろしくお願い致します」

楼主は頭を下げるが、その目の奥に不満の色があるのを感じた。しかしそれよりも、源吾は楼主の背後のものを見て面食らっている。

「吉原は初めてですかな？」

「その通り」

流石《さすが》人をよく見ているらしく、楼主は敏《さと》く察して口元に笑みを浮かべた。

背後の縁起《えんぎ》棚に、金色の男根の形をしたものが祀《まつ》られていた。

「これは金精神《こんせいじん》と申しまして、どこの妓楼でも祀っているものです。あとはこれが呼び鈴《りん》、これが客を取った数を記録する大福帳《だいふくちょう》……」

楼主はまるで子どもに教えるかのように説明した。どこか馬鹿にしているようですらある。

「なるほど」

「そしてこれが刀掛《かたなかけ》でございます。お腰のものをお預かり致します」

これは耳にしたことはあった。妓楼に上がる時、いかなる身分の者でも刀を預けなくてはならない。源吾は腰から佩刀《はいとう》である聾《つんぼ》長綱《ながつな》を抜いて楼主に渡した。

「確かに……では、二階へどうぞ」

履物を脱いで板の間に上がると、若い者に案内され階段に脚を掛けた。階段の幅は存外広い。客の他、料理や酒を持った奉公人が引っ切り無しに上り下りするため、すれ違えるように幅を持たせているのだろう。

「こちらでお待ちを。順に呼んできます」

「まずはお前からだ」

「わかりましたよ」

矢吉が言うと、若い者はぞんざいに答えて腰を下ろした。

「まず、当日の客、出入りした者は誰かを教えてくれ」

「そんなの覚えきれねえ。大福帳を見て貰うほかねえ」

「わかった。それは後で見せて貰おう。出入りはどうだ？」

「確かあの日は台屋の『船島《ふなしま》』、引手茶屋の『すげや』が来ていたはずだぜ」

若い者が矢吉に敬意を払う様子はない。吉原火消は元々妓楼の奉公人、同輩と思っているのだろう。源吾はあることに気が付いて、割って入った。

「当日火が出たのは廻し部屋……つまりはここなのか？」

「へい。その通りです」

「燃えた痕跡がないようだが……」

「悠長《ゆうちょう》なことを仰《おっしゃ》る。あれくらいの小火《ぼや》、翌日には畳を剝《は》がし、三日で綺麗に元に戻しました」

侍《さむらい》はのんびりしたことを言うとばかりに、若い者は苦笑した。

「その時にここには？」

「遊女も客もおりません。宴席を立った者もいません。ちなみにお針、遣手、常に誰かと共にいました」

それが真実であれば、目を盗んで部屋に火を放り投げたという線は消えて来る。

「となると、自然に火が出たことになるが……妓楼に亜麻仁《あまに》油は置いてあるか」

京で起こった通称「火車《かしゃ》事件」も、何もないところに火が出るというものであった。真相は亜麻仁油を用いたものであったのは記憶に新しい。

「いいえ。そのようなものは」

「部屋のどこから火が出たか解るか？」

「それも分かりかねます。煙に気付いた時は、もう部屋中に火がありましたので」

源吾は内心舌打ちした。経験豊かな火消ならば、焼け跡からどこから出火したか大凡の見当が付く。しかし部屋は美しく修復されてしまっている。矢吉も同じことを考えて翌日に来たらしいが、すでに畳は剝がされていたという。

「わかった。次の者を呼んでくれ」

若い者の聞き取りを終え、遊女、遣手、お針と順に聞き取るが皆が異口同音《いくどうおん》に同じことを話した。出火当時、やはり廻し部屋に近付いた者はいない。最後に楼主が大福帳を持って現れた。その日に揚がった客の名を、矢吉が漏《も》らさぬように書き写している間、源吾は廻し部屋をぐるりと見回した。

――あれを使えばいけるな。

先刻より、源吾の頭には一つの仮説が浮かんでいる。それならば亜麻仁油のような特異なものを使わずとも、簡単に火を付けることが出来る。

野村屋を辞して表通りに出ると、矢吉は険《けわ》しい顔で言った。

「何も進みませんでしたね」

「いや、見当はついている」

「本当ですか⁉　では……」

「いや、全ての話を合わせてからだ」

勿体《もったい》ぶるつもりはない。ただここで余計な先入観を与えてしまうと、多くの耳目《じもく》で聞き取る意味がないと説明した。

「やはり火喰鳥はものが違う」

矢吉はひどく感心したように頭《かぶり》を振った。

「煽《おだ》てても何も出ねえよ」

源吾が短く返して、次の妓楼を目指した。同じ江戸町二丁目にある「伯耆屋《ほうきや》」である。ここでも矢吉は楼主と同じようなやり取りをして、聞き取りが始まった。

この見世の出火は明け方の寅《とら》の刻（午前四時）。火元は行燈《あんどん》部屋ということらしい。

夜通し商売をする妓楼には様々な照明器具がある。最も多いのは行燈であり、昼間はこの行燈部屋にしまっておき、夜見世が始まる時に若い者が一斉に並べるのである。

出火は明け方ということなので、この行燈部屋は空《から》になっていた。

「行燈部屋はどこの妓楼でも、最も奥まった風通しの悪い場所。火が付いてもなかなか気が付きません」

矢吉が言うように、伯耆屋は二間《ふたま》が焼ける憂《う》き目に遭っている。しかしそれさえも、ものの五日ほどで直してしまったというのだから、いかに妓楼が儲かっているかが解る。

「出入り出来た者は？」

源吾は五十絡《がら》みの伯耆屋の主人に尋《たず》ねた。

「これは……全員と言わざるを得ませんな」

先ほどの野村屋は全員が犯行は無理で、今回は一転して全員が可能ということになる。

「布団《ふとん》などの燃えやすいものはなかったか？」

「いえ、行燈部屋ですのでそのようなものは」

――となると無理か。

矢吉に話す前にすでに仮説は崩れつつある。一人の遊女から聞き取りをしていると、何か言おうとしていることに気が付いた。

「誰が話したかは殺されても言わぬ。話してくれ」

源吾は凜《りん》と言い放った。

「実は……」

下手人《げしゅにん》と思《おぼ》しき者を見たらしい。遊女が耳元で囁《ささや》こうとするのを制す。

「心配ない。そこで囁け。俺は十分聞こえる」

聴覚には絶対的な自信がある。蚊《か》の鳴くような声で話すため、矢吉は膝をにじらせて耳に手を当てた。

「わっちと同じ女衆かと……内緒にしてくなんし」

「遊女ということか」

源吾は唸《うな》った。遊女というものは横のつながりが強く、余程のことがなければ仲間を売ることはないという。ただ火付けとなると大罪であり、恐ろしくなって眠れぬ日々が続いていたらしい。それで吐露《とろ》したというのだ。

「顔は見たか？」

源吾の問いに遊女は嫋《たお》やかに首を振った。

「行燈部屋の近くは八間《はちけん》もありんせん。暗く……ただ髷《まげ》でそう」

「何故、お前さんはそれを見たんだい？」

重ねて尋ねると、遊女は口ごもった。

「この方は口が堅い。それはあっしも一緒です。お話しなさい」

矢吉の口振りでは凡その察しはついているようである。

「ぎゅうと……」

「ぎゅう?」

また廓言葉であろう。源吾が首を捻ると、矢吉が横から助けた。

「若い者を指す隠語です。つまり……そういうことです」

矢吉は憚《はばか》って言葉を濁《にご》した。絶対に話さないと約束した上で、矢吉は遊女に下がるように言った。

「逢引きということか?」

下がった後、源吾は身を乗り出して小声を発した。

「ええ。遊女と若い者がよい仲になるのはよくあることです。ただこれはご法《はっ》度《と》。露見《ろけん》すれば若い者は馘《くび》になります。人気《ひとけ》の無い行燈部屋を使うというのも、これまたよくあること」

「なるほどな」

つまりは逢引きを終えて、遊女はこっそり行燈部屋を出た。その際に誰か同輩の遊女を見たという訳である。

「どういうことでしょう……」

矢吉は眉間《みけん》に深い皺《しわ》を作った。言いたいことは解る。遊女が火付けの下手人だとするならば、一連の不審火に繋がりが無いということになる。何故ならば遊女はほかの妓楼に入ることが出来ない。

ただ源吾にはこれが無関係には思えなかった。明確な理由はない。火消特有の勘働きというやつである。

「寅や彦弥の話とすり合わせてみよう」

矢吉は下唇《くちびる》を噛《か》みしめてこくりと頷いた。早く解決したい。その表情からはそんな思いが滲《にじ》み出ている。

最後にここも主人が大福帳を持って現れ、野村屋と同様に矢吉が書き写していく。

「それにしてもあれですな。公儀《こうぎ》というものは、何度も同じような取り調べをなさるようで」

主人はやや不満そうに零《こぼ》した。すでに町奉行が調べたということであろう。今回はそれとは別に田沼直々《じきじき》の命であるため、二回目となるはずである。

「二度も申し訳ございませんな」

源吾が詫びると、主人は訝しんだ。

「二度？　三度目でございますが」

「え……三度目ですか？」

大福帳を書き写していた矢吉が勢いよく顔を上げた。

「これは口が過ぎました。お忘れ下さい」

主人がうっかりしていたと口を噤《つぐ》もうとするのを、源吾は押し止めるように言った。

「それは定火消の日名塚……」

「やはりご存知でしたか。日名塚要人様でございます。さる御方の命で動いていると仰っていたので、密命であったかと思い返し、言うのを止めようと思ってしまいました。同じ御方からの命で、松永様たちも動かれているのでしょう？」

主人は安心したのか饒舌《じょうぜつ》に話した。

――さる御方の命……。

それが真《まこと》かどうかもわからない。仮に真だとするならば、定火消、日名塚要人は誰の命を受けて探索しているのか。

新庄藩を名指しで送り込んだのだ。田沼の命とは考えにくい。日名塚要人のほうが先に吉原に入っている。となると、むしろ田沼はその対抗措置として己たちを送り込んだのではないか。田沼が対する男と謂えばただ一人。

――いよいよきな臭くなってきやがった。

安堵《あんど》した主人が茶のおかわりを勧めるのにも応えず、源吾は口内の肉を嚙みしめた。

二

暦《こよみ》の上では春はもうすぐだというのに、寒い日が続いている。手がかじかんできたので、灰をかいて手焙《てあぶ》りの埋火を出す。すでに火は消えている。また一から熾《おこ》さねばならない。

花菊は溜息をついた。

――嘘《うそ》ばかり。

もう何度同じことを心中で繰り返しただろう。先日の火事で、救ってくれた男のことである。もう生きたくないと思い極めていた己に、あの男は、

――その願い、全て俺が叶える。

と、力強く言い放ち、手を差し伸べた。その時、遊女に身を落としてから、初

めて心が震えるような気がした。

己を抱きしめて男は二階から飛び降りた。下には若い者が布団を広げていたが、少しでも衝撃を和《やわ》らげてくれようとしたものか、はたまた重さから万が一手を離してしまうことを考えてか、宙で躰《からだ》を捻《ひね》って下になってくれた。僅《わず》か三つも数えられぬほどだったろうが、花菊は時が止まったような感覚を受けたのを覚えている。

落ちた男は、再び己の願いを叶えることを誓ってくれた。その時、思わず口から出た、

「ぞっとする」

という言葉の本当の意味が伝わらず、悪い心証《しんしょう》を与えてしまったのかもしれない。何故あそこで廓《くるわ》言葉でなく、本来の自分の言葉で伝えなかったか。花菊はそのことを今も後悔しつつ、紙で蛙《かわず》を折っている。

誰が言い始めたものかは知らないが、折り紙の蛙に針を刺し、人目につかないところに隠しておくと、待ち人が現れるという。所謂《いわゆる》、まじないというやつだ。

これで三つ目の蛙である。まじないを重ねられるのかは知らないが、それに縋《すが》ってしまうあたり、やはりもう一度会いたいと思っている証《あかし》なのだろう。折り終

えた蛙にぷつりと針を刺し、花菊は部屋を見渡した。

「どこに隠そう」

呟いて思案した。一匹は戸棚、二匹目は鏡台の引き出し、三匹目はどこにということである。見つかればまじないの効果はないとされているから、慎重にならざるを得ない。すこし冒険になるが鴨居の上はどうか。危うい隠し場所のほうが、よりまじないの効果がありそうな気がした。そうに違いない。勝手な理屈で己を納得させ、花菊は背伸びして鴨居の上に置いた。

その時、目の端にひらひらと舞うものを捉えた。小ぶりな白い蝶。今年は寒暖の差が激しく、梅はもう綻《ほころ》び始めているが、まだ霙《みぞれ》が降る日もある。春が来そうで来ないその天候に騙《だま》されたか、一足早くどこかから姿を現したらしい。

「ふふ……」

思わず笑みが零れた。草木がほとんど無いからか、吉原にはこのようなどこにでもいる蝶さえ珍しい。部屋を彷徨《さまよ》う蝶が不憫《ふびん》になってきて、そっと掌で掬《すく》うように追う。やがて窓まで誘うと、蝶は青く晴れた空を目指して飛んでいった。お前はどこにでも行けてよい。そんないじらしい台詞《せりふ》を言えばさぞかし様《さま》になるのだろう。でも花菊はそんな心などとっくの昔にどこかに置いてきている。どこにも行けないのは解っていた。己はただ待ち焦《こ》がれるほかない身なのだ。

哀しみが込み上げてきて己を嘲笑《あざわら》い、視線を下に下げた時、小さく声を上げた。二階の窓から往来《おうらい》が見える。そこをあの男が歩いていた。

——急がなくちゃ！

花菊は忙しなく戸棚、鏡台から折り紙の蛙を取り出すと、たった今鴨居に隠したものも含め三匹、畳の上に並べた。手早くそれらから針を抜いていく。

このまじない、待ち人が現れたらすぐに針を抜くという決まりになっている。そして会えた暁《あかつき》には、感謝を込めて水に流さなければならない。

花菊は窓から首を出し、もう一度往来を見た。男の姿は無い。どこかに行ってしまったのかと肩を落としかけたその時、下が何やら騒がしくなった。客が来たようだ。主人の鳩五郎は引手茶屋の用があるとかで不在である。若い者が応対しているのだろう。

花菊は寝そべって、畳に耳朶《じだ》をつけ耳を澄ました。

——あの人の声……。

あの男がこの醒ケ井に来ている。胸が高鳴り、息が少し荒くなった。このようなことは吉原に来てより、たった一度もなかった。似た感情を探すとすれば、幼い頃に故郷の越後で、隣村の精悍《せいかん》な顔つきの男の子を見た時以来のことである。

「私を……」

花菊は声に出して祈った。畳に張り付く己は、それこそ蛙のような姿であるに違いない。しかしそのようなことは些《いささ》かも気にせず、目をきゅっと瞑《つぶ》って願った。

「姐様《あねさま》――」

襖《ふすま》が開き、そこには禿《かむろ》が立っていた。祈りに没頭するあまり、近付いて来る跫音にも気づかなかった。禿は何をしているのかと言いたげに目を丸くしている。この恰好、威厳も何もあったものではない。

「おとわ」

己に付いているこの禿の名である。禿の間は平仮名三文字の名を与えられることが多い。

「はい……」

「寝そべってみなんし。こうして躰を柔くするのも、あちきらの務めに役立つでありんす。ほら、共にいたしんしょう」

何という言い訳か。花菊は己をぶってやりたい衝動に駆られた。

「はい！」

しかし、おとわはなるほどと手を打ち、花菊を真似《まね》て隣に寝そべった。おとわは首を横に向けて、団栗《どんぐり》のような眼を向けてきた。

「こうですか」

「そう……ふふ」

花魁と禿は師弟であり、姉妹のような関係である。言われるがままに真似するおとわが可愛らしく、可笑《おか》しく、花菊は思わず笑ってしまった。

「そう、姐様」

「なに？」

「姐様を呼べとおきちゃが」

おきちゃはお客の意。禿の間にこのような廓言葉を学んでいくのだ。

「どんな……？」

男は誰かと二人で歩いていたことを思い出した。まだ喜ぶのは早い。

「油虫《あぶらむし》のよたろうでありんす」

油虫とは金も持たずに冷やかしにきた客のこと。よたろうとは、馬鹿な客のこと。散々な言われようだった。

「そう。首に痣《あざ》があった？」

「はい」

おとわのふくよかな頰は、畳に押し付けられている。それがまた可笑しくて、花菊はくすりと笑った。

「おとわ、その御方があちきを助けてくれた人でありんす。遊女は顔を覚えるのも大切」

「あ……」

おとわは小さな歯を見せて驚きの顔を作る。

「降ります」

花菊はそう言うと立ち上がり、袂《たもと》を直した。楼主の鳩五郎は礼に行ったと聞いていた。醒ヶ井で宴席の一つも設けると話したに違いない。それで顔を出したのであろうか。また淡く失望している己もいる。己の実《まこと》はいったいどこにあるのだろうか。

──女郎の実と卵の四角、あれば晦日《みそか》に月が出る。

などと俗《ぞく》に言われるほど、遊女は嘘に塗り固められた生き物である。己も知らぬ内にそれに染まっているらしい。そんな己が忌々《いまいま》しく思えてきて、下唇を嚙みしめたのも束の間《つかま》、花菊は素知らぬ顔を作り、階段をゆるりと降りて行った。

三

「だから、客じゃねえって」

彦弥は飽き飽きして言い放った。このやり取りをすでに三往復はしている。

「だいたい、醒ヶ井の若え者《わけ》ならば、この御方の顔は忘れちゃならねえだろう⁉」

幸助はずいと踏み出して、若い者に迫った。吉原火消は新庄藩火消の協力を得ていること、本日の聞き取りに新庄藩の火消が同行することは矢吉から伝えてある。ましてやそれが醒ヶ井が足を向けて寝られないと公言する彦弥なのだ。幸助は顔を赤くして舌を回したが、若い者は要領を得ない。

「はあ……あっしはつい四、五日前に醒ヶ井に奉公を始めたばかりでして」

「そんな奴が取り次ぎたあ、醒ヶ井も落ちたもんだ」

幸助は唾《つば》でも吐きかねないほど激昂《げっこう》している。

「まあよ。それはともかく……花菊に会わせてくれ。二階にいるんだろう？　ぼろ鳶《とび》が来たって言えば解る」

「ですから、花菊をご指名でしたら一両一分……」

　このやり取りで四度目の往復を数えた。

「だ、か、ら、話をするだけだって言ってんだろうが」

「話をするためには揚がって頂かないと」

「あー、面倒臭《くせ》え。外から上がってやろうか」

「それもいいですね」

　幸助は悪ふざけに乗っかって悪童のように笑う。外から上がるの意味を分かりかね、若い者は怪訝《けげん》そうにしている。

　その時である。階段が微《かす》かに軋《きし》む音を立て、ゆるりと遊女が降りて来た。段越しの後ろ姿であるため顔は解らないが、素足は透き通るほど白く、まるで雪が階段にそっと積もっていくかのように見える。

「あ、花魁」

　先日、抱いて二階から飛び降りた花魁、まさしく花菊であった。

「よう」

　彦弥は呼びかけたが、花菊は何も返さずに若い者に問いかけた。

「困りごとでありんすか？」

「ええ……主人には話が通っているから、揚げろと仰るんですが……」

「先日の不審火、聞き取りを許されております」

「そちらの主《ぬし》さんも？」

花菊はちょいと首を傾《かし》げた。彦弥は視線を逸《そ》らさぬままに応えた。

「聞き取りもあるけどよ。俺の別件さ」

「何でありんす」

「あんたが一番よく知っているだろう？」

彦弥が片笑《かたえ》むと、花菊の薄く小さな口があっと開いた。

「騒がしいようだがどうかしたのかい？」

唐突に背後から声が掛かり、彦弥と幸助は振り返った。主人の鳩五郎が帰宅したのである。鳩五郎は面食らった顔になり、続けた。

「これは彦弥さん、もう来られていましたか!?」

「ちいとばかり、前が早く済んだので」

「旦那様、この方々は……」

若い者は恐る恐る尋ねる。

「お前は知らないだろうが、醒ヶ井の恩人だ。あ、花菊も出ていたのか。丁度《ちょうど》いい、ささ、むさ苦しいところですが、お上がり下さい」

鳩五郎は忙しなく中へ誘った。

「お忙しいところ申し訳ありませんが、すぐに終えて帰りますので……」

幸助は先ほどまでと打って変わって、腰を低くして言った。幸助も元は西河岸の若い者であった。天と地ほど格の違う大見世の主人を相手にすれば、その時に染み付いた癖《くせ》が出るものと思われる。

「表座敷は空いているね？」

鳩五郎が若い者に訊く。

「はい。しかし客が来れば……」

「支度《したく》なさい。廻し部屋に上げる訳にはいかない」

表座敷は妓楼で最も格式の高い場所。鳩五郎は相当の礼をもって迎えてくれるつもりらしい。彦弥は会釈《えしやく》をして花菊の脇をすり抜けた。花菊も軽く頭を下げる。流石に楼主である鳩五郎の前で「約束」の話をする訳にはいかないだろう。

広い表座敷に彦弥と幸助は通され、鳩五郎と三人になった。

「酒でよろしいですか？」

「お気遣いなく。今日はお役目です」

彦弥が手を軽く上げて制す。

「そう聞いておりましたが……少しぐらいは……」

「またの機会に」

「それでは仕方ありませんな。おい、誰か茶と菓子を」

鳩五郎は座敷の外に呼びかけた。

「隣はもう半分ほどは建て直しが済んでいますね」

隣の妓楼が廃業したということで、これを醒ヶ井が買い上げていた。吉原で営業するための株はそう易々《やすやす》とは売りに出ず、新規の参入が極めて難しい仕組みになっている。田沼が奨励《しょうれい》している株仲間の結成以前からの仕組みで、むしろ田沼の方がこれらを参考にしたのかもしれない。

そこで楼主たちは会合の場を持ち、醒ヶ井が他の妓楼に比べて手狭であることなどを理由に、買い上げることが許された。ゆくゆくは二軒を繋げて大きな一軒にしようと考えていたらしく、今回の火事を契機にそのように建て直しが進められている。

「おかげ様で。材木は取り置いていましたので」

鳩五郎はにこやかに答えた。火事の多い江戸では、家が焼けてもすぐに建て直せるように材木を備蓄する習慣がある。特に富商や、このような妓楼は、商いが止まればその分だけ売り上げが落ちるとあって、これを欠かすことはない。

先ほどの若い者が茶と菓子を運んで来た。主人にこれほど歓待されているのだ。ばつの悪そうな顔をしている。若い者が下がったところで、鳩五郎が切り出した。

「正直なところ、楼主というものは妓楼が焼けるのを心のどこかで望んでいます」

「莫大《ばくだい》な税を免《まぬか》れますからな」

正直に言ったのが意外であったが、彦弥はすぐにそれに乗った。これを口にしないのが、吉原の不文律《ふぶんりつ》であるため、幸助は苦い表情で顔を背《そむ》けた。

「ただ、本当に彦弥さんには感謝しています。花菊が死んでしまっては、うちは立ち行かなくなってしまいます」

花菊は花魁の中でも最高位の呼び出し昼三であり、さらに吉原でも三本の指に入るほどの人気だという。執心《しゅうしん》の客には、さる大藩の大名までいるというから、その人気は凄まじい。中には大金を積んで身請けしようと試みる者もいるらしいが、まだ若く人気も絶頂ということで、鳩五郎は丁重に断っているそうだ。

現在の醒ヶ井はこの花菊の他には、めぼしい花魁を抱えていないらしく、稼《かせ》ぎ頭に万が一のことがあれば、妓楼の経営が傾きかねないほどであったと、鳩五郎は縷々《るる》説明した。

「先日、当家でうちの頭には、灸《きゆう》の不始末と仰っていましたね？」

聞き取りの前にはっきりさせたいと彦弥は突っ込んだ。

「確かにそう申しました。実際のところ灸の不始末だと、吉原火消も認めているところです」

鳩五郎が視線を送ると、幸助は小さく頷く。

「出火元は内所の奥、皆が集まって食事を摂《と》る座敷と解っています。当日は遣手婆が、そこで遊女に灸を据えてやっていたとのこと」

灸を据え終えて一刻ほどした時、鳩五郎が何やら焦げ臭いを感じて奥へ行くと、すでに布団が炎上して天井を焦がしていたらしい。若い者に命じ、盥《たらい》に水を汲《く》んで掛けさせたが、火はみるみる大きくなったという。そのような状況であったから、後に吉原火消も灸の不始末と断定したらしい。

――油じゃねえか……？

彦弥は眉《まゆ》を顰《ひそ》めた。灸が布団に落ちたとして炎上するまでかなり時間を要する。一刻もあれば燃えた可能性もあるが、水を掛けて炎が勢いを増すとは解せない。どう考えても油の特性である。

思案顔をしているのを幸助が察して、捕足して説明を始めた。

「焼け残りに艾《もぐさ》があったことで、頭は火の原因は灸と見ました。しかし炎になるまでの早さ、水を掛けて炎上したことから、油が使われていたのではないかと考え、一連の不審火と関係があると考えています」

「うちも外聞がありますので……油のことは伏せ、灸のみと申しました」

鳩五郎が最後に付け加えたことで、全ての流れが繋がった。

「なるほどな。わかりやした」

「そろそろよろしいでしょうか……聞き取りを始めさせて頂きたく存じます。ご主人は大福帳を用意してお待ち下さい」

幸助が頃合いをみて話を転じる。

「はいはい。順にここに呼びましょう」

鳩五郎は腰を浮かせて表座敷を後にした。今の短いやり取りでも鳩五郎が下手人ではないと直感した。確かに妓楼が燃えて税が免除されれば幸運とは思っていたようだが、自ら火を放ってまでという思いは見られなかった。

聞き取りは若い者、お針、禿、遊女、最後に主人の鳩五郎の順となった。

若い者の証言の中で特筆すべきものは、水を掛けても火が収まらなかったという点である。やはり油が使われていた線が濃厚である。

お針、禿はすぐに避難をしたため、有益な情報は殆《ほとん》ど得られなかった。

次に遊女の番になった。醒ヶ井の遊女は九名。花菊は最後であると聞いた。六番目に聞き取った遊女、時里《ときさと》に彦弥は微かな違和感を覚えた。ほんの僅かではあるが、手に震えが見られたのである。

「時里さんは幾つだい？」

彦弥は軽い調子で訊いた。

「二十になりんす」

「へえ、国元は？」

「越前《えちぜん》でありんす」

小気味よく会話を続け、幸助に口を挟ませる間を作らなかった。

「そりゃ、珍しいな。越前の女は京に行くと相場が決まっているもんだが」

「あちきを買った判方《はんがた》は、手広くやっておりんしたので」

「判方ってえと、女衒《ぜげん》のことだな。越前の武生《たけふ》って知っているかい？」

「えっ――武生をご存知で？　私はその隣の鯖江《さばえ》の出なのです」

時里から廓言葉が消えた。これが地の話し方なのであろう。

「行ったことはねえが、俺の下にその武生の出がいてよ。信太っていうんだが、これが妹思いの……」

他愛《たあい》もない会話を続けた。今までは聞き取りだけに終始《しゅうし》していたため、幸助はどうしたものかと首を傾げている。そして一段落つくと、彦弥は時里に尋ねた。

「もう話すことは無いかい？」

優しく話しかけると、時里の薄い唇がぴくりと動いた。

「はい……」

暫し彦弥は押し黙っていたが、時里はそれ以上何も言わなかった。

「よし。聞き取りは終わりだ。幸助、次を頼む」

幸助とともに時里が立ち上がろうとするのを、彦弥は制した。

「次が来るまで、もう少しだけ越前の話をしよう」

幸助は時里を気に入ったのかといったように、にやりと笑う。

「馬鹿、早く行け」

彦弥はぽつりと言った。手を首に伸ばして掻いた。時折、火傷《やけど》の痣が痒くなるのだ。幸助が出て行った後、間を持たせるように時里が話す。

「主さんは随分、男前。吉原の花魁衆もきっと……」

「なあ、時里さん」

「はい」

「俺みたいな野郎には解らねえが、廓の暮らしは大変だって聞く。困ったことがあれば何でも言いなよ」

彦弥はじっと見つめた。時里が僅かに狼狽《うろた》えたように見えた。

「ありがとうございます……」

彦弥は以降、何も話さなかった。幸助が戻ったことを告げる。次はあの花菊だった。

「もういいよ」

優しく言うと、時里はすっと立ち上がる。入れ代わりに入ってきた花菊は、下がる時里をずっと目で追っていた。

時里が部屋から出ると、花菊はそっと襖を閉じた。途端《とたん》に周囲に色香が漂ったような気がした。それほど容姿《ようし》だけでなく、所作《しょさ》が美しい。

「時里がお気に召しましたか？」

花菊が微笑《ほほえ》む。ひやりとするほど美しい笑みである。

「まあね」

彦弥は軽く笑み返した。

「お好きなこと」

「よくそれで叱られる」

「ふふ……」

幸助も花菊の美しさに圧倒されたか、口を開けて茫然《ぼうぜん》と眺めていた。

「じゃあ、始めようか」

幸助は我に返って話し始めた。

「聞き取りを始めます……」

「もし」

花菊は柔らかな声で制した。

「何でしょう？」

「主さんと二人にして貰えませんか？」

「しかし……」

彦弥が強い語調で言うと、幸助はやや迷いをみせたものの、腰を浮かせて部屋から出て行った。

「過日はお助け下さり、ありがとうございました」

花菊は両手をついて頭を静かに下げる。

「廓言葉じゃねえな」

「このほうが分かりよいかと」

花菊は眩暈《めまい》がするほど白い頬をほぐした。

「あの時は常着《つねぎ》でおられましたので、火消の方とは存じ上げませんでした」

「あの日は非番だったからな」

「だからまず一つはすぐ叶う……と」

燃え盛る妓楼の中、花菊は他愛もない願いを、次々に吐露した。その中に、

——世の女が囃し立てる火消の活躍を見たかった……。

というものがあったのである。それに対し彦弥は一つはすぐに叶うと応じ、花菊を炎の中から救い出したという訳であった。

「俺じゃ不満かもしれねえけどよ」

「幸助、頼む」

「そんな……主さんには……」

「俺は客じゃねえ。彦弥って呼んでくれ」

彦弥は鼻をぴんと指で弾《はじ》いて笑った。きょとんとする花菊に向け、彦弥はさらに続けた。

「そうそう。俺なんかより、すげえ火消は沢山《たくさん》いるんだぜ」

「そうなの？」

「ああ、本当だ」

「教えて下さい」

花菊は子どものような口ぶりになって目を輝かせた。

「まず加賀藩の大音勘九郎って御方さ。悔しいが江戸一番の火消って言われているんだ」

「聞いたことがあります。確か八咫烏《やたがらす》……」

「それさ。腕は滅法《めっぽう》良いんだけど、無愛想面《ぶあいそうづら》でよ。いつもこんな風に鼻を鳴らしやがる」

彦弥は腕を組んで、馬上から見下ろす勘九郎を真似て見せた。

「ふふ……他には？」

先ほどまでは嫣然《えんぜん》という言葉が似合っていたが、今笑っている花菊はどこにでもいる娘のように見える。

「次は九紋龍《くもんりゅう》、辰一。躰に九頭の龍の彫り物をしているからそう呼ばれているのさ。一口で言えば、ありゃ化物《ばけもの》だ。きっと燃えても死なねえんじゃねえかな」

「まあ、不死身《ふじみ》の火消さん」

「筋骨隆々《きんこつりゅうりゅう》、胸板なんてこんなだぜ？」

胸の前で小ぶりの西瓜《すいか》を二つ抱えるような恰好をして見せた。花菊はそれが可笑しかったか、腹を押さえて笑ってしまっている。

「でもよ……忘れちゃならねえ。もっとすげえ人がいる」

「どんな？」

もうすっかり崩れた話し方になっている花菊は、目尻に浮かんだ涙を指で拭《ぬぐ》いつつ訊いた。

「火喰鳥。松永源吾って御人だ。俺の御頭さ」

「江戸一の火消よりも、不死身の火消よりも……」

「ああ。江戸一の火消が大音様なら、御頭は江戸一の男。俺はそう思っているぜ」

「そうなのですね……一度お目に掛かりたいものです」

「御頭なら、ここに来てる」

「えっ――」

花菊は吃驚して口に手を添えた。

「俺は御頭と一緒に、ここのところ続く吉原の不審火を調べにきたのさ。御頭となら必ず下手人を追い詰められる」

「そうですか……」

それまで大層楽しそうにしていた花菊の顔に、さっと翳《かげ》が差し込むのを彦弥は見逃さなかった。

「聞き取りをさせて貰ってもいいかい？」

「はい……」

花菊は心ここにあらずといった様子で、曖昧《あいまい》な返事をした。花菊が他の約束をはぐらかされたと思っているのではないかと、彦弥は口を緩《ゆる》めて言った。

「他の約束も守るからな」

「しかし……他は叶わぬ夢と思っています」

花菊と交わした約束を果たすのが難しいことは解っている。矢吉をはじめ吉原火消の連中もそれは無茶だと止めていた。それでも彦弥はこの女の想いを遂《と》げさせてやりたい。ただその前に先ほどの表情の真意を確かめたいと思っている。それをいつ切り出すべきかと、様子を窺《うかが》っていた。

「これまで花街《かがい》に来られたことはありますか？」

花菊は唐突に話題を転じて来た。

「ああ。揚がったことはないがな」

「素見のみ？」

「野暮《やぼ》な男なのさ。おかげで廓のことは人並み以上に知っているつもりだが、廓言葉には慣れてねえ。だから正直なところ、そんな風に話してくれて助かる」

「どうりで……」

花菊は何か納得したように見えたが、彦弥には何のことか解りかねた。

「国元は越後だったかな？」

彦弥は間を埋めるように言った。

「はい。よく覚えておいでで。溝口《みぞぐち》様のご領地、新発田《しばた》と申す地でございます」

「新庄も雪が多いと聞くけど、越後も多いんだろうな」

花菊は目を細めて遠くを見た。

「ええ。それはもう。冬は全てのものが色を失います」

「一面、真っ白って訳だ」

彦弥はすかさず相槌《あいづち》を打ってやる。

「月が出ると……茫と雪が輝く」

「想像がつかねえや」

「春が近付くと、花たちが溶けかけた雪を割って咲く。そんな日の月夜はなお美しいのです」

「見てみたいな」

「いつか一緒に……そう言えたらどれほど幸せでしょう」

ついに間が生まれた。暫し無言の時が流れる。花菊は膝を揃《そろ》え直し、ぽつりと言った。

「火事の聞き取りを」

「ああ、始めさせて貰う」

「吉原火消の方をお戻しになられないので？」

花菊は幸助が出ていった襖をちらりと見た。

「ああ、まだいい」

「まだ二人きりがいいと？」

花菊は薄く微笑み、軽口を叩《たた》いた。彦弥は表情を変えない。意を決すると、囁くように言った。

「花菊、あんた下手人を知っているんじゃないか」

花菊の顔色は変わらなかった。即答するでもなく、間を空《あ》けるでもなく、絶妙の間合いを取って花菊が答える。

「いえ」

「そうか。幸助！」

彦弥が呼ぶと、遠くで返事がした。律儀《りちぎ》に部屋から離れていたということだろう。暫くして幸助が襖を開ける。

「もうよろしいので？」

その問いには様々な意味が含まれているように感じた。

「構わねえ。聞き取りだ。終わらせるぞ」

幸助は慌てて再び帳面を懐《ふところ》から取り出し、矢立の筆を引き抜く。その間、彦弥と花菊の視線は交《まじ》わり続けている。

――花菊はやはり知っている。

彦弥の直感はそう告げている。花菊が目で訴えてきているのは、

――探って下さいますな。

ということに思える。それは単純に誰かを庇《かば》っているというよりも、苦界《くがい》である吉原に首を突っ込むなというようなものではないか。人の心を読める訳ではないが、この時ばかりは不思議と花菊の感情が流れ込んでくるように思え、彦弥はゆっくりと畳へ視線を落とした。

四

聞き取りを終え、三組が再び集まったのは、約束の申の下刻のことであった。落ち着いて話せるよう、場所を変えようと矢吉が提案し、揚屋町の馴染《なじ》みの居酒屋へと向かう。吉原には居酒屋そのものが少なく、揚屋町に数軒あるだけだという。その中の一軒、「本巣屋《もとすや》」に入り、奥の小上がりに皆で上がった。

「手狭ですいやせん」

大の男が六人、しかもそのうち一人は身丈六尺四寸（一九二センチ）の巨軀を持つ寅次郎である。居酒屋に居た客も、寅次郎が屈《かが》みながら暖簾を潜ると、ぎょ

っとして固まっていた。

「手狭で悪かったな。矢吉」

主人はそう言って片手を上げた。

「すまねえ。ちと居座らせて貰うよ」

「ゆっくりしていきな」

矢吉は適当に肴《さかな》を持ってきてくれるように頼み、一息ついて皆を見渡した。

「では、話を擦《す》り合わせましょうか。まずは松永様と私から」

矢吉はその場を取り仕切り、聞き得たことを話し始めた。

「受け持ちは江戸町二丁目の『野村屋』、同町『伯耆屋』です」

野村屋の場合は廻し部屋に何者かが火を付けたことは確かだが、出火前後に部屋に近づいた者は皆無《かいむ》。またその日、野村屋には主人、遊女、奉公人のほかに多数の客、仕出しの台屋、引手茶屋の出入りがあり、下手人の特定には至らない。

続いて伯耆屋だが、奥まった行燈部屋から火が出た。これに関しては遊女の一人が、怪しい影を見ており、髪型から察するに、どうやら同じ遊女ではないかとの証言を得ている。

源吾は矢吉の話を引き継ぎ、己の推理を告げ始めた。

「野村屋の廻し部屋は恐らく艾《もぐさ》と油じゃねえかと思う。それならある程度、時を計ることが出来るだろう。だから誰も近付かずとも火が出た。ただ、伯耆屋で聞いたように本当に下手人が遊女なら、どうやって他の妓楼である野村屋に仕込んだかが皆目解らねえ」

「それはこちらも同じです」

寅次郎が言い、行動を共にした大造も大きく頷く。

「儂らは羅生門河岸『おとそ』と伏見町『姉川《あねかわ》』です」

羅生門河岸は最も位の低い河岸見世が建ち並んでおり、「おとそ」もその内の一軒である。河岸見世の遊女はもはや大きな見世で通用しなくなり、鞍替《くらが》えで移って来た年増《としま》が多い。他にもせっかく年季明けしたにもかかわらず、行く当てなく出戻った者などがいるらしい。

「こちらも行燈部屋です。ただし……中に遊女がいました」

「なら、それが下手人で決まりじゃあ……」

源吾が言いかけると、寅次郎は太い首を横に振った。

「遊女は梅毒《ばいどく》に侵《おか》され、歩くことも出来ずに寝かされていたらしいのです」

行燈部屋はどこも奥まったところに設《もう》けられているため、遊女と奉公人の密会の場に使われることが多いが、その他の用途に利用される場合もある。それが病の者を隔離する時である。

「誰か病人ごと焼き殺しやがったか」

彦弥がこめかみに青筋を浮かべるが、それにも寅次郎は首を振る。

「誰も近付いていないのだ」

「じゃあ……」

「自分で火を付けたとしか考えられない」

皆が押し黙った時の合間を縫い、今度は大造が語り始める。

「姉川ですが、下手人の目星はついています」

「何だと？」

すでにこの一連の事件が矛盾《むじゅん》に溢《あふ》れていることに気が付いている。もはや何を聞いても驚かなかった。

「姉川の火事もやはり夜半。丑の刻を少し過ぎた頃でした」

大造は迫力のある角張った顔を近づけつつ話を切り出した。

「禿が夜にかちかちという小さな音で目を覚まし、催《もよお》していることに気付いて厠《かわや》に立ったらしいのです」

そこで宴会はとっくに終わり、誰もいない表座敷から出てくる客を見たのだという。その日、姉川に泊まっていた客はたった一人。深川《ふかがわ》の佐賀町《さがちょう》にある材木商の若旦那《だんな》で、名を浅次郎《あさじろう》と謂《い》う男である。

浅次郎の手許が茫と光っていた。燭台にしては火が小さい。丁度蛍《ほたる》のような光であったという。

禿は忘れ物でもしたのだろうと気にも留めなかった。小用を済ませて布団に潜《もぐ》り込んだが、目が冴えて眠れない。明日に差しつかえるから眠ろう眠ろうと努めていた禿は、何やら焦げる臭いを嗅《か》ぎ、布団から飛び起きた。

そして自身が仕《つか》える花魁の部屋に駆け込み、揺り起こしたのである。

出火は表座敷。酒を過ごして眠りこけた者に、一時的に掛けてやる布団が引っ張り出されており、それが濛々《もうもう》と煙を上げて燃えていたらしい。

「見つけたのが早く、奉公人総出で水を浴《あ》びせ、何とか小火《ぼや》で済みました」

「その禿のお手柄だな」

ここにいれば、頭を思い切り撫でて褒《ほ》め称《たた》えただろう。

「その禿は表座敷から浅次郎が出てきたことを、楼主にこっそりと告げたそうです。楼主は若い者たちに諮《はか》り、浅次郎を縛《しば》り上げました」

「観念したのかい？」

彦弥は自らの膝をぽんと叩く。

「いえ、それが……認めないのです」

浅次郎は確かに部屋を一度出たことは認めた。厠に行ったと言うのである。浅次郎が褥《しとね》か深夜ともあれば、廊下を照らす八間の火も全て落とされている。浅次郎は夜目ら立つ時、花魁は手持ちの燭台を持ってついていくと申し出たが、浅次郎は夜目が利くからと断り、火も持たずに一人で出て行った。

「附木《つけぎ》……だろうな」

禿が耳にしたという音は恐らく火打ち石。附木にも様々な種類があり、硫黄《いおう》の分量を多くし、火花だけで容易に火が付くものも売られている。

「楼主もそのように考えたようです。しかし……その附木がどこを探しても見つからない」

「一緒に燃やしてしまったってことはないか？」

彦弥はそう推理した。最もあり得るのは確かにその線であろう。

「姉川の楼主は、他の妓楼と少し違った行動を取りました。表座敷を、小火を消した時のままにしておいたのです」

「よく出来た妓楼だ」

すぐに営業を再開することばかり考えている妓楼が多い中、姉川の姿勢は立派と言える。聞けば姉川は以前、吉原火消に大切な遊女を救って貰ったことがあるらしく、そのことを恩に着ているのだという。

「僅かですが、そのような楼主もいるのです」

矢吉は少し誇らしげである。源吾は口を緩めて言った。

「吉原火消の日々の活動があってこそだ。で、見たのか？」

寅次郎が大きな肩を揺らして半身を乗り出す。

「はい。附木の他、火を付けられるような物は何も無い。小火で消し止めたことで、布団さえも表が燃えただけですので、燃え尽きたとは考えにくいです」

「他の部屋から燭台を持って来た……あるいは附木を外に捨てに行った……」

「燭台があるのは人のいた部屋だけ。また楼主は眠りが浅い性質《たち》らしく、一階に降りてくる者があれば必ず気付くと断言しております」

「では附木はどこに？」

「それが全く……妓楼の二階を隈なく探し、浅次郎も自ら裸になってみせたらしいのですが、それでも見つかりません」

「最後はうちですね」

幸助が話を引き取り、彦弥に視線で促《うなが》す。

「まず角町『新野屋《しんのや》』だ。殊《こと》の外《ほか》誠実に応対してくれた」

この火事は他とまた様子が違っていた。張見世に出ていた遊女が、中から呼ばれ、ちょっと席を外した。往来から叫び声が聞こえ、戻った時には先ほどまで己が座っていた座敷が火に包まれていたのだ。

冷やかしをしていた客の内、一部始終を見ていた者があった。襟巻《えりまき》で顔を半《なか》ば覆《おお》った男が、得体《えたい》の知れない小瓶《こびん》のようなものを投げつけ、速足で立ち去ったというのだ。気付いた時にはすでに張見世に火が溢れていたらしい。

「火付けがよく遣《つか》う『紅蠅《べにばえ》』だな」

源吾は舌打ちをした。薄造りの小瓶に油を入れ、そこから灯芯を出して、芯が通るだけの穴を空けた油紙で密封する。灯芯に火を灯《とも》し投げれば、瓶が割れて油に引火し、周囲を炎に包むという代物である。夜間に投げれば灯芯の火が、赤い蠅のように見えることからこのように呼ばれている。

過日、進藤内記の命を受けた八重洲河岸火消が屋根に火を放ったのもこの紅蠅である。火消ならば誰でも知っているが、あまり庶民が知っているとは思えない手口である。

「最後に例の醒ヶ井です」

「ああ、彦弥が助けた花菊とか謂う花魁がいる……」

「はい。ここは御頭のところと同じ。灸を使った手口でしょう」

皆が集まって食事を摂る座敷で、灸を使っていたが、一刻ほどして火が出た。急いで水を掛けたが、盛んに燃えたというから、油を撒《ま》いていたのではないかと予測出来る。彦弥は目を細めて付け加える。

「灸を使った以上、時にずれが出る。下手人は見当がつきません」

「ふむ……」

源吾は腕を組んで唸った。

――これは何だ。

六箇所が多種多様な方法で火を付けられており、下手人の像もまちまち。中には限りなく黒に近い者までいる。その者たちの中には遊女もおり、他の妓楼での火付けは極めて困難である。

かといって、こうまで不審火が続けば、それぞれが別の下手人とも考えにくい。偶然にしては出来過ぎているではないか。

・江戸町二丁目「野村屋」　廻し部屋から出火。奉公人、客は多数。部屋に近付いた者は皆無。
・江戸町二丁目「伯耆屋」　明け方に行燈部屋から出火。遊女と思しき者が部屋から出て来た目撃証言あり。
・羅生門河岸「おとそ」　行燈部屋から出火。誰も近付いた者はおらず、部屋の中に梅毒を病んだ遊女がいた。遊女は焼死体で発見されている。
・伏見町「姉川」　丑の刻すぎに表座敷から出火。客で来ていた材木商の若旦那、浅次郎が光るものを持って部屋に近付くのを禿が見た。浅次郎を捕えたが、火付けに用いるようなものは何も持たず、やむをえず帰されている。
・角町「新野屋」　張見世に「紅蝿」が投げつけられて出火。
・京町一丁目「醒ヶ井」　食事を摂る座敷で出火。直前に灸を使用。水を掛けて炎上したことで、油を使ったことが疑われる。
「最も疑いが濃い者を捕らえる。そこから何か訊き出せるかもしれねえ」

源吾の下した決断はそうであった。その者が全てに関与しているならば一件落着。そうでなくとも手掛かりは摑めるに違いない。

「材木商の浅次郎ですね」

矢吉はそう言って衆を見渡した。

姉川の事件は火付けをした道具こそ見つからないものの、状況から判断するにその男しかありえないだろう。ここを落とすことで、糸口を摑《つか》むほかあるまい。

酒も肴も運ばれてきたが、あまり進まない。一連の事件の奇妙さがより際立ったことで、楽しめる雰囲気でないのは源吾も同じであった。事件以外の話題に花が咲くこともなく、僅か一刻ほどでお開きとなり、源吾らは居酒屋を出た。

第四章　遊里《ゆうり》の闇《やみ》

一

数百、数千の光が町を煌《きら》めかせる。光の一つ一つが男の欲望を掻《か》き立て、女の悲哀《ひあい》を包み隠す。夢中にいるかのような美しさがある。

吉原のあちらこちらから、三味線《しゃみせん》のお囃子《はやし》が聞こえてくる。夜見世《よみせ》になると奏《かな》でられるこれは、清掻《すががき》と呼ばれ、吉原の賑《にぎ》やかさと艶《あで》やかさの象徴とも言える調べだった。

「松永様！」

長屋まで帰る途中、聞き覚えのある声で背後から呼ばれ、源吾は振り返った。

「下村殿……何故ここに」

奉公人五百余、十万石の大名に勝《まさ》るとも劣《おと》らない豪商、「大文字屋《だいもんじや》」。世間では「大丸」で通っている大店《おおだな》の中の大店、そこの四代目当主こそ眼前の下村彦右衛門素休《そきゅう》である。

　彦右衛門との出逢いは、新庄藩の公開買い付けの場であった。相場の倍の値で新庄藩の特産品を買い付けてくれた。それ以来誼《よしみ》を結び、京と江戸を頻繁《ひんぱん》に往来《おうらい》していることから、先代平蔵の文《ふみ》を届けてくれたり、京にいた源吾の文を深雪に届けたりしてくれた。

　彦右衛門は穏やかでない表情をしている。

「それはこちらの台詞《せりふ》です。深雪様という良きご妻女がおられながら。ましてやお子が生まれたばかりではありませんでしたかな？」

「ご、誤解です！　実は……」

　彦右衛門は当年確か二十四歳。見るからに年下の町人に、身振り手振りを交《まじ》えつつ誤解を解こうとしているのは、周りの者から見れば些《いささ》か変に映ろう。

「なるほど。そのようなことでしたか」

　事情を説明すると、彦右衛門はようやく笑みを浮かべた。

　この彦右衛門、実はその昔、深雪に縁談を申し入れたことがある。深雪はあれで存外もてるようで、彦右衛門のみならず多くの家から縁談が持ち込まれていたらしい。その全てを袖《そで》にして、選んでくれたのが己なのである。今でもどこか少し申し訳ない気持ちでいる。

「お解《わか》り頂けて何よりです。それより、下村殿こそ何故《なぜ》？　いや、なるほど……」

問うておきながら勝手に納得してしまった。確か彦右衛門は妻を娶《めと》っていない。吉原に来ても誰に憚《はばか》ることもないのだ。

「ふふ。誤解です」

「と、仰《おっしゃ》いますと？」

「吉原は大丸の大のお得意先でございますよ」

彦右衛門は笑みを絶やさずに話し始めた。

この吉原ほど布団《ふとん》の買い替えの激しい場所はないという。さらに金持ちが贔屓《ひいき》の遊女に豪華な寝具を買い与えることも流行《はや》りとなっているらしく、注文の大半を大丸が受けているというのだ。

「吉原からの布団、そして呉服の注文は大丸と越後屋《えちごや》で半々といったところですな」

「ほう……そこまで」

越後屋といえば、大丸に勝るとも劣らない富商である。

「ただし、皆様のおかげで、こちらはうちが八割を押さえました」

彦右衛門は着流しにしている裾《すそ》をちらりと捲《まく》った。

「え？」

「湯文字《ゆもじ》でございますよ」

湯文字とは女が身に着ける下着、腰巻のようなもので、男の褌《ふんどし》に相当する。

素人女の場合は白か浅黄《あさぎ》色と相場が決まっているが、遊女は必ず緋縮緬《ひぢりめん》のものを身に着けた。そのため、二十八歳で年季明けし、遊女が素人女に戻ることを詠《よ》んでいる、

――二十八からふんどしが白くなり。

という川柳《せんりゅう》まである。その湯文字と「皆様のおかげ」がどうもつながらず、
源吾は首を捻《ひね》り、彦弥と寅次郎も顔を見合わせた。

「ここのところ各地で紅花《べにばな》の不作が続いております」

「なるほど。そういうことですか」

「はい。最上《もがみ》の紅花は質も良い。それをうちが一手に買い付けていますので、越後屋は羨《うらや》ましがっていることでしょう」

新庄で獲《と》れる最上紅花は最上級の染料として知られている。しかも幾度となく

改良されており、他所《よそ》のものより天災にも強いと言われていた。彦右衛門はこれを相場の倍ほどの値で全て買い付けたので、他の商人たちもそれで利益が出るのかと驚いていたが、まんまと彼らを出し抜いたことになる。

「ここに使うおつもりでしたか」

「はい。ここほど紅を使う町はございません。湯文字で利を出さぬともよいのです。湯文字を納めるのをきっかけに、呉服、布団の注文を取れればよい」

呉服や布団よりも、毎日身に着ける湯文字こそ消耗が早い。その湯文字の大部分を大丸が納めれば、商機はより多く得られる。商売に関して彦右衛門は、やはり非凡《ひぼん》な才を持っていると舌を巻いた。

「まだ吉原に？」

「商談で暫《しば》し滞在しております。揚屋町の『椛屋《もみじや》』という旅籠《はたご》に逗留《とうりゅう》していますので、また遊びにいらしてください」

「火消《ひけし》風情《ふぜい》が上がれる宿じゃありませんよ」

長屋に案内された時、矢吉は椛屋がこの界隈《かいわい》きっての高級旅籠だと言っていたのを思い出し、源吾は苦く笑った。彦右衛門は口に手を添えて囁いた。

「商いには見栄も大切なのですよ。三段重ねの布団には辟易《へきえき》する。本当のところ私は、糊《のり》でぴしっとなった薄布団のほうが眠りよいのです」

「確かに気持ちよいものですな」

「はい。では、また」

彦右衛門は目元だけで笑い、その場を立ち去った。手代、丁稚《でっち》であろうか。七、八人が並んで彦右衛門を待っている。

「御頭、大店の主人といえば、もっといけ好かねえ奴かと思っていましたが……」

彦弥はぽかんと口を開けて見送る。

「あれは豪傑《ごうけつ》ですな」

寅次郎はそのように言った。確かに物腰は柔らかいが、豪傑と呼ぶにふさわしい。

「よく勝てたもんだ」

「え？」

二人が声を揃《そろ》えて訊き返すが、源吾は苦笑するのみであった。

二

夜半すぎ、源吾は飛び起きた。半鐘《はんしょう》が聴こえた。

「深雪――」

寝ぼけていたのか、ここにいない妻の名を呼んでしまった。いつもならば支度《したく》を手伝ってくれる。源吾は我に返って指揮用の鳶口《とびぐち》を腰に捻《ね》じ込み、火消羽織《ばおり》を背負って外へ飛び出した。

最も早く音に気付いたのはやはり己で、続いて彦弥、寅次郎と転がるように出て来た。

「御頭」

「ああ、近いぞ！」

西の空が赤い。すでに焔《ほのお》が立ち、屋根にまで達している証である。半鐘が叩かれたということは、矢吉はすでに察知しているということになる。その予想通り、火元に向かう途中、向こうから幸助が走って来た。

「松永様、兄貴、寅さん！　今迎えに向かっていたところです！」

幸助は踵《きびす》を返し、源吾らと並走する。

「どこだ⁉」

「角町の『金坂《きんさか》』……妓楼《ぎろう》です‼」

「またか……」

歯を食い縛りながら源吾は脚を回した。現場に辿《たど》り着くと、屋根から赤い髪が逆立っているかのように炎が噴き出している。火の声がする。数十人の老人の慟《どう》哭《こく》が重なったような、低く不気味な音である。並の火事ではない。

「矢吉！」

「松永様！」

「状況は⁉」

「この勢いはただの油じゃありません。この臭い……」

「臭水《くそうず》か！」

臭水は草生水とも書き、越後国や佐渡《さど》国で僅《わず》かに産出する油である。他に譬《たと》えようのない異様な臭いを発していることから、その字が充《あ》てられたのだろう。

かつて星十郎が言っていたが、古くは今より千百年前、天智《てんじ》天皇の治世《ちせい》の時に、

――越《こし》の国から燃える水を献上された。

との記録が残っているという。

ともかくこの臭水、通常の油とは比べ物にならぬほどよく燃える。京において先代平蔵を襲ったのもこの臭水の焔であった。

「今までは小勢でもなんとかなっていましたが……今回は……」

矢吉は動揺して視線が泳いでいた。

「竜吐水の数は？」

「二機、両側の妓楼の類焼を防ぐため濡《ぬ》らすのに専念させます」

「足りねえ……」

臭水の炎は尋常でなく早く広がる。煙も特徴的で、白煙の時期が皆無《かいむ》で、燃えはじめから漆黒《しっこく》の煙を撒《ま》き散らす。その黒煙はすでに周囲に拡散し、視界を酷《ひど》く悪くしていた。

――どうすりゃいい……。

ぼろ鳶組を率《ひき》いていても困惑するほどの火勢、ましてや今は彦弥と寅次郎しかおらず、吉原火消も矢吉含め十一名という小勢である。

「頭！　二階に禿《かむろ》が！」

「くそっ！」

幸助が指差す二階の窓を見て、矢吉は吼《ほ》えた。

煙に喉《のど》をやられたか、声も出せずに手を振っている禿の姿があった。涙をぽろぽろと流し、顔は煤《すす》に汚れている。

「無理だ……あんなの！」

幸助が悲痛な声で叫ぶ。それも無理はない。一階と二階の屋根の間に張り出した小屋根がある。その小屋根はすでに炎が占拠しており、とてもではないが梯子《はしご》を掛けることは出来ない。小屋根からの熱波で禿も堪えかねて顔を引っ込めるが、部屋には煙が上がってきているらしく、咳《せ》き込みながらまた顔を突き出した。

禿のか弱い脚ではたとえ飛び降りたとしても、小屋根の上で焼け死んでしまうだろう。

「御頭！」

彦弥が二階を見上げたまま叫ぶ。

「縦梯子で行けるか⁉」

「行ける」

彦弥は食い気味に一切の迷いなく即答した。

「寅！」

「お任せを！」

寅次郎は吉原火消から竹梯子を分捕《ぶんど》り、炎上する妓楼からやや離れたところに垂直に立てた。

「彦弥、ここが限界だ」

寅次郎は額《ひたい》から滝のように汗を流しながら言った。一階は勿論猛然《もちろんもうぜん》と燃え盛っており、これ以上近づけば寅次郎が焼かれてしまう。

「十分だ」

「何を……」

彦弥は寅次郎に向けて不敵《ふてき》に笑い、矢吉は茫然《ぼうぜん》とそれを見守った。

「行け！」

源吾が咆哮《ほうこう》すると同時に、彦弥は風のように走り出す。竹梯子に脚をかけると、まるで猿《ましら》のように一番上まで駆け上がった。寅次郎は梯子を抱きかかえるようにして倒さない。その腕力もさることながら、絶妙の均衡が必要で、度重なる訓練で身に付けた技である。

「息を止めて中へ引っ込め‼」

彦弥が同じ目の高さになった禿に叫ぶ。禿は大きく胸を膨《ふく》らませて中へ入った。

「なっ――」

吉原火消全員が息を詰まらせたのが分かった。火事場に溢《あふ》れ始めた野次馬《やじうま》の中から、女の甲高い悲鳴が上がる。

梯子を蹴り、彦弥が飛んでいる。脚をばたつかせることもない。右腕は目の僅《わず》か下、左手は背後へ伸ばして固定し、大きな燕《つばめ》を彷彿《ほうふつ》とさせる恰好《かっこう》で、幾本もの焔の腕《かいな》を掻《か》い潜《くぐ》り、紅々と照らされた夜空を翔《か》けた。

そしてそのまま二階の窓に吸い込まれると、周囲から感嘆と不安の入り混じった声が巻き起こった。

彦弥は姿を見せない。ほんの数回息をする程度の時であったが、それはいつまでも続くのではないかというほど長く感じた。

「無事だ！」

窓枠《わく》に脚をどんと乗せ、彦弥が叫んだ。その両腕には禿が抱かれ、彦弥の胸に顔を埋めている。火消と野次馬からは割れんばかりの歓声が上がる。類焼に備え避難してきたのだろう。中には花魁《おいらん》の姿もちらほらと見え、恍惚《こうこつ》の表情で上を眺める者もいた。

「彦弥、投げるなよ！　お前の力じゃ――」

「分かっています！」

彦弥の腕力は屈強《くっきょう》揃いの火消の中では下の中ほどだろう。いくら子どもとはいえ、投げても下まで届かず、炎が踊る小屋根に落としてしまう。

矢吉は布団を持ってこい、醒ヶ井の時のように下で受け止めると配下に指示を飛ばしている。臭水を食って狂喜する焔は、鞭《むち》のようにしなって天を目指す。目の前を炎が掠《かす》め、彦弥は禿を内へ巻き込むようにして庇った。もう一刻の猶予も無い。

彦弥が俯《うつむ》いて何か囁くと、禿が胸に顔を押し付けながら頷いた。

「寅、頼む！」

「任せとけ！」

寅次郎は四股《しこ》を踏む時のように腰を落として足を踏んばり、土俵入りを思わせる姿で諸手《もろて》を広げた。その刹那《せつな》、彦弥は身を宙に躍らせた。

「なっ――」

源吾の声は喉で引っ掛かった。かつて幼馴染《おさななじみ》のお夏を救ったように、話に聞く花菊を先日救ったように、躰《からだ》を捻《ひね》り自らを盾《たて》に落ちる。源吾はそうするものと思った。だが小屋根を飛び越えねばならないためか、矢のように飛び出している。これでは高さが足りず身を翻《ひるがえ》す余裕は無い。

しかし寅次郎の顔に動揺は全くない。彦弥を信じている。微動だにしない巨軀がそれを物語っている。

「頼む――」

彦弥が刺すように言い、地まであと四尺（約一二〇センチ）というところで禿を放り投げた。寅次郎は毬《まり》を追うかのように両手を伸ばし、がっしりと受け止めた。

彦弥は禿を放り投げた反動で、身を翻し、何とか着地するも、つんのめって土埃《つちぼこり》を上げながら転がった。

目の前で起こったことが信じられない。そういった様子で、その場にいた全ての者が息を吞《の》んでいる。ただ炎だけは獲物を逃がしたことを悔やむかのように、豪《ごう》と音を立て、先ほどまで彦弥がいた窓へ手を差し入れている。

舞い上がった土埃で彦弥は見えない。頭を強く打ったのではないか。源吾が駆け出そうとした矢先、火に照らされた土煙にゆらりと影が浮かんだ。彦弥が立ち上がったのである。

「さあ、これで存分にぶっ壊せるぜ。ざまあみろ」

彦弥は炎をびっと指差して不敵に笑った。

「お前って奴は……」

源吾が呆《あき》れると同時に、鼓膜《こまく》が破れるのではないかというほどの歓喜の声が渦《うず》巻《ま》いた。

「松永様、まだ食い止めています！」

皆が酔いしれる中、矢吉は冷静に言い放った。二機の竜吐水を駆使《くし》して、妓楼の両側を何とか類焼せぬように止《とど》めていた。幸助、大造始め、彦弥の大手柄に顔を紅潮させているものの、手は休めていない。

「両側を潰すぞ！」

もう矢吉も何も言わず頷き、配下に指示を飛ばす。新庄藩火消の三人を足しても、僅か十四名。絶望的な状況であった。しかしそれでも源吾は微塵《みじん》も諦《あきら》めてはいない。

「円太郎《えんたろう》……利六《りろく》！　手伝ってくれ！」

矢吉が野次馬に向けて悲痛に呼びかけた。どうやら吉原火消がいるらしい。もっともここに加わっていないということは、矢吉から離反した者たちだろう。

「ま、待て！」

矢吉が追い縋《すが》ろうとする。野次馬たちの顔が一斉に曇るのが解った。

複雑な心境なのだろう。先ほどの彦弥への歓声からすると、江戸の他の町に住む者と同じく、火を憎《にく》み、火消を応援する心は持ち合わせているようだ。

塀の中のことである。それと同時に吉原火消の現状も理解している。ここに住まう者は皆なにかしら妓楼の恩恵を受けて生計を立てている。大半の楼主が火消を引き上げた今、表立って批判する者もいない。

「お前は指揮をしてろ」

源吾は矢吉に追いつくと、襟《えり》を摑まえてぐいと後ろへ押しやった。

源吾は地を踏み鳴らすように近付いていき、野次馬は真っ二つに割れる。そのことで彼らに混じっていた火消が炙《あぶ》り出される恰好となった。

「てめえら。手伝え」

「だが……」

一人の男は唇を嚙《か》みしめて俯いた。

「だがも糸瓜《へちま》もあるか！」

怒鳴《どな》ると、別の男がかっと顔を赤くして反論してきた。

「何も事情が解らねえ余所者《よそもの》のくせに、偉《えら》そうに言いやがって！」

「その余所者が禿を助けたのを見たか⁉　本当はてめえらが助けなきゃならねえんだろうが！」

吉原火消は眦《まなじり》をつり上げ、目に涙を浮かべて言い返す。

「俺たちもかみさんや、子を食わしていかなけりゃならねえんだよ……飢《う》え死にしろって言うのか⁉」

吉原火消は何もかもが特別なのだということが、これでよく解った。江戸には様々な火消がいる。加賀鳶のように火に立ち向かうことに尊厳を持つ者、辰一のように自分の町だけをとことん守るという者、あるいは内記のように立身に囚《とら》われる者。千差万別であるが、ただ一つだけ共通していることがある。それは、

――火を消す。

という一点である。だが吉原では時としてそれが許されない。ならばそれはもう火消とは呼べまい。

自分の家族を食わせるためならば、禿が焼け死んでもいい。世の人はこれを卑《ひ》

劣《れつ》と言うだろう。だが実際にどれほどの火消が一切の迷いを持たず、救うことを選べるだろうか。火を消すな、などという愚かな指示は、他の火消は誰一人受けたことがないのだ。

「俺たちはお前たちみたいに藩から俸給《ほうきゅう》を貰《もら》っている訳じゃねえ……町《まち》火消のように町で養われているのでもねえ。店《たな》火消なんだよ……しかも元はただの奉公人だ……」

苦悶《くもん》の表情を浮かべる男に、源吾は何も言い返す言葉を持たなかった。思えばこうして心配して見に来ているだけでも、吉原火消の中ではまともなほうなのかもしれない。

「無駄ですぜ……吉原は武士以上に上に楯突けねえ」

転んだ時のものか、彦弥の頰は激しく擦《す》り剝《む》けて血が流れている。

「どうすりゃ……」

呟《つぶや》く源吾に、彦弥が迫る。右足も痛めたのか引きずっているような歩き方である。

「御頭《おかしら》、俺たちだけで。諦めてねえだろう」

「ああ……わかった！　野次馬は逃げろ！　相当に時が掛かる！」

源吾は避難を促した。両隣は濡らしているとはいえ、このままではいつか炎に呑み込まれる。さらにその両脇、いや一町まるごと焼き尽くすまで止められないかもしれない。半数の野次馬は立ち去ったが、それでも半《なか》ばは残る。

――ああ……何も持っていねえんだな。

その理由が解った気がした。この町に暮らす多くが売られてきた者である。持って逃げるべき家財など何も無いのだ。たった一つの守るべき命さえも、どこか儚《はかな》く思っているのだろう。炎を見つめる野次馬の目は、酷く哀《かな》しげなものに思えた。

右の妓楼が音を立てて傾いた。先刻飛び込んでいった寅次郎が、中の柱を大鉞《まさかり》で切っているのだろう。通常より早いほどだが、それでも間に合うとは思えなかった。

炎を睨《にら》みつけながら指揮を執《と》り、もう自らも踏み込もうとした矢先、背後から声が掛かった。

「松永様」

彦右衛門である。火事場の喧騒《けんそう》の中でも落ち着いている。

「下村殿！　ここは危ない！　お逃げ下され！」

「野次馬の後ろに辿り着いたところで、先刻のやり取りは聞きました」

源吾と消火に加わらぬ吉原火消の口論のことか。彦右衛門は残る野次馬を見渡しつつ言った。

「店火消と仰いましたな。妓楼から幾ら貰っておられるのです」

火事場でする話ではない。意味が解らずに問い質《ただ》そうとする源吾を、彦右衛門は手で制した。

「十両……」

吉原火消の俸給は高い。江戸の火消で十両を稼ぐのはほんの一握りである。ここではそれが当たり前らしい。

「下村殿……何を。早くお逃げ下さい」

彦右衛門は振り向きもせず、男たちに言い放った。

「家族を守るためとはいえ、加われぬのは心苦しかったでしょう……よろしい。私が店火消として雇いましょう」

絶句するほかない。この火事場のど真ん中で引き抜きを始めたのである。

「十三両出しましょう。いかが？」

「あ、あなたは……」

吉原火消の一人が恐る恐る尋ねる。

「大文字屋……大丸でございます」

「あっ！」

「あなた方の店には私が責任を持ってお伝えします。ささ、早く。ご決断を」

「お願い致します！」

一人が人混みから抜け出したと同時に、一人、また一人と矢吉の下《もと》へ馳《は》せ参じる。これを欲得ずくと嗤《わら》うのは容易《たやす》いこと。粋《いき》な火消だ何だといっても、飯を食わねばならない。食わせねばならない。そのためにはどんな苦汁《くじゅう》も耐えて嘗《な》めねばならない。哀しいかな、これが現実である。

彼らとしても良心の呵責《かしゃく》、火消の端くれとしての矜持《きょうじ》、そして守るべき家族の間に挟まれて苦しんでいたのだろう。それを彦右衛門が一気に解決してくれた。

合流した火消は十余名。合わせて三十名弱。

「これならいける！　矢吉、押し返すぞ！」

「はい！　皆助かった……恩に着る！」

矢吉らも咎めることなく、歓喜でそれを迎え入れ、共に消火に当たり始めた。

「下村殿……」

「金で解決出来ることは、そうすればいい」

彦右衛門は穏やかでないことを口にして目を細めた。江戸、大坂に止まらず日ノ本を席巻《せっけん》しはじめた大丸のことを、金の亡者《もうじゃ》などと揶揄《やゆ》する者がいることも知っている。このような発言を捉《とら》えてそう評する者が少なからずいるのだろう。だが、源吾は短い付き合いであるが、彦右衛門がそのような男でないことは知っている。

「生き金を使わせて頂き、ありがとうございます。では、野次馬に戻ります」

こちらが礼を言うべきであるのに、反対に先んじて礼を述《の》べ、穏やかな笑みを見せた。

「ありがとうございます」

源吾は会釈《えしゃく》をすると、矢吉の横に駆け寄った。

「松永様、何とかなりそうです」

右の妓楼は殆《ほとん》どの柱を抜かれて倒壊寸前、左は奉公人や内芸者の住まいらしく、平屋建ての小ぶりな建物、四半刻も掛からずに壊せる。そう矢吉は読みを伝えてきた。

矢吉は金の力で番付に入ったようなものだと言ったが、手並みは悪くない。新庄藩火消と比べると、武蔵に次ぐほどの実力だろう。

「臭水といえど、燃えるもんがなきゃ終わりだ！　行くぞ！」

源吾は鼓舞《こぶ》すると、自らも鳶口を持って平屋建てに突っ込んでいく。久しぶりに一介の鳶に戻った心地である。源吾は気合いを発して、鳶口を壁に突き立てた。


四半刻後、燃え盛る妓楼の両側は取り除かれた。火元は夜に陽が出現したかのように煌々《こうこう》と燃え、火の粉を撒き散らす。これはもう手が出せず、燃えるに任せるほかない。全員が竜吐水、玄蕃桶《げんばおけ》、手桶を取り、火の粉による類焼を防ぐのに専念した。

炎が弱まるのを見計らい、水を掛け続けて鎮火したのは、消火開始から実に三刻（六時間）。とっくに夜は過ぎ去った辰《たつ》の刻（午前八時）のことであった。

「終わったか……」

目に映る火が無くなった時、源吾はそう呟いて溜息《ためいき》を吐いた。顔をぐしゃりと撫《な》でる。ずっと火の近くにいたせいで、肌は砂を塗ったように乾ききっていた。

最前線にいた頃はいつもこうであったが、長らくこの感触を忘れていた。

「寅、よくやった」

往来に胡坐《あぐら》を搔《か》いて項垂《うなだ》れている寅次郎の肩を叩《たた》く。今回は寅次郎がいなければ絶対に間に合わなかった。寅次郎は休まずに大鉞を振るい続け、十人力の働きを見せた。

柄を強く握り続けたせいだろう。全てを崩し終えた時、寅次郎の上腕は腫《は》れ上がり、筋が蜘蛛《くも》の巣のように浮きあがっていた。

牛の声のような音で寅次郎の腹が鳴る。

「腹が減りました」

「火種が無いのを確かめたら、飯を食いにいこう。それまでそこで横になってろ」

普段はまだやれると意地を張る寅次郎も流石《さすが》に疲れ果てたか、大きな腹を天に向けて往来で大の字に寝転がった。

「彦弥、大丈夫か？」

「はい。ちょいと足を捻《ひね》っただけです。一晩寝れば問題ねえ」

彦弥は捻った足の爪先をちょんちょんと地に当てて確かめた。

——こりゃ、下手人を追い詰めるまでもちそうにねえな。

本来は消火のためではなく、下手人を摑まえるために来たのだ。吉原火消がこんな状態だとは思ってもいなかった。そしてたった一回の火事でこの消耗である。もう少し増援が必要だと痛感している。

しかし十人単位で連れてくると、方角火消のお役目に影響が出る。少数の増員に留め、何より一刻も早く事件を解決しなければならない。

「松永様、早く片を付けねば……」

矢吉が覚束《おぼつか》ない足取りで近寄ってきた。己と同じことを考えているようだ。

「ああ、すぐに例の材木商の浅次郎を捕まえる。一気に下手人に迫るぞ」

その時、土煙を撒き上げてこちらに向かってくる十人ほどの一団が目に入った。全員が徒歩であることから、遅ればせながら駆け付けたどこかの火消かと思ったが、どうやらそうではない。中に陣笠《じんがさ》を被っている者が二人ほど見える。

「火付盗賊改方《ひつけとうぞくあらためかた》である｜。その場を動くな｜」

黒羽織の男が間延《まの》びした声で言った。全くもって迫力が無い。

なるほど臭水が使われた形跡があるとなると、完全に火付けである。火盗改《かとうあらため》が乗り込んできても何らおかしくない。

「火付盗賊改方長官の赤井忠晶《あかいただあきら》であるー」

　黒羽織に陣笠の男が名乗った。歳の頃は三十を少し過ぎたあたり、恰幅《かっぷく》がよく帯の上に腹の肉が載っている。血色の良いふっくらとした頬、豆のような円《つぶ》らな目、ちょこんと突き出した鼻、なにやら育ちの良さそうな面をしている。

「あれ？　島田《しまだ》殿」

　もう一人の陣笠を被った男は、島田政弥《まさひさ》だった。島田は配下を展開させつつ周囲をぐるりと見渡していたが、源吾の姿を認めると、化物《ばけもの》を見つけたような顔つきになった。

「げ──」

「長官を馘《くび》になったので？」

　島田は先代平蔵の後を受けて火付盗賊改方長官になったはず。それなのに長官を名乗ったのは赤井という小太りの男、一体どういう訳か。

「何を無礼な。火盗改は昨年の文月《ふづき》（八月）に辞すことになったが、上の方が拙《せっ》者《しゃ》の働きを大いに褒めて下さり、火付盗賊改方介添えとして、後任を育《はぐく》むように命じられたのだ」

「要は上が詰まっているだけでしょう？」

「ぐ……」

島田は苦々しく歯を食い縛《しば》った。幕府の役職は限られた数しかなく、上に空きがない場合、このように実質同じ職に留める。とはいえ下からも出世してくる者はいる訳で、火盗改のような中間職にだぶつきが生じることになるのだ。

顧問のような立場となっているが、今でも実質率《ひき》いているのは島田といった様子だ。配下が怒りを抑える島田の顔ばかり窺い、赤井はそれに気付かずに弛《ゆる》んだ頬を撫ぜて、これ見よがしに胸を張っている。どうやら赤井という男、島田以上に凡庸であるらしい。

「大変そうで」

「黙れ」

島田も何を言わんとするか解ったようで、溜息交《ま》じりに言った。そこで島田ははっとして、血相《けっそう》を変えて喚《わめ》いた。

「貴様が何でここにいる！　訝《いぶか》しい……訝しいぞ！」

源吾が近付こうとすると、島田は怯《おび》えたように二、三歩後ずさりした。

「田沼様の命《めい》を受け、吉原に派されています」

「ならよい」

島田は態度を一変させて即答した。大物の名が飛び出すとこうなるあたり、相変わらずの島田らしい。

「火盗改もこの不審火を追われて？」

「そうである｜」

赤井が鼻をふふんと鳴らして言った。

「いや……赤井殿。違う」

島田が慌てて制すると、赤井はきょとんとして首を捻った。

「ありゃ、阿呆《あほう》か？」

「声が大きい。赤井殿は幕閣《ばっかく》に縁者も多い御曹司《おんぞうし》ぞ」

島田が囁くように言った。

「縁故《えんこ》で出世か。火盗改も大変だな。島田様でも介添えに残したくなる訳が解る」

「でも、とは何だ。無礼者」

島田が唾《つば》を飛ばすのを無視し、源吾は話を戻した。

「違うと仰いましたな。どういうことで？」

「吉原は奉行所の管轄《かんかつ》だ」

「火盗改ならば関係ないでしょう」

火付盗賊改方とはその名の通り、火付け、押し込みなどの凶悪犯を取り締まるため、従来の奉行所に加えて組織されたものである。この事件も火盗改ならば出てもおかしくない。

「火盗改は動くなと上から指示があった」

吉原は江戸でも一等特別な地であることは、源吾もここにきて改めて思い知った。それは法に関してもそうであり、奉行所の管轄とするという法、不審火は火盗改が管轄するという法、どちらが優先かとは定められていないらしい。そして火盗改はこの不審火事件には関わらずともよいとお達しがあったという。

「では何故ここに？」

源吾は首を捻った。

「昨日、一転して即時に介入せよとお達しがあったのだ」

「誰から？」

「そのようなこと、我らの与《あずか》り知るところではないわ」

この紆余曲折《うよきよくせつ》の指示が誰から出ているのか、島田は本当に解っていないようだ。それでも上には忠実というのが、島田の処世術なのだろう。

──やはり何かある。

そう思わざるを得ない。田沼は源吾ら新庄藩に吉原へ行けと命じ、奉行所は何故か定火消とつるみ何かを探っている。そして火盗改には上から朝令暮改《ちょうれいぼかい》の指示が飛ぶ。己の知らないところで何かが蠢《うごめ》いているのを感じた。

「この火事を契機に、その上の方々は考えを改めたということですかな。存分にお調べ下され」

源吾は別に誰が調べ、誰が解決してもよいと思っている。多くの目で見て、一刻も早く下手人を追い詰め、この連続不審火が終わればよい。

「違う。別件で吉原に入ったところ、火事が起こっているというので、すわこれも下手人の仕業《しわざ》かと急行したのだ」

「別件？」

「白昼《はくちゅう》堂々、引手茶屋《ひきてぢゃや》で殺しだ」

引手茶屋とは、客が妓楼に揚がる際、見世まで案内する茶屋である。他にも初めて訪れた者によい遊女を斡旋《あっせん》したり、遊女を身請《みう》けする仲介を務めたりすることもある。

「どういうことでしょう……」

「材木商の若旦那《だんな》、浅次郎という者が殺《や》られた」

「え……」

これより捕まえ、詮議しようとしていた男だった。それが斬られたとはどういうことか。背後で耳をそばだてていた、彦弥、寅次郎、そして矢吉も絶句してしまっている。

この事件、やはり存外闇《ぞんがいやみ》が深い。源吾は肌が粟立《あわだ》つのを感じ、目立たぬようにそっと腕を撫でた。

三

その日、源吾は昼まで僅かな仮眠を貪《むさぼ》り、一人で芝《しば》の新庄藩上屋敷を目指した。彦弥、寅次郎は吉原揚屋町の長屋に残してきている。

――星十郎の知恵がいる。

複雑怪奇《かいき》、奇妙なことがあまりにも沢山あり、己の頭ではどうあがいても真相に辿り着けないと考えた。矢吉に頼んで、自宅まで配下を走らせてもらった。夕刻には一度帰るので、星十郎を含め、残りの主だった者を呼んで欲しいと伝えて貰ったのだ。

　自宅の前に着くと、まだ二日しか離れていないにもかかわらず、妙に懐《なつ》かしい気分になった。中から平志郎の泣き声がする。腹を空《す》かせたか、襁褓《むつき》が濡れているかのどちらかであろう。

「帰った」

　入ると丁度、深雪が布団に寝かせた平志郎の両脚を持ち上げていたところだった。

「お帰りなさいませ」

　深雪が平志郎の股の向こうから微笑むので、源吾は思わず噴き出してしまった。

「奥方様、これでしょうか？」

　星十郎が奥から姿を現す。手に布を持っている。

「違います。それは旦那様の褌です」

　星十郎に続き、新之助が自慢げな顔で姿を見せる。

「先生は賢いけど、こんなことは駄目ですね。襁褓も分からないなんて……はい奥方様、これ」

「それは雑巾《ぞうきん》」

新之助が固まった後ろから、ひょっこり武蔵が顔を出した。

「これですね」

「武蔵さん、ありがとうございます」

「深雪、何やらせてんだ」

源吾は呆《あき》れつつ腰から刀を抜いた。大の大人三人に襁褓を取りに行かせるなど、あまり褒《ほ》められたことではない。ましてや星十郎は勿論《もちろん》、新之助もこれでも武士なのだ。

「御頭、お帰りなさい。私たちがそのままでいいと言ったんですよ」

新之助は雑巾を握った手を振り、深雪を庇《かば》った。

「お腹の調子が悪いようで」

と、星十郎は眉《まゆ》を八の字にする。

「ちと緩《ゆる》かったから。汚れちまうと思い、そのままってね」

武蔵が続きを引き取り、苦笑を浮かべた。

「大丈夫なのか！」

源吾は履物を飛ばすように脱ぎ、平志郎のもとへ急いだ。

「心配ありません。少し冷えただけでしょう。熱もありません」

深雪はてきぱきと襁褓を取り替えていく。替え終わると、平志郎は目尻に涙を浮かべたまま、にこりと笑った。

「おお、笑った」

「はい」

深雪はくすりと笑う。未《いま》だに平志郎が笑うと嬉《うれ》しさが込み上げてくる。

「御頭、ご苦労様です。大変だったようで……」

星十郎は労《ねぎら》いの言葉を掛けてくれた。

「あいつらは？」

武蔵は入口のほうを見ながら尋ねる。平志郎が手を差し伸べてきたので、源吾はそれを優しく摑んで揺らす。

「彦弥と寅は残してきた。怪我《けが》も負ったし、疲れも酷い。それに吉原からまだ目は離せねえからな」

「怪我の具合は？」

「彦弥が足を捻り、頰を擦りむいた。寅は鉞を握り続けたせいで手が腫れている。だが大きな怪我じゃねえ」

「それはよかった。安心しました」

新之助はほっと胸を撫で下ろした。そのような物騒《ぶっそう》な会話が、寝転がる平志郎の上を飛び交っていることに気付き、源吾は顎《あご》をちょいと振った。

「向こうで話そう」

隣の部屋に皆で移動して車座《くるまざ》になった。

源吾らが吉原に入る前のこと、吉原での奇妙なしきたりの数々、そしてここ二日のこと、源吾は順序だてて皆に説明した。

「どうだ……?」

源吾は全てを語り終えると、真っ先に星十郎に向けて尋ねた。この男の智嚢《ちのう》を頼るため一時帰宅したのである。

「実に難しい事件です。少し考えさせて下さい」

「お前でもそうか……」

星十郎に訊《き》けば何とかなる。そう思っていただけに落胆の色を隠せなかった。

「その浅次郎って若旦那、どのようにして殺されたので?」

剣の腕が立つ新之助は、そこに引っ掛かったらしい。源吾は白昼堂々殺されたとだけ話し、まずは全容をと詳しいことは端折《はしょ》っていた。

「昨日の日中、浅次郎は引手茶屋を訪ねてきたらしい」

源吾らが吉原で聞き取りをしていた同刻。その引手茶屋は大門の外にあり、厳密には吉原ではない。聞き取りをした妓楼「姉川」が隠している訳ではなかった。

「その浅次郎は何しに？」

武蔵が眉を顰める。火事との関連を疑っているのだ。源吾も初めは同じことを考えた。

「引手茶屋の話だと、身請けの相談に来たらしい」

浅次郎は姉川で例の火事が起こった時、一緒に寝ていた遊女を身請けしたいから、間に入ってくれと切り出したという。

「どういうことです……」

「ああ、俺もそれが解らねえ」

自分が下手人と疑われていることは浅次郎も知っている。証拠がないことで解放されたに過ぎず、そのような動きをすれば余計に怪しまれるだけである。

引手茶屋のほうも事のあらましを知っていたらしく、

――浅次郎さん。悪いことは言わない。こんな文《あや》が付いたのだから、諦めることだ。

と、再三説得していたが、浅次郎は一向に諦める気配がなかった。むしろ凄い剣幕《けんまく》で、

――俺とあいつは一緒になる約束を交わした。必ず受けるはずだ！

と、唾を撒き散らしたという。普段は浅次郎が温厚なことを知っているだけに、面食らってしまったらしい。後に主人が語ったところによると、目は血走り、正気とは思えなかった。

「女郎の実《まこと》と卵の四角、あれば晦日《みそか》に月が出るって言うらしいからな。言ったのだろうがあてにはならねえさ」

源吾は人の受け売りを交えて話した。

「吉原は遊女の嘘も含めて愉《たの》しむところ。金五郎の爺《じい》さんがよく言ってたっけ」

武蔵が記憶を手繰るようにして苦い顔になった。

話の流れを止めてしまったと、武蔵は手を差し出して続きを促す。

「引手茶屋の主人も浅次郎ばかりに構ってはおれず、少し経てば頭も冷えるだろうと、二階の座敷に残して下に降りたらしい。これが未《ひつじ》の刻（午後二時）だ」

「なるほど……で、斬られたのはいつです？」

新之助もいつもと違い、茶化すことなく聞き入っていた。

「半刻後の中の上刻《さる》（午後三時）、火盗改を名乗る武士が訪ねてきたらしい」

男は浅次郎に詮議したいことがあると告げ、主人は火盗改まで動き始めたかと吃驚した。火盗改は番方の集団で、詮議が手荒いことで恐れられている。変に隠し立てすれば、店にも累《るい》を及ぼしかねないと、二階にいることを教えたらしい。

「男は四半刻もせぬうちに降りてきて、詮議は済んだと店を出て行った。主人が様子を窺《うかが》いに上がった時、浅次郎は胸を突かれて絶命していたという次第だ」

「突かれていたのですね？」

火盗改を名乗った男に殺されたということに驚きそうなものだが、新之助は別のところに引っ掛かった。

「そうだ。心の臓あたりを一突《ひと》きだ」

「主人は声を聞いていなかったということでしょう？　完全に玄人《くろうと》の手口です」

新之助はそう言い切った。茶屋の誰もが殺されたことに気付かなかったということは、浅次郎は声を上げることすら出来なかったということ。恐らく手で口を押さえられたのだと新之助は予想した。

そうなると押さえた手がずれやすいため、斬撃は放ちにくい。突きで仕留めたのも納得出来るという。

「なるほど。だが何で玄人と思う。不意打ちで馬乗りになってなら……」

「無理ですって。やってみましょうか？　ほら……」

新之助は源吾の口に左手を添える真似《まね》をし、右手を腰に動かした。

「なるほど……刀が抜けねえのか」

逃れさせないためには密着しなければならない。恐らく壁に押し付けたのだろうと新之助は言う。

「でもね。居合《いあい》にはこれでも抜く技があります」

上半身はそのまま相対し、下半身だけを捻って抜く。手首を返して鋩《きつさき》を地すれすれに走らせて、刀を自身の躰の右側に移し、突きの動きに転じる。これは相当な修練を積まねば出来ないという。

「やってみせろ」

疑う訳ではないが、源吾は見てみたいと思った。

「駄目ですよ」

「何でだ？」

「隣の部屋だとしても、平志郎がいるんです。それにこんなとこ奥方様に見つかったら、私がこっぴどく叱《しか》られる」

新之助はへらっと笑って元の位置へ腰を下ろした。これは見事に新之助に一本取られた形である。やはり己は父としてまだまだ半人前だろう。一方の新之助は実の兄になったような気でいるらしい。

「お茶をお持ちしました」

平志郎の世話が一段落ついたか、丁度深雪が襖を開けた。

「ほら、危なかった」

新之助は身震いする真似をする。そして何の躊躇《ためら》いもなく財布を取り出すと、脇に置いてある壺《つぼ》に一文を入れた。お役目で家を使う時、けじめであると深雪は飯や茶に銭を取る。それはもう常識になっており、新之助など特に板についている。続いて星十郎、武蔵、そして源吾も入れる。この時ばかりは家主の源吾も夫ではなく火消頭取という扱いなのである。

「随分、溜まりましたね。誰が一番支払ったんでしょう？」

武蔵は壺を覗きながら言った。

「絶対に私ですよ。どうですか奥方様」

新之助は何故か胸を張って自慢している。

「流石の私も、これを帳面に付けているわけじゃありませんからね」

深雪は出納をこまごまと記している。それによって松永家は貧困の時も何とかやりくりしてこられた。だが流石にこの壺の金を一々記すのは無粋《ぶすい》というものだろう。

「混ざってしまえば解りませんもんね……じゃあ、今度から私は銭に小さく名を書いておこう。絶対私ですから」

新之助はやはり勝ち誇った顔で言うので、源吾は苦笑してしまった。

「なるほど」

片手で前髪を弄《いじ》り続けていた星十郎がぽつりと言った。

「どうした」

源吾は胡坐を掻いた内腿《うちもも》に肘《ひじ》をついて乗り出した。語調から察するに、何かが閃《ひらめ》いたようだ。

「もしかすると混じっているのかもしれません」

「混じる？」

武蔵が眉間に皺を寄せて尋ね返す。

「一連の事件は全て下手人が別ということです」

星十郎はそれ以外に考えられないと言った。それは源吾も一度は考えた。この一連の事件、それぞれの手口にあまりにも共通点がなさすぎる。ただ一点だけ、それではどうしても辻褄《つじつま》が合わないこともある。

「偶然でこんなに続くか？」

と、いうことである。星十郎は小さく首を横に振った。

「偶然ではないとしたら？」

「おいおい。今、下手人が別と……」

「偶然ではなく、下手人はそれぞれ別ということです」

武蔵は流石に無理筋と思ったか、顎を振り子のように揺らした。

「つまり昨夜の火事も含め七人、共に謀って火を付けているってのですかい。そりゃあ、ちと話が飛躍しすぎじゃあ……」

「七人が共謀したという訳ではないと思っています」

星十郎はそう前置きすると、順に顔を見ながら続けた。

「七人が力を合わせたにしては手口が杜撰《ずさん》過ぎる」

確かにそうである。下手人が全く不明の火付けもあれば、大凡《おおよそ》目星が付いている火付けもある。七人が一味ならば、疑いが掛からぬようにもう少し上手《うま》く出来そうなものではないか。

「あくまで火付けは各々《おのおの》。その裏に七人を唆《そそのか》した者がいる。これが最も筋が通る」

「なるほど……それなら随分絞り込めそうだ」

源吾は持参の風呂敷包みを開いた。役に立つのではないかと、三組に分かれて聞き取った時の大福帳の写しを持ってきていた。この中で、七つの火付けの前後、複数の燃えた妓楼に出入りしていた者がいればかなり怪《あや》しくなる。

「鳥越様、お願いします」

星十郎が視線を送る。

「分かりましたよ。先生まで人使いが荒くなってきた」

新之助はぶつくさ言いながら、物凄い速さで帳面を捲る。この若者は一度見たことを決して忘れないという特技を持っている。それは覚えるというよりは、脳《のう》裏《り》に焼き付けるようなものだと以前話していた。

下がる機会を失した深雪が目配せをして立とうとしたが、源吾は留めた。

「いや、お前もいてくれ。女の目が必要な気がする」

これは勘でしかない。ただ吉原に行って解ったことがある。噂《うわさ》に聞く以上に、女を中心に回っている世界であるということだ。そうなるとやはり深雪にも聞いていて欲しかった。

「はい。終わり」

新之助はぱたんと帳面を閉じた。四半刻も経っていない。

「紙と筆を」

深雪がさっと立ち上がろうとするのを新之助は手で制した。

「結構です。残念ながら、複数に顔を出している者はいません」

「台屋や、引手茶屋の者もか？」

そもそも遊女は他の妓楼に行くことは原則禁じられている。男もまたそうで、一度ここと妓楼を決めてしまえば、他の妓楼に揚がることは出来ない。台屋、引手茶屋などの出入りの者が怪しいと思っていた。

「はい。同じ引手茶屋の名は出てきましたが、同じ者ではありませんでしたね」

「見当が外れたか……」

「だけど、気になったことがあります」

新之助は気付いたことが喜ばしいような、苦々《にがにが》しいような、曖昧な顔付きになる。

「どうした？」

「確か一件、『紅蠅』を使った火付けがありましたよね？」

「ああ……確か新野屋」

大胆にも張見世に、火消が紅蠅と呼ぶ凶器を投げ込まれた一件である。

「紅蠅なんて、普通の人が知っていますかね？」

「俺も同じことを考えていた。なるほど……火消以外にこれを知るような仕事の者がいたということか」

新之助は首を横に振る。その顔色はやはり冴えない。

「いや、火消の名がありますよ」

「えっ――どこだ」

「えーと……ここです」

新之助は一冊の帳面を取り、はらはらと綴《つづ》りを捲って指差した。

――本荘藩、鮎川転《うたた》。

「本荘藩か。国が同じじゃねえか」

本荘藩は新庄藩と同じ出羽《でわ》国にあり、六郷《ろくごう》家が治めている。

「藩主は六郷兵庫頭《ひょうごのかみ》様。石高は二万石。家紋は三つ亀甲《きっこう》の内七曜《うちしちよう》。通称、六郷亀甲です」

星十郎の知識は実に幅広い。すかさず解説を入れてくれた。

「鮎川……何て読むんだ？」

「うたた、です。東百官《あずまひゃっかん》ですね」

これにも星十郎が即答する。東百官とは武士の中で流行っている官職を模した名で、深雪の父である月元右膳《つきもとうぜん》や、折下左門などもこれに当たる。

新之助が続けて言った。

「西の前頭九枚目、鮎川転、諱《いみな》は氏利《うじとし》。『天蜂』の異名を取る番付火消です」

「おいおい……またかよ」

源吾は頭を抱えて唸ってしまった。

ここのところ火消の不祥事が相次いでいる。近くでいえば八重洲河岸定火消の進藤内記が、引き取った火事の遺児を売り、金銭を得ていたことがある。これは表沙汰にはなっていないが、新庄藩火消の活躍で内記を謹慎にまで追い込んだ。

また「に組」の辰一が、火付盗賊改方長官であった島田に乱暴を働き、半年の押込めに処されたのも記憶に新しい。

「御頭、俺たちも人のことは言えねえよ」

武蔵は自嘲《じちょう》気味に笑った。

まずそもそもこの武蔵は、町火消の御法度《ごはっと》である半鐘の「先打ち」をして万組を放逐《ほうちく》され、新庄藩火消が抱えることになったのだ。

新庄藩火消としても源吾が頭取に就任以降、太鼓《たいこ》を打たせるために定火消屋敷の門を破る、多くの火消を巻き込んでの大乱闘、八重洲河岸定火消へ討ち入り紛《まが》いのことを仕掛けるなど、世間から見れば不祥事と思えること枚挙《まいきょ》に暇《いとま》がない。

どれも巨悪を追うためのことで、一定の成果を挙げているからこそ大きな問題にならないだけである。また老中田沼がそれを理由に庇ってくれていることも大きい。

「まあ……そうなるか。しかし内記にしろ、この男にしろ、火消が火付けの黒幕たあ、世も末だ」

「まだ黒幕と決まった訳ではありません」

星十郎は話が飛躍しすぎるのを止める。

「でも、紅蠅ですよ？　火消が最も怪しい」

新之助は紅蠅を投げる真似をしながら言った。

「俺の勘働きも怪しいと告げていますぜ」

武蔵もそれに乗じる。熟練の火消の勘働きはあながち馬鹿に出来ない。今までにも武蔵はこれに従い、何度も手柄を立てている。

「私もこの男が怪しいと思います。だが、まだ解《げ》せないこともあります」

「七人の下手人とどう繋がったか……ですね」

と、間髪《かんはつ》入れずに言ったのは深雪である。漏れ聞こえていた話と、ここに来てから聞いた話、それらを合わせて事件の全容をすでに理解している。

「流石です。殺された材木商の浅次郎などは、訪ねていけば話すことは出来る。しかし遊女となると、他の妓楼に揚がれぬ以上、話すことも儘《まま》ならぬはず。張見世や往来で摑まえたとしても人目につく。それに……」

星十郎は話の途中で言いよどみ、髪を指でなぞり思案している。

「どうやって彼らに狙いを付けたか……」

「はい」

深雪がぽつりと言い、星十郎は頷く。最早《もはや》二人だけで話が進み、他は誰もついていけていない。

「どういうことです？」

新之助は深雪と星十郎を交互に見て尋ねた。

「下手人は最大七人。誰に密告されてもそこで終わりです。つまり黒幕は彼らが必ず乗ってくることを知っていた。でなければ、恐ろしくて誘えません」

「なるほど！」

源吾も含めて三人の声が重なった。星十郎はもはや深雪しか目に入っていないように、再び口を開く。

「奥方様、狙いをつけていたこと、それでも密告の恐れがあること。この二つから導き出されるのは……」

「黒幕は、吉原に精通している者を使い、下手人を唆《そそのか》したということです」

つまり黒幕は誰かを取り込み、その者から吉原の内情、下手人に使えそうな者の弱みを聞き出したことになる。そしてさらにその者を連絡役として使い、実行犯を生み出していったのではないか。

「その者が誰か分かればいいのですが……」

星十郎はここまで来て行き詰まったように目を伏せた。

「星十郎さんは、心の学問を修められたのでしょう？　それなのに解りませんか？」

　深雪の頬が僅かに緩んだ。

「奥方様には見当がついていると？」

「小諸屋のことも中々進まないはずです」

　深雪は丸い溜息を零《こぼ》し、星十郎は目を瞬《しばた》かせた。深雪は忘れてくださいと前言を翻した上で、短く言い切った。

「女でしょう」

「女……遊女ということですか？」

「はい。それならば吉原にも精通しています」

「しかし、それは女であるという根拠にはなりません」

「いえ、女であることこそが根拠です」

　深雪はきっぱりと言った。このように意見が食い違うことは珍しい。

「それは……」

「女は惚《ほ》れた男のためならば、悪に染まることも厭《いと》いません。私も仮に旦那様が悪事を働いていても庇うでしょう」

　不意の告白に源吾は面映《おもは》ゆくなって視線を逸らした。

「相変わらず仲のよろしいことで」

武蔵がにたにたしながら顔を覗き込んでくる。

「まあ、その前に二、三百発は叩くでしょうけど」

「普通、そこは二、三発じゃあ……百って」

深雪が真面目な表情で言い放ったので、新之助は笑ってしまっていた。

「奥方様、仮にそうとしましょう。それでもどうやって繋ぎをとるのです。遊女は他の妓楼には揚がれないのですよ」

星十郎は食い下がった。確かにその通りである。

「鮎川という方が黒幕とすれば、材木商の若旦那などは直接会うことが出来ます。女から得た弱みを使って、強請《ゆす》ることも出来ます」

そもそも遊女は客の秘密を厳守する。たとえそれが妓楼の主人相手でも話さない。その口の堅さが遊女としての最低条件である。それを客も知っているから、誰にも言えぬ悩み、愚痴《ぐち》を零す。それが外に筒抜けならば、強請ることや、唆すことは容易いだろう。

「しかし黒幕の手先が遊女では、他の妓楼に揚がれず、女の下手人は作れません。目撃した者の証言によれば、遊女の下手人もいるのです」

「湯……ではないでしょうか」

「ゆ？」

皆が眉を顰めて首を伸ばす。

「旦那様、当家にお世話になる前、湯屋の手桶作りの内職をしたのを覚えていますか？」

「ああ……そんなこともしたっけな」

新庄藩に仕官するまで、源吾らは困窮《こんきゅう》しており、様々な内職をした。傘張り、提灯《ちょうちん》張りのようなよくあるものから、蟋蟀《こおろぎ》の養殖、朝顔の栽培までして、口に糊して凌《しの》いできたのである。その中に手桶の内職もあったのを思い出した。

「湯屋の手桶はよく持って帰ってしまう人がいるので、焼き印を押します」

「思い出してきたぞ」

「吉原の湯屋の手桶が多かったことも覚えていますか？」

「それは……覚えていないな」

「私、気になって訊いたことがあるんです。何故、こんなに多いのかって。いつも他の三倍ほど作りましたもの」

深雪はどんな時でも好奇心を失わない。貧困の中にあってもそれは同じであった。ましてや自他《じた》ともに認める田沼通で、田沼が推し進める重商主義に深い関心を抱いている。故に物の流通、景気に関することとみるや、さらに興味を示すのである。

「で、何と？」

「客が途切れぬほど盛況《せいきょう》なんですって。湯がすぐに濁《にご》ってしまうほどに」

　吉原には伏見町と、揚屋町に湯屋がある。妓楼の真ん中にある伏見町の湯屋は特に盛況で、湯もすぐに濁ってしまうらしい。だから少し遠くても揚屋町まで足を延ばす者もいる。そのようなことまで深雪は覚えていた。

「どういうことだ？」

　答えが思ったより大したことがなかったので、源吾は首を捻る。

「何故、伏見町の湯屋の湯がすぐに濁るのかということです」

「だから、それは妓楼に近く、妓楼に通う客も行きやすいからだろう……」

「妓楼の客だけではありません。湯屋は遊女に大人気なのです」

「深雪さん、ちょっと待って下せえ。妓楼には内湯がありますぜ？」

　ここで武蔵が割って入った。存外《ぞんがい》詳しいということは、揚がったことがあるのかもしれない。もっともこの歳まで独り者の武蔵ならば、別におかしいことでもない。

「それでも湯屋に行くらしいですよ」

内湯など、一部の豪商を除《のぞ》いて滅多《めった》に持っているものではない。それがあるのだから、そこで済ませていると思うだろう。

だが実際は違うらしい。遊女たちは内湯が狭いのを嫌い、挙《こぞ》って湯屋に通う。さらに遊女は一人で行くわけでなく、禿が供をする。故に常に湯屋は込み合うのだ。

「あ……なるほど」

星十郎が髪を触る手をぴたりと止める。

「はい。湯屋が人気なのは、足を伸ばして浸《つ》かりたいというだけではありません。同じ境遇の女同士、誰憚ることなく、愚痴を言い合う。これが気分転換になるのです」

「つまり湯屋で火付けを誘っているということか」

「当たってみる価値はあります」

源吾が問うと、深雪はこくりと頷いた。

「ところで、その鮎川という男、どこの妓楼に揚がっている？」

「醒ヶ井。例の彦弥さんが助けたところですね」

聞き取りを担当したのも彦弥である。下手人は特定出来なかったと言っていた。だがその醒ヶ井にこそ、黒幕の意を受け、暗躍している「女」がいることになる。

「でも、ちょっと待って下さい」

新之助が眉を八の字にして口を尖らせた。

「どうした？」

「誰が若旦那を殺したのです？」

「それは……」

源吾は言葉に詰まった。また深雪もこれには答えられない。星十郎が重々しく閉ざしていた口を開く。

「考えられるのは黒幕。我らが迫っていることにすでに気付いているはず……」

「口封じか」

「はい」

「戻ったほうがよさそうだ」

源吾は溜息を零した。本当は一夜でも家にいたかったが目まぐるしく状況が変じる今、夜のうちに戻るべきだろう。

「誰を回しましょう」

武蔵がずいと身を倒すように前に乗り出す。

「方角火消《ほうがく》をおろそかには出来ねえ。星十郎だけを連れて行く。武蔵は新之助を助けてくれ」

「そうなりますよね」

新之助は文句を言わなかった。もともと吉原という地に興味は示さなかったが、それが理由ではなく、頭取並としての自覚を持ち始めたということだろう。

「でも……」

新之助は澄ました顔で言う。

「何だ？」

「方角火消は江戸中が管轄。危急《ききゅう》の時には駆け付けます」

深雪は微笑み、武蔵と星十郎は好《この》ましげに見つめる。

「頼む」

源吾が言うと、どんどん己に似てくるこの頭取並は力強く頷いた。

源吾はこれらのこととは別に気に掛かったことがあった。それを頼むためにも戻ったのである。

「新之助、武蔵、至急調べて欲しいことがある」

新之助と武蔵に向けて手招きした。源吾も頭を寄せ、二人の耳元で囁く。有り得ない話だが、誰かがどこかで聞いているのではないか。そんな不安が過《よぎ》ったのである。この事件にはそんな面妖《めんよう》さが漂っている。

第五章　転《うたた》

一

東太郎《とうたろう》はここのところ落ち着かぬ日々を過ごしていた。己の職は台かつぎと呼ばれるものである。妓楼《ぎろう》から注文が入ると、料理と飾りの載った大きな盆を頭に載せて届ける。いわゆる縁起物《えんぎもの》である。

遊女には妓楼から白飯と漬物、味噌《みそ》汁などの最低限の食事は出るが、それ以外のものを食べたいと思えば、客に頼んで台屋に注文を入れさせる。さらに僅《わず》かだが、台屋から遊女に祝儀《しゅうぎ》も出ることになっている。この小銭を稼《かせ》ぐために、客にねだる者も多い。

見栄《みば》えだけは豪勢《ごうせい》であるが料理は不味《まず》い。まさしくこの町を象徴するようなものである。腐りかけの魚を買い叩《たた》いて、干物のようになるほど硬く焼いて出すこともある。そのような不誠実と思われる商いをしていても、注文は引っ切り無しで、台屋がこの町から消えることはない。

いっそ消えてくれればいい。東太郎はそう思っていた。己は上野《こうずけ》の小作人の次男で、口減らしのために売られたも同然で奉公に出された。戻る場所もなければ、行く当ても無い。

店《たな》には東太郎も含めて六人の台かつぎがいる。その中で己は酷《ひど》い苛《いじ》めに遭《あ》っている。始まりはお得意先に運ぶ途中、辻を飛び出してきた者とぶつかり、道に料理をぶちまけたことである。料理自体は二東三文だけれど、お得意先はいつまで経《た》っても料理が来ないからと、別の店に仕出しを頼んだ。以降、そのお得意は、他に注文を入れることになる。

主人は烈火《れっか》の如《ごと》く怒り、東太郎に折檻《せっかん》を加えた。もともと口下手であった東太郎は、

「すみません、すみません……」

と、ただ詫《わ》びることしか出来なかった。

台かつぎは見かけの割に苦しい仕事だった。毎日、多くの注文が入り、吉原を駆けずり回らねばならない。料理の盛り付けをするのもまた台屋の仕事だった。そしてどんなに疲れていようとも、遊郭では愛想《あいそ》よくしていなければならない。

時折、笑顔が引き攣《つ》っていると己でも感じることがある。

そのような心労の多い台かつぎであるから、東太郎は憂《う》さ晴らしのいいはけ口になってしまった。同輩たちに足を引っかけられて、盆をひっくり返したことなど数えればきりがない。その度にまた主人に叱責《しっせき》された。

苛めは日に日に度を増していき、自分の盆を割られ、少ない俸給から新調しなければならないこともあった。逃げたいけれど逃げられない。遊女は吉原に囚《とら》われているというが、そこで働く男もまた似たようなものなのだ。

「東太郎、酷い苛めに遭っているそうだな」

ある妓楼に料理を運んだ時、男にそう声を掛けられた。何度か仕出しをしたことがあり、見覚えのある男だった。驚いたことに、己の名を知っていた。

「隠すな。東太郎……お主、武家奉公するつもりはないか？」

「いえ……そのような」

「え……」

「当家の中間《ちゅうげん》として雇ってやる。渡り奉公ではないぞ。抱えだ。俺が出世すれば、足軽くらいには取り立ててやれるかもしれん」

何の話をされているのか暫《しばら》く解《わか》らなかった。東太郎にとってはまるで夢のような話だった。

「ただし……少し手伝って欲しいことがある」

男は条件を持ち掛けて来た。

「それは――」

何とその条件とは、角町にある「新野屋」に火を付けるということだった。

「心配ない。誰も死にはしない。張見世《はりみせ》の遊女が引っ込んだ隙《すき》にこれを投げればよい」

男は懐《ふところ》から小さな小瓶を取り出して続けた。

「これは紅蠅《べにばえ》というもの。その道に詳しい者しか知らぬ代物よ。お主に疑いは掛からぬ」

妓楼を一軒燃やす。人は誰も死なぬよう日中でいい。そのように説得されているうちに東太郎はその気になってきた。何より今の暮らしから逃げられる。その一点が眩《まばゆ》いほど魅力に感じた。

「やりましょう」

東太郎はこうして請け合って火を放った。男が紅蠅と呼ぶものの芯に火を付け、遊女がいなくなった隙を見て張見世に投げたのである。紅蠅は格子に当たった瞬間、赤い炎を撒《ま》き散らした。想像以上の威力に驚いたが、往来には人が溢《あふ》れており、一体どこから飛んで来たのか誰も見当《けんとう》が付かない。東太郎は足早にその場を離れた。

――今、近付けば怪しまれる。全て終わるまで待て。三月《みつき》もすれば当家に迎える。

文使いから受け取った文を見て、東太郎は思わず笑みが零れた。今までずっと耐えて来たのだ。あと三月くらい何でもない。揶揄《からか》われようが、向こう脛《ずね》を蹴られようが、東太郎は苦笑して我慢した。

「この店に東太郎という者がいるか」

男が訪ねて来たと聞いて慌てて表に出たが、待っていた人とは別の男であった。東太郎は少し肩を落として訊いた。

「へい。あっしですが何か？」

「人を憚《はばか》る話故、外に出てくれぬか。主人、ほんの少し借りる」

男はそう言うと主人に金を握らせた。主人は笑みを浮かべて何の躊躇《ためら》いもなく認める。ぼんくらの東太郎でも何か得になることがあるのかといったところだろう。

ていた。

「何でしょうか?」

店を出ると東太郎は再度訊いた。あの男の遣いかもしれないと思い始めていた。

「ある文の往来を調べておる。一度お主宛ての文もあった。話を聞きたい」

元来《がんらい》気の強いほうではない。声を失って膝《ひざ》が笑う。

「はあ……どのような」

ようやくそれだけ絞り出すと、男は目を細めてじっと見つめて来る。

「顔色が悪いぞ」

「いえ、腹の調子が悪くて……で、どなたの文で?」

男はぽつりと名を言ったが、東太郎は首を捻《ひね》る。

そもそも男のことは、あの店の常連だということ以外名も知らない。訊かれても口を割りようがない。

「多分、あっしが粗相《そそう》をしたお客様だと……お叱りの文でした」

「なるほど。すまなかったな」

男は驚くほどあっさりと引き下がり、薄く微笑んで去っていった。

——まずいのではないか……。早く三月過ぎてくれ。

東太郎は仕事中もそのことばかり考えており、雲の上を歩くような心地の日々が続いた。ある日、妓楼から注文が入り、主人に急き立《せ》てられるような恰好で東太郎は店を出た。しっかりと頭の上に盆を据え、小走りで目的の妓楼を目指す。清掻《すががき》の音が疎《うと》ましかった。もうすぐこの不快な音色ともおさらば出来る。東太郎は前向きに考えることにした。往来を行き、張見世を覗く男たちは皆浮かれた顔をしている。その人混みを縫《ぬ》うように東太郎は行く。

——あっ——。

目の前を何かが過《よぎ》った。恐らく燕《つばめ》ではないか。それに躰《からだ》が驚いたのか肘《ひじ》ががくんと落ち、盆を正面にひっくり返してしまった。

——また叱られ……。

そう思った時、東太郎は地に膝を突いていた。無意識に散らばった料理を掻き集めようとしているのか。いや、己の意思ではない。脚からすっと力が抜けていたのだ。

けたたましい叫び声が上がる。料理をこぼしただけで何もそこまで叫ばなくていいではないか。そう思った時、首に熱いものを感じ、東太郎は手を触れた。手が深紅に染まっている。血である。

熱いものは胸にも突然流れ、一気に口へと込み上げてくる。地に無残に散らばった料理の上に、鮮血が降り注ぐ。

「あぁ……」

提灯《ちょうちん》が霞《かす》み、大きな光の玉へと変貌する。玉と玉が重なり合い、目の前が淡い光に覆《おお》われていく。あれほど逃げ出したいと思ったこの町を、今ほど離れたくないと思ったことはない。絶叫も遠くなる頃、やがて光が薄らぎ、闇が襲ってきた。闇に抗《あらが》おうとするが、全身から力が抜けていく。そしてそのまま もう光を見ることはなかった。

二

源吾は星十郎を伴い、吉原を目指した。近くまで来ると吉原だけが夜を忘れたかのように輝きを発していた。

「改めて見ると、厄介《やっかい》な地ですね」

もう亥《い》の刻（午後十時）なのである。それなのにまだ火を落としていない。

「ああ、ちょいと突《つ》けば火達磨《ひだるま》さ」

「考えていたのですが、口封じに掛かっているということは、もう火付けは止《や》めたのかもしれません。そもそも目的もはきとしませんが……」

黒幕は何らかの目的があって連続で火付けを行っていたはずだ。だが利用した下手人《げしゅにん》を殺すということは、目的を達して計画を閉じにかかっているのかもしれない。

「そうだといいんだが……」

星十郎の読みだと、少なくともこれ以上火付けは起こらない。だが源吾は言い知れぬ不安を感じた。

大門を潜《くぐ》ると、町が騒がしいことに気が付いた。やたら侍《さむらい》とすれ違う。しかもどの者も衣服が乱れており、中には刀を腰に差さず、手に持ったまま足早に吉原を出ようとする者もいる。

「何かあったか？」

一人のすれ違う武士に訊《き》いたが、まるで聞こえないかのように去っていく。少しでも人目を避けたいといった様子である。

「何があった？」

今度は商家の主人風の男に尋ねると、こちらは足を止めて答えてくれた。

「殺しです。火盗改《かとうあらため》が来ているのです」

「何⁉」

「お侍は疑われぬようにと、そそくさと逃げ出して……帳面があるからいずれいたことはばれるのに」

男の口調《くちょう》からは武士への侮《あなど》りを感じた。確かにこのような時に逃げ出すのは決まって武士。侮られるのも致し方ないだろう。

「場所は⁉」

「お侍様はお逃げにならないので？」

男は意外そうに訊き返す。

「ああ。どこだ？」

「表通りの奥です。往来《おうらい》ですれ違い様に台かつぎが斬られたとか……」

「星十郎、ついて来い！」

源吾は言うや否《いな》や駆け出す。古傷のこともあり、己は決して足が速くはない。しかし振り返ると、星十郎は早くも遅れを取っている。

「ここを真《ま》っ直《す》ぐだ！　追って来い！」

「は……い！」

切れぎれに答える星十郎を、源吾はどんどん離していった。

すでに人だかりが出来ている。火盗改も駆け付けており、その近くに矢吉たち吉原火消《びけし》、彦弥、寅次郎の姿もあった。

「矢吉！」

「松永様！」

「またか⁉」

源吾は足を止め、弾《はず》む息を抑え込む。

「台屋が斬られました……新野屋の火事の日、出入りしていた者です」

「くそ……もう用済みで、全て殺すつもりか」

「松永」

島田が神妙《しんみよう》な顔つきで呼びかけてきた。

「何でしょう……」

「この下手人を追っているのか」

「俺が追っているのは、不審火の下手人だ。ただ殺しも繋がっているんじゃないかと考えている」

気が立っているからか、乱暴な口調になった。しかし島田はそれを咎《とが》めようともせず、狐《きつね》のような目をさらに細めた。

「やはりそうか……面倒なことになった」

「どういうことだ」

「上から念押しがあった。不審火の下手人は追うな。殺しの下手人を捕らえろとな」

「別人だということか？」

「少なくとも上はそう思っているようだ」

「現場を見て命じろってな」

「全く……な」

普段は目の敵《かたき》にしているのに、島田も嫌気がさしているのか妙に話が嚙《か》み合った。

「かなりの手練《てだ》れだ。見てみるか」

島田は顎《あご》をしゃくってみせ、源吾は人だかりの中心に近付いた。低く呻《うめ》き、口に拳《こぶし》を当てる。それほど凄惨《せいさん》な骸《むくろ》であった。

「すれ違い様に抜き打ちで首を落としたらしい。当人も暫《しばら》くは己が死んだと気付かなかったのではあるまいか」

「見た者は？」

「それが誰もおらぬ。人通りはあったが、倒れる音で初めて気付いたそうだ」

新之助が言ったように、相当な腕前の持ち主のようだ。仮に追い詰めても己では返り討ちにあうかもしれない。

「こちらは殺しを追う。不審火はお主らと奉行所に任せる」

島田は舌打ちをして言った。源吾に頼まなければいけないのが屈辱《くつじょく》といった様子だ。それでも事件を解決したいという思いは持っているらしい。

「奉行所？」

源吾はそこに引っ掛かった。確か奉行所は麴町定火消とつるんで、独自に調査を行っていると聞いた。

「奉行所から苦情が入った。この件から手を引け……とな。我らは不審火ではなく、殺しを追っていると言い返してやったが」

島田は吐き捨てるように言う。やはりこの事件、様々な事情、思惑《おもわく》が交錯《こうさく》しているようだ。そこに解決の糸口があるのではないか。星十郎がようやく追いつき、彦弥たちがそれを迎えている。源吾はそこに合流すると、引き上げを宣言した。

探索は夜が明けてから再開することにして、その日は眠りについた。夜通しで消火をし、仮眠を挟んで芝の新庄藩上屋敷まで往復したのである。これ以上は躰《からだ》が保《も》たない。

三

翌朝、源吾は目を覚ますと、顔を洗おうと長屋のすぐそばの井戸に向かった。

「おはようございます」

井戸端にはすでに寅次郎がおり、こちらに気が付いて挨拶《あいさつ》をしてきた。

「おはようさん。やっぱり、改めて見るとすげえ躰だな」

寅次郎は上半身を露《あら》わにし、濡らした布で躰を拭《ふ》き清めている。辰一のような筋骨隆々《りゆうりゆう》といった躰ではない。線こそ丸みを帯びているが、どの箇所も内から筋肉がはち切れんばかりで、そこに薄皮一枚が被さっている。まさしく力士の理想の躰だった。

「これでも足などは随分細くなりましたよ」

寅次郎は苦く笑いながら首の辺りを拭いた。

「腹、殴《なぐ》っていいか？」

「どうぞ」

寅次郎の向けた腹に軽く拳を打ち付ける。

「おお……」

「もっと強くても構いませんよ」

「よしっ」

先ほどより強く殴るがびくともしない。腹が出ているというより、筋肉の塊が張り出しているといった感じである。

近所に住む芸者であろうか。ふと気付くと二人の子どものようなやり取りを見て、くすくすと笑っている。寅次郎は顔を赤らめて会釈《えしゃく》し、源吾もそれに続いた。

「馬鹿《ばか》やってる場合じゃねえよな」

「はい……」

芸者は笑うのを必死に堪《こら》えながら井戸を使い始める。

「本巣屋に辰《たつ》の刻（午前八時）だったな？」

源吾はごまかすように尋《たず》ねた。矢吉の馴染《なじ》みの居酒屋である本巣屋が、会議の場所を提供してくれるということで、そこに集まることになっている。

「はい。まだ一刻ほどあるはずです」

「星十郎は？」

「先生は吉原の地形を見ておきたいと、早朝から町を見て回られているようです」

生真面目《きまじめ》な星十郎らしい。吉原という地は塀に囲まれているため、予期せぬ風の吹き方をするだろうと、ここに向かう道中に言っていた。風読みのためにも地形を見ておきたいのだろう。

「彦弥はまだ寝てるのか？」

「いいえ、さっき覗《のぞ》いたらもういませんでした。衣紋《えもん》掛《か》けの半纏《はんてん》も無くなっていましたし」

「先に行ったのか」

源吾は盥《たらい》に汲《く》んだ水で、ざぶりと顔を洗った。

「昨晩出掛けたにしては早起きですね」

「ん？　あいつもしかして……」

寅次郎がうっかりしたと気まずい表情になる。

「折角《せっかく》、吉原にいるんだ。初めて廓《くるわ》に揚がってみる……と、意気揚々《ようよう》と出掛けて行きました」

　白状した寅次郎は、居もしない彦弥の部屋に向けて拝《おが》んでみせた。

「ったく……どれだけ達者《たっしゃ》なんだ。若さだねえ」

　源吾が怒っていないことを悟り、寅次郎の顔が緩《ゆる》んだ。

　源吾は安永三年となった今年で三十四歳を迎えた。寅次郎はその一つ上の三十五歳。彦弥は今年で二十八歳である。僅《わず》か七、八歳の違いだが、この間の人の変わりようは大きいと今の源吾は思う。

　洗濯をしていた芸者が噴き出した。朝っぱらから他愛《たあい》もない遊びに興じておいて、人のことを言えるのかと可笑《おか》しくなったのだろう。

「やっぱり、男はいつまでも子どもなのかもしれねえな」

「そうですな」

　ばつが悪くなって源吾は敢えて聞こえるように言い、寅次郎も苦笑して応じる。それに対して芸者は、洗濯の手を休めず、こくこくと無言で頷《うなず》いていた。

　源吾が寅次郎を伴って本巣屋に入ったのは、約束の時刻の少し前のことであった。すでに奥の小上がりに矢吉、幸助、大造の吉原火消と、星十郎の姿が見える。

「待たせて悪いな」

源吾は軽く詫《わ》びつつ小上がりへ上がる。

「いえ、加持大先生に吉原の風の読み方を教わっていたところです」

確かに星十郎は吉原火消の面々に取り囲まれている。

「大先生だなんて……」

星十郎は困り顔で助けを求めている。

「大先生に違いねえ。風読みに関しては江戸随一と俺が太鼓判《たいこばん》を押す」

「御頭《おかしら》までそのような……」

知り合って間もない矢吉らと一人で会話を続けるなど、昔の星十郎ならば考えられなかった。その頃は人と顔を合わすことすら嫌がっていたのだ。

「あれ？　兄貴は？」

幸助が腰を浮かせて源吾の背後を覗《のぞ》き見た。

「まだ来てないのかあいつ……」

源吾は顔を顰《しか》めた。

「迷っているんですかね？」

寅次郎も眉《まゆ》を八の字にする。確かに吉原は似たような風景が多く迷いやすい。しかし新庄藩火消の中では、彦弥が最もこの町に詳しいはずである。

「長屋には……」

「いませんでしたね」

矢吉が言いかけるそばから、寅次郎は否定した。

「もしかして妓楼《ぎろう》で寝過ごしてるんじゃねえか」

「えっ……昨日、揚がられたのですか？」

矢吉も知らなかったようである。昨晩、彦弥が廓に揚がると言って出かけたことを皆に説明した。

「幸助、ちょいと見てきてくれないか？」

「でも、どこの見世《みせ》なのか分かりませんよ」

矢吉は小指を立てて促す。

「きっと、醒ケ井さ」

醒ケ井。あの花菊のいる妓楼である。幸助が戻るまでの間、源吾の自宅で立てた推理を矢吉たちに伝えた。

「鮎川転《うたた》……あの天蜂が……」

矢吉が言うと、大造も大きな頭を縦に振った。

「ええ。本荘藩上屋敷はここからほど近い浅草寺《せんそうじ》の裏手にあります。十日に一度は来ているはずです」

「羽振《はぶ》りのいいことだ。どんな野郎だ？」

これには星十郎は答えられず、代わりに矢吉が知っているだけのことを語る。

「鮎川転は確か歳の頃は二十五、六。国家老《くにがろう》の三男です」

「家老の三男が火消？」

火消侍でそこまで名家の生まれの者を耳にしたことがない。

「ええ。元来《がんらい》は部屋住みで終わるところ、自《みずか》ら望んで途絶えていた末流の鮎川家を興《おこ》したのです」

あり得そうな話である。源吾が前に仕えていた松平家でも、用人《ようにん》は甥《おい》の鵜殿《うどの》を火消頭《がしら》に推《お》し、源吾を煙たがっていた。

「やけに詳しいな」

「鼻もちならねえ野郎で、うちと喧嘩《けんか》になった時、お前らとは生まれが違うなどと嘯《うそぶ》いてやがりました。ここでもそう吹聴《ふいちょう》しているので、吉原じゃあ知ってる奴も多いんじゃないですかね」

　聞いているだけでも、どうやら己と相容《あいい》れる性質の男ではなさそうだ。

「なるほどな。頭なんだな？」

「ええ。指揮も執りますが、自ら纏《まとい》を持って先陣を切ります」

「頭で纏師か……」

　武家火消の頭で自ら纏を振る。これもまた有り得る。何故《なぜ》ならば源吾も血気《けっき》盛んな定火消時代、同じようにしていた時期がある。名誉心が強い若い者にはさして珍しいことではない。

「前に少しお話したはずですが、江戸三大纏師と呼ばれる一人です」

　縞天狗の異名を持つ「い組」の漣次、そして彦弥、残る一人が天蜂こと鮎川転だと言っていたのを思い出した。

「これは昔の幇間《ほうかん》仲間から聞いた話なんですが……鮎川が引手茶屋《ひきてぢゃや》で呑《の》んでいて、酔って口を滑らせたことがあるらしいのです」

「何て？」

「いつか鮎川家を家老職にして、兄たちに目にもの見せてやると」

　野心は旺盛《おうせい》過ぎるほどらしい。自ら纏を振るのも、火消として名を馳《は》せ、出世に役立てようとしているのかもしれない。

「それにしても、そんなに吉原に来てよく金が続くもんだ。そいつも内記のように……」

　裏でよからぬ金稼ぎをしているのではないか。そう言おうとするのを制したのは星十郎であった。

「本荘藩は当家と違い、なかなかに裕福なはずです」

「同じ出羽だぞ」

　源吾は頭を突き出した。ここのところ新庄では不作が続いている。同じ出羽国ならばさして変わらないと考えた。

「本荘は海が近く山に遠い。新庄に比べると暖かく、それほど不作でもないのです」

「しかし二万石だ」

　新庄藩の三分の一以下の石高しかないのだ。いくら比較的安定して米が獲れようが、裕福というまでには至るまい。

「ごてんまりをご存知で？」

「ああ、ここ数年流行《はや》っている……」

漢字にすると御殿毬《ごてんまり》と書く。御殿女中から庶民に伝わったと言われる、美しい毬である。深雪の腹の中に平志郎がいた頃、当然ながら男か女か解らなかった。もし女であればと、気が早いながら見に行った。

「昔はぜんまいの先の綿《わた》を丸め、木綿《もめん》糸でかがったものが多かったのですが……綿花の栽培が進むにつれ、新たな作り方が考案され、多く出回るようになりました」

その作り方は、蛤《はまぐり》の殻《から》を木くずで包み、それをさらに真綿で包む。これに色とりどりの糸を巻いて、作っていくというものだ。木くずを芯にすることで、使う綿を減らして大量生産が可能になったらしい。

「それがどう関係する」

「ごてんまりの正式な名は……本荘ごてんまり。江戸の毬の九割は本荘で作られています」

美しい毬が廉価で出回ったことで、庶民に爆発的に広まった。女の子のいる家には一個はあるという代物《しろもの》である。これを本荘藩が一手に売っているとなれば、莫大《ばくだい》な金が転がりこんでいるだろう。

「本荘藩は一山《ひとやま》当てたって訳か」

源吾は腕を組んで唸《うな》った。その時、源吾の耳朶《じだ》が駆けてくる跫音《あしおと》を捉えた。まだ半町（約五十五メートル）はあるだろうが、確実にこちらに近付いている。

「御頭！　松永様！」

「どうした⁉」

源吾と矢吉の声が重なり、同時に腰を浮かせた。

「彦弥さんは確かに昨晩、醒ヶ井に揚がっていたそうですが……寅の下刻（午前五時）には帰ったらしいのです！」

「おいおい……もう二刻になるぞ」

醒ヶ井から長屋までゆっくり歩いたとして四半刻もかからない。帰っていないのはどう考えてもおかしい。

「まさか……黒幕に襲われたんじゃあ……」

矢吉が顔を真っ青《まさお》にして呟《つぶや》く。

今のところ殺されているのは、火付けの実行役を担《にな》っていた者たちだろう。これが口封じだとするならば、下手人に迫っている新庄藩火消が襲われてもおかしくない。

「御頭、まずは……」

星十郎が言いかけるより早く、源吾は立ち上がった。

「こうなったらぐずぐずしてられねえ。本荘藩上屋敷へ乗り込む」

「それは流石に……まだ鮎川が黒幕と決まった訳じゃ」

吉原火消で一等慎重そうな大造が心配そうに見上げる。

「違うならそれでいい。他に当てはねえ！」

寅次郎は巨軀《きょく》を揺らし立ち上がる。

「吉原火消が来ないならば、儂《わし》らだけで行く」

星十郎も細く息を吐いてすうと立ち上がった。

「行きましょう。彦弥さんが心配です」

「わかりました！　幸助、大造、行くぞ！」

源吾は幸助の脇を抜けて、本巣屋を飛び出した。皆がそれに続く。後ろから追って来た矢吉が源吾の横に追いついた。

「松永様、案内します」

「頼む」

矢吉が先導する形となった。ただ真っ直ぐに本荘藩上屋敷を目指す。

四

浅草寺の裏手に本荘藩上屋敷はある。日本堤を真っすぐに東へ進み、田畑の切れ目を右に折れるとすぐに辿《たど》り着いた。

「吉原火――」

叫ぼうとする矢吉の口の前に、源吾は手を出して止めた。

「方角火消大手組《おおてぐみ》、戸沢家中、松永源吾と申す。貴家の火消頭取、鮎川転《うたた》殿にお取次ぎ願いたい！」

一気に叫ぶと、源吾は門を睨《にら》み続ける。

「よかったので……？」

「同じ出羽の大名だ。断りにくいだろうよ」

源吾の思惑が当たったかどうかはともかく、脇門から門番の侍がそっと顔を出す。

「新庄藩の方で？」

「そうだ」

「当家の火消頭取に用とはいかなる……」

「ぼろ鳶だ。火消について訊きたいことがある」

「げ――」

解《わか》りやすく名乗ったつもりだが、門番は蟇蛙《ひきがえる》のような声を出した。

「鮎川殿にお目にかかりたい」

「鮎川様ですね……暫《しば》しお待ちを」

暫く待たされた後、門番が戻って来て中へと促《うなが》した。何しろ相手は悪名高き「ぼろ鳶」なのである。門前で騒がれたくないという配慮だろう。

「狩野《かのう》様がお待ちです」

門番は屋敷へと促す。

「狩野？　俺は鮎川殿に……」

「江戸家老様です」

背後から星十郎が囁《ささや》く。鮎川を出さぬ訳はどこにあるのか。

「我らは上がれません……」

江戸家老の名が出たことで、矢吉らは恐縮しきっている。町人身分ならば門番所の中で待たされるのが通常である。寅次郎も同様だ。

「いえ、家中の人目も避けたいとのこと。ささ、早く」

門を通され、案内役の若党に引き継がれた。若党は周囲に気を配りながら、急いで中へ誘った。

客間に通され、源吾と星十郎が座る。離れて下座に矢吉らが控えるという形で待った。

「お待たせいたしました……」

襖《ふすま》を開けると同時にもう口に出していた。五十絡《がら》みの痩《や》せぎすの老人である。結い上げた髷《まげ》は雪のように白い。

「江戸屋敷を預かる狩野作次郎《さくじろう》と申します」

元来こちらから名乗るべきところであるが、狩野は座るや否や名乗って頭《こうべ》を垂れた。

「戸沢家中、松永源吾と申します。こちらは加持星十郎」

「御高名はかねがね……」

勇み立って来たものの、狩野は慇懃《いんぎん》な態度で迎えてくれて些《いささ》か拍子抜けした。

「鮎川に用とか」

狩野は小声で探るように尋ねた。

「はい。お訊きしたいことが」

「鮎川が何かやらかしましたか……？　もしそうならば、誠に申し訳ございませぬ」

まだ何も言っていないのに、狩野が畳に付くほど頭を下げるので、源吾は慌てて手を差し伸べた。

「お待ち下され――」

「鮎川が戸沢様にご迷惑を掛けたのではないかと……」

「まずはお話を」

何とか落ち着かせると、狩野は声を震わせながら言った。

「お恥ずかしい話ですが……鮎川はこれまで幾度となく、問題を起こしています」

「なるほど、それで」

「はい。用向きをお聞かせ願えませぬでしょうか」

「分かりました。実は……」

源吾が何一つ包み隠さず事の次第を告げた。話が進むにつれ、狩野は哀《あわ》れなほど顔を青く染めていく。

「まだ、鮎川殿と決まった訳ではありません」

何度もそう言うのだが、狩野の顔色は青を超えて紙の如く白くなっていた。

「その紅蝿というもの、火消しか……」

「どうでしょう。今まで御家老もご存知なかったように、あまり世間に知られているものではありません」

「大福帳にあった火消の名は鮎川だけ」

「はい」

「何と……」

狩野は頭を抱えんばかりの苦悶《くもん》の表情である。

「あり得る……ということですかな」

狩野は返答に窮《きゆう》していたが、きっと目を見開くと短く言い切った。

「はい」

家中の者にもそう思われる鮎川という男、余程《よほど》日頃の行いが悪いということなのだろう。

「鮎川殿をここにお呼び頂けますかな」

「それが……鮎川は今日の未明、屋敷を出て、未だ戻らぬのです」

「何と――」

「そのこと自体は珍しくもありませんが……」

「出過ぎたことを申し上げるが、何故お咎めにならぬのです」

「それは……」

「国家老の三男だからですか」

明らかに出過ぎであると自覚している。それでも彦弥を早く見つけたいという焦りがある。故《ゆえ》に鮎川について聞けることは全て聞いておきたかった。

「戸沢様には恩義があります」

狩野は唐突《とうとつ》に話を転じた。

「は……」

「本荘ごてんまりをご存知か」

「はい」

先ほど話題に上っていたあの流行りの毬である。

「あれは智徳院《ちとくいん》様のおかげで、流行ることになったのです」

智徳院といえば、先代の藩主、戸沢正諶《まさのぶ》公のことである。領民に飢饉《ききん》から立ち直る希望を持たせるため、新祭《しんまつり》を始めたのもこの正諶だった。狩野は遠くへ視線を投げて語り始めた。

「宝暦の飢饉では当家も甚大な被害を受けました……幕府にも借財を断られ、もはや領地を返上せねばならぬというところまで行き詰まっていたのです。当家が苦しんでいることが、どこからか耳に入ったようで、智徳院様が訪ねて来て下さいました」

正誰は何故か本荘ごてんまりを手にしていたらしい。藩主、家臣団が訝《いぶか》しむ中、正誰は、

――これで藩を立ち直らせては如何《いかが》か。

と、満面の笑みで言い放ったという。

「当時の江戸の毬は品質も悪く、値も張りました。我が領内で作られる毬のほうが、遥かに美しく、値も安かったのです。しかし我らはそんなことを考えたこともありませんでした」

「先代がそのようなことを……」

「はい。智徳院様はこうも仰《おつしや》いました……本荘の民が作り方を連綿《れんめん》と受け継いできたこの毬こそ、お国の立て直しに相応《ふさわ》しいものではないでしょうか。夢を見る価値はござろう、と」

「流石《さすが》だ……」

思わず口を衝《つ》いて出てしまった。源吾は当然ながら正謙に会ったことはない。六右衛門から伝え聞くのみである。正謙は決して諦めない人であったらしい。そして誰よりも民を想う人であったとも聞いた。立場は違えども、それこそ火消が最も忘れてはならない心だろう。源吾は今では、正謙に深い崇敬《すうけい》の念《ねん》を抱いている。

「それまで本荘にはこれといった特産品がなかったこともあり、江戸で物を売る知識も伝手もありませんでした……疎《うと》い我らに代わり、江戸で広めて下さったのも智徳院様……決して足を向けては寝られない御方です」

狩野はそこまで説明し終えると、鋭《するど》い目つきに変わった。心なしか背筋も伸びたように見える。

「内密にして下さいますかな」

源吾が人払いをしようとするのを、狩野は制した。新庄藩が信をおく者ならば、己も信用するという気概《きがい》が見て取れる。

「鮎川殿のこと……」

「はい。鮎川は……己を殿の子と信じています」

「どういうことですか」

「鮎川の母は殿の側室だったのです。元の名を豊郷《とよさと》と謂《い》います」

源吾は僅かな違和感を覚えたが、相槌《あいづち》を打つに止《とど》めた。狩野は続けた。

「ある時、殿は豊郷を国家老の瀧沢《たきざわ》様の後添《のちぞ》えに下されました。そして生まれたのが鮎川です。しかし下されてから、生まれるまでの月日が合わぬことから……」

「六郷様の子であると」

狩野は唇《くちびる》を結んでゆっくりと首を縦《たて》にふる。

「周りが噂《うわさ》し、当人もいつしかそう信じるようになりました」

藩主である六郷政林《まさしげ》の子は皆一様に病弱らしい。運が巡れば己が藩主になれたかもしれない。それなのに国家老の、しかも三男という扱いに甘んじている。鮎川はそう考えたようで、長じるにつれ素行が悪くなりだしたという。

しかし幾ら非行に走ろうとも、藩から一切のお咎めが無い。いよいよ鮎川は、

――やはり俺は殿の子なのだ。

と、確信を持つようになり、気心の知れた仲間にはそれとなく話しているらしい。

「己の待遇への不満からか、敢《あ》えて名跡《みようせき》の絶えた鮎川家を継ぎ、名も転と改めました。あちらこちらの家を転じる。そのような己を自嘲《じちよう》しているのでしょう」

「六郷様の子となれば、家臣の方々もなかなか手を焼くでしょうな」

「ですが、真は……殿の御子ではないのです」

話の先が見えない。側室が下賜《かし》されてから生まれるまでの月日が合わないという十分な証があるのではないか。

「豊郷は小姓頭《こしようがしら》と通じておりました」

「なっ――」

星十郎がこちらを向き、頷く。源吾も話の筋が朧気《おぼろげ》ながら見えてきている。

「殿は豊郷を守るため、瀧沢殿の後添えとして下されたのです」

主君の側室にありながら、家臣と密通していたなど死罪は免《まぬか》れない。となると鮎川はいわゆる、

――不義の子。

と、謂うことになる。

しかし解らないことがある。何故、六郷政林はその事実を知りながら、豊郷を家老の後添えとしたか。月日が合わぬことくらい、誰にでも解るだろう。殿は側

室に飽いて、腹の子もろとも押し付けたなどと、陰口を囁かれることも容易に想像出来る。

「殿は……心底《しんそこ》、惚《ほ》れていたのでございます」

狩野は絞り出すように言った。それは主君を思うというより、一人の男を敬《うやま》うような口調だった。

「つまりそれは……」

「殿は豊郷の心が離れていることに気付いておられました。相手が望まぬのに臥《ふし》所《ど》を共にすることはない……優しすぎる御方なのです」

「それならば不義は露見《ろけん》する」

大名の身辺というものは何事も息苦しい。何時《いつ》、誰と臥所を共にしたかも当然記録される。出来るはずも無い子が出来れば、豊郷の所業は白日《はくじつ》の下に晒されることになる。そうなれば腹の子もろとも殺されてしまうだろう。

「殿は己が揶揄《やゆ》されることを覚悟の上で、瀧沢殿に託したのでございます」

そして鮎川転が生まれた。当然、豊郷はそれが誰の子か判っていた。

「その豊郷は真実を告げなかったのでしょうか？」

「何も語らなかったようでございます。女とは……」

狩野はそこで言葉を詰まらせた。

女とは恐ろしい。強《したた》か。そして哀しい。その先には様々な想いがあろう。何も語らぬことでしか、豊郷は生きられなかったのだろう。

「その豊郷、今は……」

「転が鮎川家に入って間もなく死にました」

それも鮎川の心境の変化に繋がったのかもしれない。

「もう一つ、気になったことが」

話の冒頭から引っ掛かっていたことである。源吾は狩野の顔色を窺《うかが》いつつ尋《たず》ねた。

「豊郷と謂う名」

「元は吉原の遊女でござる」

「やはり」

二人が出逢った頃、豊郷は年季明け間近の二十六であったらしい。年季が明けても行く当てが無い。子を産む幸せを味わってみたかった。そう言った豊郷を、六郷政林は身請けしたという経緯らしい。

——鮎川は全てを知っているのではないか。

会ったことはないが、源吾はふとそう思った。そうだとすれば鮎川の心の根底にあるのは、

——遊女への憎しみ。

源吾は狩野を見据えて鋭く言った。

「鮎川殿はどこに」

「家中の者によれば、今朝一通の文が来たそうです。それを一読した鮎川は顔色を変え、出て行ったとのこと」

「御頭、急いだほうがよいかもしれません」

それまで静かに控えていた星十郎が口を開く。

狩野は事態を呑み込めず、源吾と星十郎を交互に見る。

「今、吉原では事件に関わったと思《おぼ》しき者が順に消されているのです」

「なんですと……」

「鮎川殿の行きそうな場所に心当たりは？」

「中間《ちゅうげん》部屋での博打《ばくち》、昼間から呑み歩く。後は……」

「吉原か」

源吾は暫し瞑目《めいもく》した。そして両目を刮《かっ》と見開くと、声低く呼びかける。

「狩野様」

「はい」

「鮎川殿は此度《こたび》の不審火の黒幕でしょう。本荘藩にとって不都合が生じるかもしれぬ……よろしいか」

鮎川が陰で操っていたとすれば、これはもう見過ごすことは出来ない。だが鮎川もまた様々な思惑に翻弄《ほんろう》された一人ではないか。そう思い始めている。

「鮎川を……止めて下さい」

狩野もまた守ってくれとは言わない。鮎川が黒幕であると確信しているようであった。

「分かりました」

「当家も人を出します」

「いや、まだ解らぬ以上、本荘藩は動かぬほうがよろしい」

「しかし、また火付けに誘うやも……」

狩野が言い終わる前に源吾は立ち上がっていた。横の星十郎も柳が揺れるように続き、後ろに控えていた寅次郎、矢吉ら吉原火消も立ち上がる。それらを順に目で追いながら、源吾は言った。

「させやしません……」

そこで一度言葉を切ると、狩野をじっと見つめた。

「正諶公の想いを継ぐ当家を信じて下さい」

源吾が凜《りん》と言い放つと、幾本も皺《しわ》の入った狩野の目尻に涙が浮かんだ。

源吾はさっと頭を下げると、皆に向けて頷き、部屋を飛び出した。向かう先は吉原。源吾らがこの事件に関わった発端にして、恐らく答えがある地である。

五

——彦弥はどこにいる。

当然、そちらも忘れていない。とりあえず、最後に彦弥がいた醒ヶ井へ向かう。闇雲に捜しても、彦弥も鮎川も見つからない。

「星十郎、どう見る」

源吾は往来のど真ん中に立ち止まり、振り返った。星十郎は息を整えつつ髪を掻《か》き上げた。

「鮎川は何者かに誘い出された。これは間違いないかと」

「何故だ」

「鮎川を黒幕と仮定すれば、二つ考えられます。一つは黒幕であることを知られ、脅《おど》されているということ」

なるほど。誰かに知られれば、それを種に強請《ゆす》られる可能性もある。

「二つ目は？」

「先ほど本荘藩で御頭も言ったように、鮎川もまた消される側ということ」

「黒幕が別にいるということですか⁉」

矢吉が驚きの声を上げて割って入った。無理もない。そうだとするならば事件は振り出しに戻るのだ。

「我々は黒幕が口封じのために斬っているものと思っていましたが、違うのかもしれません」

「どういうことだ」

星十郎は前髪をぴんと引っ張り捩じる。

「そもそもおかしいのです。材木商の若旦那は証拠がないことで放免された。台屋に至っては、我々は辿り着いてもいなかった……」

台屋は火付けがあった日、確かにその場にいたことで下手人だったのだろうと考えた。だが源吾らはその証拠を何ら持っていないのである。

「殺す意味がない……」

「はい。少なくとも今の段階で、その危険を冒《おか》す必要はありません」

「つまりどういうことです？」

寅次郎は話に付いていくのがやっとという様子である。

「我ら以外に、この事件を止めようとしている者がいる。それも極めて荒い手法で……」

「何だと……」

「そうだとすれば、下手人から黒幕まで皆殺しにするつもりでしょう」

「星十郎……芝に戻れ」

「はい。鳥越様に」

流石に呑み込みが早い。万が一のことがあれば、新之助の力が必要になる。

「それだけじゃねえ。全員ここへ回せ」

風雲急を告げている。下手人たちが狙われているとなれば、彼らが何を仕出かすか解らない。中には紅蠅を使った者もいるのである。

「しかし、それでは管轄が……」

「帰りに寄って欲しい。今なら断りやしないだろう」

源吾は星十郎の耳に口を近付けた。

「なるほど。お願いしてみます。早速……」

行こうとする星十郎の背に向けて、源吾は付け加えた。

「駕籠《かご》に乗って行け」

「そのつもりです」

振り返る星十郎は何故か誇らしげである。合理的なこの男に、鈍足が恥という観念はない。人には得手不得手があると完全に割り切っている。

「ったく、少しは鍛《きた》えろよな」

源吾はとたとたと大門に引き返す星十郎を見て苦笑した。

「さて……どいつから捜すか」

捜す相手が三人となった。一人は彦弥。何らかの事件に巻き込まれた可能性がある。二人目は鮎川転。今朝、何者かからの文を見て血相《けっそう》を変えて出て行った。三人目は下手人を付け狙っている者。これは何者かも見当《けんとう》が付いていない。

「やはり、醒ケ井だ」

鮎川の名が書かれていた大福帳の写しは、醒ケ井のそれだった。

源吾らは吉原の最も奥、京町一丁目の醒ヶ井へ向かった。夜ほどではないものの、吉原に来る男は多い。往来を行く男は、どの者もだらしなく緩んだ顔をしている。ここのところの不審火を知らぬのか、知っていても恐れを麻痺《まひ》させる魅力がこの町にはあるのだろう。

張《はり》見世の中で手招きする女はというと、やはり恐怖の色はない。とはいえ男たちのように町に酔いしれている訳でもない。苦界《くがい》と呼ばれるこの町から死ぬことで逃れられるならば、それもまた構わないと、多くの遊女は思っていると聞いた。それを潔《いさぎよ》いと呼ぶか、諦念《ていねん》と呼ぶか。ともかく女たちはとっくに覚悟を決めているように思えた。

醒ヶ井に駆け込むと、源吾は大声で叫んだ。

「新庄藩方角火消である！」

堅苦しい名乗りを上げたものだから、何事かと見世は騒然となった。

「松永様⁉　如何なさいました」

内所に居座っていた鳩五郎が腰を浮かせた。

「鳩五郎、訊きたいことがある」

源吾が言うと、鳩五郎はやや怯《おび》えたような表情となる。内所まで歩を進め、源吾は周囲に聞こえぬほどの声で問い質《ただ》した。

「鮎川転という侍は常連客だな」

「はい……確かに」

「相手の遊女の名は」

「時里という女郎ですが……」

「時里？」

源吾はその名に覚えはなかった。鳩五郎が言うには部屋持ち、謂わば中堅の遊女であるらしい。

「鮎川は最後に何時来た」

「少しお待ち下さいよ……」

鳩五郎は壁に掛けた大福帳を取って捲った。

「一昨日でございますね」

「一昨日か……」

昨夜、彦弥はここにいた。恐らく指名したのは花菊であろう。昼三という高位で金が掛かるが、鳩五郎は花菊を助けた彦弥に深く感謝しており、金は受け取らないと言い張っていた。

昨夜、鮎川がこの醒ヶ井に来ていれば、彦弥との間で何かあったのではないかと思ったが、それも当てが外れた恰好である。

「昨夜、彦弥が来たな」

「ええ、ようやくおいで下さいました」

鳩五郎は再三誘っていたが、彦弥が固辞していたのである。

「朝、幸助が尋ねたと思うが、改めて訊きたい。彦弥は何時《いっ》ここを出た？」

「えーと……確か寅の下刻。そうだったな？」

鳩五郎は奉公人に振った。

「はい。確かそのあと、時里が湯屋に行くから二刻後に起こしてくれと言っていたので、間違いないかと」

「時里？　どういうことだ」

何故そこで時里の名が出るのか。源吾は眉間に皺を寄せた。

「昨夜、彦弥さんのお相手をしたのは時里でございますよ」

「な……花菊ではないのか⁉」

驚きのあまり、思わず内所に両手をついて身を乗り出した。

「私も再三、花菊にして下さい。あれも彦弥さんのことを良く思っているはずと申しましたが……時里にしてくれの一点張りでして……」

「おい、こりゃあ……」

矢吉は険呑《けんのん》な顔つきで頷く。寅次郎も大きな拳を額に打ち付けていた。

「鳩五郎、時里はいるか」

「はい。しかし今は客が……」

「連れてきてくれ」

「え……だから客が」

「人の命が懸かっているんだ」

源吾は鳩五郎が制《すが》するのも聞かず、履物を蹴《け》るように脱ぐと、階段を上がっていく。鳩五郎の縋る声、寅次郎の階段を踏み鳴らす跫音、止めようとする奉公人の罵声《ばせい》、その直後には寅次郎に吹き飛ばされたか彼らの悲鳴、背後から様々な音が追ってくる。

「松永様、松永様といえど、それだけは……お腰のものも！」

妓楼では刀はご法度《はっと》で、下に預けねばならないが、源吾は鳩五郎の声を無視してずんずん進む。

「どこだ？」

「お願い致します……先ほど、客がついたばかりなのです。お待ち下さい」

鳩五郎は腕を取るが、それを振り払った。この時里が事件の重要な鍵を握っている。それはもはや疑いのないことであった。深雪の推理を信じると、恐らくこの時里が、

――湯屋で仲間を引き込んでいる。

ということになる。

「矢吉！　解るか⁉」

「はい！」

元幇間の矢吉は妓楼の内部にも詳しい。源吾を抜き去ると、とある襖の前で止まった。

「そこか……」

このまま開けるかどうか、勢いで来たものの些か躊躇《ためら》った。客が付いているということは、当然淫《みだ》らな場面に遭遇することも考えられるのだ。

「松永殿でございますな。お入り下され」

中から声が聞こえた。それまで止めていた鳩五郎も、客が構わぬというので反応に困っている。

「鮎川か？」

小声で訊いたが、矢吉は首を横に振る。鳩五郎が鮎川を匿《かくま》っているということではないらしい。では一体誰なのか。何故己のことを知っているのか。源吾は勢いよく襖を開け放った。

部屋の中には時里と思われる遊女と、武家の男が一人。どういう訳か足も崩さずにいる。酒を呑んだ形跡もなければ、煙草《たばこ》を呑んだ臭いもしない。ただ向き合って座っているといった恰好であった。

「貴殿は……」

「お初にお目に掛かります。麹町定火消頭取、日名塚要人《ひなづかかなめ》と申す」

――こいつが唐笠童子。

火消番付西の前頭八枚目に名を連《つら》ねる男である。どういう経緯かは分からないが、奉行所と組んで独自にこの事件を探っているらしいことは耳にしていた。歳の頃は二十四、五というところか。一重瞼《ひとえまぶた》でやや吊り目、鼻は細く高い。狐というよりは、眠たげな猫を思わせる。顔色は一切変えず、落ち着いている。むしろ感情を失くしたのかというほど動揺が見えない。

「そこの時里に話がある。よろしいか？」

「無駄ですよ」

要人は唇を僅かに開き、するりと滑らせるように言った。

「何が」

「知らぬ、存ぜぬです」

話の脈から察するにこの男、一足先に時里が怪しいことを突き止め、尋問をしていたのだろう。

「誰の命《めい》を受けて、この事件を追っている」

「奉行所です」

要人の受け答えに淀《よど》みは無い。

「奉行所と麴町がなぜつるんでいる」

「まるでお白洲《しらす》ですな」

要人はぴくりとも表情を変えずに皮肉を言った。

「答える気はねえか」

「いえ、お答え致しましょう。此度は火付けの事件。故に火消の力が必要と見たお方から、奉行所を助けろと命が下ったのです」

「誰の命だ」

源吾はさらに踏み込んだ。

源吾は田沼の要請を受けた。火付けの真相を突き止めよというものである。島田ら火盗改も誰かに命を受けて来た。その内容は「火付け」は探索せずともよい。「殺し」を調べろというもの。ではこの男は誰にいかなる命を受けたというのだ。

「さあ……どうでしょうね」

「言う気がねえということだな」

「私の用は済みました。お暇《いとま》させて頂く」

要人は言うなり立ち上がった。身丈は五尺六寸（約一六六センチ）に少し足りぬか。細身であるが鉄芯が入ったように背筋が伸びている。

「松永様」

「何だ」

「私はあなた方の敵ではない。それだけは申しておきます」

「てめえ、どういうことだ」

要人はそれにも何も答えず、視線を落として源吾の脇を抜けた。

「いいのですか？」

寅次郎が階段を降りようとする要人を見送る。

「まずはこっちだ」

時里である。こちらはこちらで異様であった。華やかな着物は一切《いっさい》乱れておらず、膝《ひざ》は定規《じょうぎ》で測った如《ごと》くぴしりと揃《そろ》えている。たった今、同じ部屋で行われていたやり取りなど、全く聞こえていないような虚《うつ》ろな目で一点を見つめていた。

「時里……だな。話を聞きたい」

源吾が語り掛けるが、やはり時里は微動《びどう》だにしない。これは魂《たましい》の宿らぬ抜け殻ではないかと思うほど、生気が感じられなかった。

源吾は二、三歩畳の上を歩いて近づくと、時里のすぐそばに屈んだ。

「話を聞かせてくれ」

「何も語ることはありんせん」

元々用意された文章を読んでいる。そんな風に感じる空虚《くうきょ》な口調であった。

源吾は深い溜息を吐いて立ち上がると、矢吉らを顧《かえり》みて首を横に振った。

——これは厄介だ。

と、いう意味である。時里は何者かを、いや鮎川を庇《かば》っている。

女というものは力の強さでは男に及ばぬ。しかし心の強さであれば、男を遥かに凌ぐことを知っていた。ましてや己の大切な者を守らんとする時、女の心は鋼の如《ごと》き堅牢《けんろう》さを発揮する。

——女は惚れた男のためならば、悪に染まることも厭いません。

深雪もそう言っていたことを思い出した。

ふと窓の外に目をやると、醒ヶ井から出た日名塚要人の姿が目に入った。

「おい、あれじゃねえか」

源吾は顎をしゃくった。奴の異名、唐笠童子の謂《いわ》れである。

寅次郎、矢吉の順に窓に近づいて見下ろす。日名塚要人は手に持っていた大振りの菅笠を被り、顎でしっかりと紐を結んだ。菅笠の鍔《つば》の半分に布が縫い付けられて、首の日除けになっている。

要人は鍔の前をそっと摑むと、天を仰ぐように振り返る。宙で視線が交じり合った。お手並み拝見とでも言いたいのであろうか。軽く会釈をすると足早に立ち去っていく。

第六章　女の夢

一

源吾らは時里に尋問を始めた。鳩五郎も事態を呑《の》み込むと、襖《ふすま》を閉じて奉公人に誰も近付けないように命じる。

「なあ、教えてくれ。お前が火付けを唆《そそのか》したのか?」

優しく語り掛けるが、時里は何も反応を見せない。それが四半刻（約三十分）ばかり続き、矢吉が激昂《げっこう》した。

「時里！　口を開きやがれ！」

時里は怒鳴《どな》り声に対しても、ぴくりとも動かない。これは人形ではないかとさえ思える。矢吉は鼻息荒く睨《にら》みつけている。いかなる理由があろうとも、火付けは許されることではない。

「今ならまだ間に合う。まだ引き返せる」

引き返せるといったのは罪を免《まぬか》れるという意味ではない。少しでも良心を持ち合わせて人を殺した者は、ふと我に返った時、とてつもない後悔が押し寄せてくる。そのような者を源吾は何人も見て来た。狐火《きつねび》こと秀助もそうであったし、火車こと嘉兵衛《かへえ》もまたそうして死んでいった。

「何か証《あかし》でも」

ようやく時里が唇《くちびる》を開いた。

「いいや……ねえ」

源吾は正直に答えた。状況からすれば、時里が極めて怪《あや》しい。それでも確たる証拠は何もないのだ。

「では、お帰りくなんし」

これは誠に手強い。核心に迫ることには徹底的に黙秘を貫《つらぬ》いている。この場合、当人も怪しさを隠そうとしていないのだ。たとえここに星十郎がいて、心を読むという技を使わせたところで用を成さないのだ。

「じゃあ訊《き》くことを変える……昨夜、彦弥という男がお前といたはずだ。何を話した」

時里は目だけでこちらを見た。

「松永様と同じことを」

「やはりそうか……」

源吾は鬢《びん》を掻《か》きむしった。彦弥はいち早く時里が怪しいことに気付いていたらしい。だが解らないのは、何故《なぜ》皆にそのことを告げず、単独で動いているのかということだ。

「あの馬鹿《ばか》……」

寅次郎は畳を叩《たた》く。当人は軽くやったつもりだろうが、下の階にまで響いているに違いない。

「あいつには話したのかい？」

「いいえ。あちきは何も知らぬと申しんした」

「あくまでそれで貫くつもりか」

この調子だと彦弥に何かを話したということはあるまい。となれば、なおさら彦弥は今どこで何をしているというのか。

半刻（約一時間）が過ぎても事態は一向に進捗《しんちょく》しない。源吾も決して気長なほうではなく、苛立《いらだ》ち始めていた。

「彦弥はいつ帰った」

「朝までおられんした」

関係のないことには、すぐに答える。やはり徹底している。

「寅の下刻までか」

「はい。ずっとそこで同じことを繰り返しておられんした」

時里は部屋の隅を見た。

「同じこと？」

時里はすぐに答えず。視線を畳の上に落とした。膝の上に置かれていた指が微《かす》かに動き、着物に浅い皺《しわ》が寄る。

「お前も、お前の惚《ほ》れた男も俺が止めてやる……俺を信じろ……と」

皆が顔を見合わせた。もう誰も彦弥が女に甘いから、このような行動を取っているとは思わない。彦弥の心の奥には秘する何かがある。

「それで？」

「陽が昇る前……帰っていかれんした」

「何か言っていなかったか」

「こんなに惚れられた男は幸せもんだな……と」

源吾は時里の前に回り込み、その薄い肩を摑《つか》んだ。

「時里……話せ」

はっと顔を上げる時里の目に膜が張っている。

「駄目でありんす……」

「頼む」

「こちらこそ、お願いしんす……話してしまえば……あちきには何も残りんせん」

時里が必死に涙を堪《こら》えている一方で、源吾の目から涙が零《こぼ》れ落ち、慌てて袖で拭《ぬぐ》った。

「くそ……」

この感情を何と表現してよいのか、源吾には解らなかった。時里は鮎川という男に惚れ抜いている。そもそも何一つ持たぬ遊女である。持たぬどころか身を預け、心を削《けず》り、奪《うば》われるだけの日々を重ねる者たち。そんな中、たった一つ大切に抱いたこの想いを失っては、本当に何も残らないだろう。

憎《にく》い訳ではない。ただ同情している訳でもない。これほど哀しいことがあろうか。そう思うと情けなくも、自然と涙が溢《あふ》れ出てきた。

「矢吉……」

「はい」

「こんな町、無くなるのが正しいのかもしれねえな」

「はい……」

矢吉も唇を内に巻き込んで震えていた。

「だが、人が死ぬのは見過ごせねえ。何があってもだ」

「はい」

三度目の同意が最も力が籠《こも》り、最も震えていた。

「時里、お前の想いは解った」

源吾は引き上げを命じる。それに誰も逆らおうとはしなかった。時里は口が裂けても、命を取られることになろうとも鮎川を売らない。彦弥が四刻もの間、怒ることなく優しく呼びかけて話さなかったのだ。己たちが何をしても徒労に終わる。

そして時里が逃走する心配も無い。幸か、はたまた不幸か、ここは江戸で最も閉ざされた町なのだ。

部屋を出ると、外で待たせていた鳩五郎が縋るように言った。

「松永様……何卒このことは内密に……」

源吾は下唇を噛みしめながら睨みつけた。動揺を隠せない鳩五郎はそれにも気付かず、なおも小声で続ける。

「時里が下手人だというならば、今すぐ暇を出します……なのでうちの見世は関係ないと、お上にお伝え……」

己の中で何かが弾《はじ》ける音がはきと聞こえ、その瞬間、源吾は鳩五郎の襟《えり》を摑んでいた。

「おい」

掠《かす》れるほど低く発し、思い切り引き上げる。源吾の鼻と、鳩五郎の鼻が接するほどに。

「はひ……」

声にならぬ声を出し、鳩五郎は顔を引き攣《つ》らせた。

「黙れ」

鳩五郎は壊れたように何度も小刻みに頷いた。

「時里に手を出したら承知しねえ。客は取らせず休ませてやれ」

そう言い放ち、源吾は突き飛ばすように手を離す。

「わ、わかりました……」

源吾は廊下を歩きだす。鳩五郎が鎮《しず》めたのか、もう客は廊下には出ていなかった。

ふと言い忘れたことを思い出して脚を止めて振り返る。鳩五郎はびくんと肩を撥《は》ね上げ、恐怖の顔色でこちらを覗《うかが》う。目の端にそれが映るだけで、源吾の見つめる先はそこではなかった。開け放ったままの襖、その奥に顔の先のほうだけ見える時里である。

「時里！」

源吾が呼びかけると、時里がゆっくり振り向くのが解った。僅かに見せていた顔も、襖に遮《さえぎ》られて見えなくなる。

「腹一杯飯を食わせて貰って、ゆっくり寝ろ！」

向こうからも見えないかもしれない。それでも源吾はにかりと笑いかけると、再び階段に向けて歩み始める。一階に降りたところで、後ろに向けて訊いた。

「寅、あいつ字が書けたか」

「はい。下手くそな手ですが」

寅次郎も気付いているようで、間髪《かんはつ》入れずに答える。

「鮎川を呼び出したのは彦弥だ」

源吾は醒ヶ井を出ると、辺りを見渡した。眠ることを忘れた町のあちこちから、楽しげな声が聞こえてくる。目に映るほとんどが朱色。夜になると一層映《は》えるこの町の色である。この色彩に心を躍《おど》らせる男は多けれど、今の己たちほど忌々《いまいま》しく思っている男はいないだろう。いや、もう一人。己以上に憎んでいる男がいる。

「火喰鳥様」

背後で呼ぶ声がして振り返る。入口に一人の遊女が立っている。肌は絹のように白くきめ細かく、鼻梁《びりょう》は測ったように真っ直《す》ぐに高い。結ばれた唇は薄く、どこか気品のようなものを感じた。かつて見たことが無い、吸い込まれるように思えるほどの絶世の美女であった。

「花菊……」

矢吉が驚いて喉《のど》を鳴らした。

「あんたが花菊か」

「お話がありんす」

声も美しい。珠《たま》どうしが奏《かな》でる琳琅《りんろう》たる音色。源吾が記憶している中では、最もそれが近しい澄んだ声である。見惚れたように茫然《ぼうぜん》とする皆をすり抜け、花菊の目の前に立つ。

「昨夜のことでありんす」

花菊が凜《りん》と言うと、源吾は小さく頷《うなず》いた。

二

昼三《ちゆうさん》ともなると張見世に出ることはない。出ずとも常連の客が付く。それでも今日は客足が少なく、花菊は落ち着いた時を過ごしていた。

遊女に暇などほとんどありはしない。夜見世で客が付くと、宴席に出て客の相手をする。清掻《すががき》と呼ばれる三味線《しやみせん》が鳴り止《や》む引け四つになると、客と褥《しとね》を共にするのである。

客が眠るまで遊女は眠ることが許されぬ。すぐに高鼾《たかいびき》を掻《か》くような者ならば幸運であるが、夜を徹して起きているような者もいる。

夜明けの少し前に客を起こし、階段まで見送る。上客ともなれば引手茶屋まで、時には大門まで送って出ることもある。所謂後朝《いわゆるきぬぎぬ》の別れである。客のほうは何度も振り返り、遊女も微笑《ほほえ》んで見送る。でも実際のところ、

——二度と来るな。

と、腹の中で舌を出していることもある。この話を湯屋で他の妓楼《ぎろう》の遊女にしてみたら、

「私も、もう本当に嫌な客ほどよく来る」

「だいたい物としか見ていないのよ。男って奴は」

などと、普段妓楼では話せない愚痴《ぐち》が出るわ出るわで、皆で笑い合ったこともある。このような誰の目も届かない湯屋では、遊女たちも廓《くるわ》言葉を使わない。それどころか江戸の言葉でもなく、それぞれの故郷の言葉を使い、ほんの一時、少女であった頃に戻るのである。

客と別れた遊女は、すでに奉公人たちが働き始め、階下から騒々しい物音がする中、すっかり明るくなった部屋でようやく眠りにつくのだ。

二度寝から起きるのは四つ（午前十時）頃。内湯か湯屋で入浴を済ませて朝食を摂《と》る。昼見世が始まる九つ（午後零時）までに、化粧や髪結などの身支度《みじたく》を整えねばならない。

七つ（午後四時）までは昼見世、それが終われば遅い昼食を摂り、夜見世が始まるまでが、ほんのささやかな自由な時だった。

しかし、中には気の早い客もおり、暮れ六つまでに引手茶屋にお呼び出しが掛かることもある。

つまり、このような客の付かぬ時を、ありがたいと思う遊女はおれども、暇だと嘆《なげ》く遊女はいない。

溢《あふ》れるほどの提灯《ちょうちん》に照らされ、この町は夜に艶《つや》やかな赤を浮かべる。花菊は窓の側に腰掛けて、その妓楼が建ち並ぶ町々を茫《ぼう》と眺めていた。

――来ない……か。

往来を眺めるが待つ人は来ない。暇は嬉しいが、望む人ならば違う。遊女になってからこのようなことは一度たりともなかった。

その願い全て、俺が叶えてやる。この前来てくれた時、改めてもっと素直に頼めばよかったと後悔している。でもやはりそのようなことは夢なのだ。鳶《とび》の俸給は一流の者でも年に十両ほどという。昼三相手に登楼すれば数度で金は底をついてしまう。蝶《ちょう》よ花よと持て囃《はや》されることを喜んだこともある。だが昼三などという金喰いに出世したことを、今ほど疎《うと》ましく思ったことはない。それにあの人はこの不審火事件が終われば、この町から出て行くのだろう。

冬は終わり、春に近付いている。花街《かがい》の上を照らす月も、間《ま》もなく枠《わく》の外へ逃

れて西へと落ちていく。あれは確か、

——待宵月《まつよいづき》……。

中秋の名月の前日の月をそのように呼び、今の形はそれとまったく同じである。待つことに酔う。今の己にぴったりの月ではないか。ただ少し違うのは、あの月のようにほんの少し満ち足りない境遇ではないということか。花菊は自嘲《じちょう》気味に笑って視線を落とした。

その時、躰《からだ》がぴくりと強張《こわば》った。花菊は心の臓が高鳴るのを必死に抑え込む。まるで鼓動《こどう》が全身を駆け巡るようであった。

——また……来た。

花菊はさっと立ち上がって鏡台の前に滑るように座ると、両手で髪を整え始めた。鏡に映る自分の口は綻《ほころ》んでいる。紅《べに》がより鮮明に浮かぶ。外界の女が今の己を見れば、いい歳をして馬鹿だと嗤《わら》うだろう。花菊はそれでも胸を張って言う。

私は恋をしている、と。

支度をして何食わぬ顔で待つ。引け四つまでもうそう時は残されていないだろうから、宴席に移るということもあるまい。この部屋に招き入れることになる。

暫く待っていたが、声が掛からない。下で主人の鳩五郎と話でもしているのだろうか。そのようなことを考えて待ったが、それにしても遅い。

花菊は耐えきれなくなり、廊下に控えている禿のおとわを呼んだ。うとうとしていたのだろう。襖を開けて入って来たおとわの目は赤くなっていた。

「姐《あね》さん、どうしんした？」

花菊は咳払いを一つして尋ねる。

「誰か来られたのではありんせんか？」

「え……見てきんす」

おとわは自分が寝ていて気付かなかったのかと焦り、とたとたと可愛らしい跫《あし》音《おと》を立てて一階へ降りて行った。ほんの煙草《たばこ》を一服するほどの時で、すぐにおとわは戻ってきた。

「誰も来ておりんせんが」

「え……」

「姐さんにこんな日は珍しいでありんす。ゆっくりお休みくなんし」

「おとわ」

襖を閉めて行こうとするのを花菊は呼び止めた。

「あの……鳶さんが来《き》いしたと思うのでありんすが」

おとわは丸く肉付きのよい手を打ってぱちんと鳴らした。

「ああ、あのおきちゃなら、時里さんを」

胸の辺りに刺刀で突かれたような痛みが走り、花菊は暫し茫然となった。息が上がり胸を押さえる花菊を、おとわが心配して駆け寄る。

「どうしんした……」

「心配ありんせん。おとわ、下がりなんし」

「でも……」

「下がりなんし！」

花菊が叫んでしまったから、おとわは顔を引き攣らせた。花菊ははっとして、目に涙を浮かべつつあるおとわの肩を摩《さす》りながら言った。

「ごめん、ごめん……怖かったね」

おとわはぽろぽろと涙を流す。

「ごめんよ、おとわ。お詫《わ》びに明日、最中《もなか》の月を買いに行こう」

最中の月とは、竹村伊勢《たけむらいせ》という店の銘菓で、おとわの大好物である。

「え……本当でありんすか？」

「ええ、本当。約束ね」

花菊はおとわの小指をそっと取り、自身の小指と絡めてげんまんをした。

ようやく泣き止んだおとわを下がらせ、花菊は無言で立ち上がると、再び鏡台の前に座った。鏡に映る己の顔をじっと見つめる。一ト切《ひときれ》ほどであろう。ただ涙にくれる己をじっと見つめていた。

その日、花菊は一睡《いっすい》も出来なかった。己が初めて好いた男が、この妓楼の同じ階で、違う女と夜を過ごす。己はこれほどまでに嫉妬《しっと》深かったのかと気付き、布団《ふとん》をぎゅっと握る。

夜が明ける頃、微かにあの人の声が聞こえた。

「見送りはいい」

そう言ったようである。己以外への優しい言葉が、花菊を壊した。花菊は掛け布団を撥ねのけると、勢いよく襖を開け放ち、速足で廊下を歩く。不寝《ねず》の番をしていた奉公人は、己が血相を変えて階段を下りてくるものだから、ぎょっとして尋ねる。

「どうなさった？」

「時里のおきちゃは」

「今しがた出られたばかり……」

聞くや否や花菊は雪駄《せった》を引っかけて表へ飛び出した。

「お待ち下さい」

廓言葉は使わなかった。この人は廓言葉が苦手。それを知っていることだけが、唯一の繋がりのように思えたから。

「おう」

振り返ると眠そうに目を擦りながら言った。軒に留まっていた雀が足元に降り立ち、二度三度跳ねてまた大空へと飛び立っていく。

「何故……私じゃ……」

これを言ってしまえば負け。遊女失格。そう思ってきた。それなのに言葉が息と一緒になって零れ出た。

「ん？」

「何故、私じゃないの……」

「あ、そういうことか」

苦笑を浮かべながら首の後ろに手を回し、小刻みに震える花菊に肩を寄せる。

そしてそっと耳元で囁いた。

「え……」

花菊は声を詰まらせ、顔を覗き見る。締まった顔つきでこちらを見つめていた。

「お前、薄々気付いていただろう?」

花菊が暫し黙った間を、雀の歌声が埋める。

「はい」

時里のことである。遊女の中にあって珍しく快活で裏表のない子。食べることが大好きで、食事の時など幸せそうに飯を頬張《ほおば》る。おとわが大好きな最中の月を勧めてくれたのも時里だった。

しかし、ここのところ様子がずっとおかしかった。いつも浮かない顔をしており、飯が零れ落ちても気付かぬまま箸《はし》を口へ入れる。

おかしいと思い、何かあるなら相談に乗ると話しかけたが、ここのところ風邪《かぜ》気味だったと、時里は笑って手を振った。だがそれ以降、少し避けられているような気もしていた。共に湯屋はよく使うほうで、二度に一度は一緒に行っていたのに、あれこれ理由を付けて時をずらすようになった。

そんな時、吉原で不審火が相次ぎ、奉行所の意を受けた定火消、さらには方角火消までが探索に乗り出してきたではないか。時里はというと頬《ほお》はこけ、唇の色は悪く、明らかに衰弱している。

——これは……まさか。

と、花菊は思っていたのだ。半《なか》ばは女の勘に過ぎない。ただ二人が禿だった頃から、同じ屋根の下で過ごしてきたのだから、感じるものはある。ともかくこのような時里はかつて見たことがなかった。

「俺は鮎川という野郎に会いに行く」

「何で……」

そこまで。花菊が言いかけるより早く答えた。

「かつて遊女が火付けをして、火炙《ひあぶ》りになったことはねえ」

吉原には、火付けに纏わる不文律がある。遊女は火付けをしても唯一死罪にならない存在だった。その動機のほとんどが、日々の苦しさに堪《た》えかねての突発的なものだった。お上は情状を酌量したのか流罪に処した。

これが慣例となり、火付けをした遊女は全て八丈島《はちじょうじま》か新島《にいじま》へ流されるに留まっている。つまり暗黙に罪を一等減じられている訳である。

「御頭の目は節穴《ふしあな》じゃ……」

何を思ったか、言いかけて咳払《せきばら》いをして言い直す。

「御頭は抜けたところもあるけどよ。先生が乗り出して来たらもう駄目だ。間もなく鮎川と時里に辿り着く」

「だから先に摑まえて手柄に？」

仲間を出し抜いてでも出世する。花菊が見てきた男とは、そのような人種だった。

「馬鹿。そんなのどうでもいいさ。逆に、御頭にこっぴどく叱《しか》られる」

「では何のために、時里の客に」

「どうせ捕まるんだ。鮎川が罪を被れば、時里は悪くても手鎖《てぐさり》だろうよ」

何の関与もしていないというのは通用しないかもしれない。それでも鮎川が脅したと証言すれば、時里は流罪相当。そこから一等減じられて手鎖となり、百日もすれば自由になれる。

だが花菊にはまだ解らないことがあった。何故、この男は馴染みでもない遊女にそこまでするのか。やはり時里に惚れているのではないか。

「何故、そこまでなさるのです」

花菊はもう迷わなかった。この男にはありのまま想いをぶつける覚悟を決めている。

「女の味方なのさ」

「はぐらかさないで下さい」

軽い調子で言って誤魔化そうとするものだから、花菊は声を大きくしてしまった。少し困った顔になり、こめかみを指で掻く。

「それに……俺は鮎川を止めなきゃならねえ訳がある」

「どういうこと」

花菊が迫ると、言い逃れ出来ないと思ったか、意を決したように頷くと、ぽつりぽつりと言葉を紡《つむ》ぎ始めた。

その間、花菊は時が止まったような感覚を覚えた。妓楼に納めるため朝早くから道を行く豆腐屋も、先ほどから近くを跳ね回る雀も、暁の冷気に白くなった互いの息さえもすべてが止まって見えた。

何も言えずにいる花菊に、哀しげな笑顔を向けると身を翻して走り去っていく。時を取り戻した町の中にその背が溶け込むまで、花菊は身じろぎ一つすることなくずっと見つめていた。

三

「それは……」

花菊の話を聞き終えた源吾は絶句した。

「ご存知なかったのでありんすね……」

「彦弥は誠に己の出自《しゅつじ》をそう……」

「はい。母上はあちきらと同じ遊女だと……」

「初めて聞きました」

彦弥は幼い頃に捨てられていた。それを寺の和尚《おしょう》に拾《ひろ》われ、甚助やお夏らと共に育《はぐく》まれた。

「知ってやがる」

源吾はそう結論付けた。鮎川が遊女の子ということである。どのようにして知ったか。恐らく時里ではなかろうか。己を助けようと懸命な彦弥にほだされて、

——あの人は可哀《かわい》そうな人でありんす。

とでも言ったのではないか。今戻って時里に確かめることも出来るが、重要な

のはそれではない。彦弥は鮎川の凶行を止めようとしている。そして母と同じ境遇の時里を庇ってやれと説得するのだろう。

「彦弥、どうするつもりだ」

この場にいない彦弥を呼んだ。説得は一筋縄ではいかないだろう。失敗したら諦めるか。いやそんな玉ならば、最初から姿を晦《くら》ますことはなかったはず。次の一手を模索するに違いない。

「先に鮎川を摑まえる」

源吾は皆にそう宣言した。鮎川さえ摑まえてしまえば、彦弥も姿を現すだろう。ただその鮎川の足取りが杳《よう》としてしれないのだ。

「鮎川様の居場所は解りんせんが、これから訪れる場所なら解るかもしれんせん……」

「誠ですか⁉」

花菊の言葉に源吾は喰いついた。

「はい。鮎川様は武士にしては裕福なようでありんしたが、それでも月に一度か二度訪れるだけでありんした」

吉原の客の大半は商人である。武士が少ない理由は単純明快、金回りである。

「それがどう関係するので？」

「時里は毎日のように文を書いておりんした」

遊女が文を書くのは珍しいことではない。会いたいなどの言葉を書き綴《つづ》り、客に足を向けさせる。いわば営業の手段である。花菊は美しい声を重ねる。

「今思えば、あれのほとんど……いえ、全てが鮎川様に宛てたものだったのかもしれんせん」

「時里は心底惚れているようだった。あり得るだろうな」

「返事も毎日のように届いていんした」

「文の往来があったということか」

鮎川も筆まめに返していたということであろうか。だが未だ話は見えてこない。

「中には、火付けを促す文があったかもしれんせん」

花菊は自信ありげに言う。確かに頻繁《ひんぱん》に打ち合わせできない以上、あり得ぬ話ではない。奉行所、定火消、火盗改、そして方角火消など方々から手が伸びていることも察知しているだろう。口を割るなという念押しをすることも大いにあり得る。

「それほど往来があれば、時里はともかく、本荘藩のほうで怪しまれそうなものだが……」

「届けるのは文使いでありんす。その心配はありんせん」

花菊の説明に依《よ》ると、遊女の文は船宿や引手茶屋の者が運ぶこともあるが、文使いという この町特有の生業《なりわい》もあるらしい。文使いは、妓楼に声を掛けて回り、文を託《たく》して貰《もら》うのを待つ。そして文を預かると、それぞれの相手へ届けていく。この時こそ文使いの腕の見せ所なのだという。客の多くは親や妻に内緒で吉原に通っている。家の者に知られないよう、細心の注意を払って本人に届けるらしい。

「なるほど。この町だけの生業が本当に多いな……」

「はい。故に周りの御方はお気付きになりりんせん」

「つまりその文を証拠に、先に時里を引っ張れということだがそれは無理だろう。そんな厄介な文、すぐに燃やすだろうよ」

花菊が微笑む。源吾でさえ、はっとするほど美しい。

「松永様は女心が解らぬと言われるでありんしょう？」

「よく言われた。今も……か？」

深雪の顔が過《よぎ》って、さきほど一瞬でも花菊に見惚れたことに罪悪感が湧いてくる。

「松永様、時里は文を残しているはずでありんす。それがどんな文であろうとも」

花菊は言った。遊女は何一つ持たざる者だと。故に惚れた男の文、そんなものでさえ宝となると。

「鮎川がそれを知っていれば、最も大きな不安の種になる。つまり訪れる場所とは……」

花菊は身を半《なか》ば開いてちらりと妓楼を仰《あお》ぎ見た。

「松永様、あちきを買ってくなんし」

「な——」

源吾は吃驚《びっくり》して二の句が継げなかった。

「ふふ……言い方が悪うございんした。待ち伏せるには最も良い方法はそれかと」

「なるほど!」

醒ヶ井に揚がり、居続ければ、鮎川が姿を見せた時にすぐに押さえられる。だが流石に花菊もただでいさせる訳にはいかないだろう。鳩五郎もすでに辟易《へきえき》としている。待ち伏せる以上、不審な動きは出来るだけ見せたくはない。源吾は財布を取り出すと、皆に向けて顎《あご》をしゃくった。

寅次郎がまず財布を渡して来た。矢吉、大造が続き、幸助は溜息《ためいき》を零しながら出した。

「全員の分を合わせて、一晩が限界か」

一晩になるか、二晩になるか。もっとかもしれない。これでは到底《とうてい》足りなかった。源吾は先ほどの幸助よりも、深く大きな溜息を漏《も》らす。

源吾にも僅かながら誇りはある。出来れば頼りたくなかった。頼ったところで、それを恩に着せるような男でないことは重々知っている。だからこそ余計に頼りたくないのだ。しかしこの場合、他に頼る人はいない。自分の誇りなど、どぶに捨ててしまえと覚悟を決め、己の額《ひたい》を強く小突《こづ》いた。

四

花菊と別れると、源吾の指示でそれぞれ急ぎ支度に入った。幾ら奔放に振る舞う鮎川といえども、幾晩も屋敷を空けることは出来まい。今日、明日には時里に宛てた自身の文を奪いに現れるのではないか。短期決戦になるということである。

「寅、お前はもう一度長屋を見てきてくれ。彦弥が戻っているかもしれねえ」

「はい。解りました」

声に力が籠っている。彦弥の過去を知ることとなり、寅次郎なりに思うところがあるのだろう。

「それと半纏、鳶口《とびぐち》、鉞《まさかり》、道具を全て持って来い。また不審火があれば、そこから駆け付けなきゃならねえ」

次に指示を出すのは矢吉ら吉原火消に向けてである。

「うちのが今晩には吉原に入る。受け入れを頼む」

「全員ですね。確か方角火消の定員は……」

「百十名だ。頼む」

今日、明日に来るのではないかと予測しているが、長丁場になる可能性も無い訳ではない。飯屋も多い吉原だから、飯は自前で食わせるにしても、百十人分の寝床が必要となってくる。

「会所を使えるように説得するしかないですね……入られる時刻は？」

「星十郎が駕籠で吉原を発ったのが午《うま》の下刻（午後一時）は回っていた。途中、寄るように言ったところがあるから……芝に着く頃には日が暮れるな」

寅次郎が引き取って続きを話す。

「すぐに支度に移っても一刻。ここに戻るのは丑の刻（午前二時）といったところではないでしょうか」

いい読みである。つまり今日の深夜に新庄藩火消が到着することになる。

「解りました。方角火消ですので、特に許しがいる訳ではありませんが、楼主たちには通達しておきます」

幸助、大造も頷く。

「頼むぞ。俺は……気が進まないが無心に行く。夜見世の始まる頃にもう一度ここに」

この先、鮎川転《うたた》が現れるまで醒ケ井に揚がり続ける。花菊は値も高いが、他の遊女では話が漏れる可能性もあるので仕方ない。

往来で円になっていた皆が頷き合い、四方へ散っていった。源吾が向かうのは揚屋町の旅籠。目的の人は下村彦右衛門である。

「なるほど。都合しましょう」

彦右衛門が意外過ぎるほどあっさり了承したので、源吾の方が吃驚してしまった。早くも手を打って隣の部屋に控えている手代をよびよせ、金を用意するように指示を出す。

「まことに申し訳ございません。何と申せばよいか……お恥ずかしい限りです」

源吾は苦い思いを嚙みしめるような心地で俯いた。

「構いません。お金だけは持っています」

彦右衛門は憚《はばか》ることなく言い切る。不思議と嫌味は一切感じられない。

「いよいよ、負けたと思い知らされる」

「何故……」

彦右衛門が付け加え、源吾はきょとんとしてしまった。金を無心した者が勝ちとはどんな理屈か。

「命を救う。松永様のこの一点は揺るぎない。そのためなら面子《めんつ》も何もかなぐり捨てる……これはなかなか出来ることではありません」

「救いたいと思うだけなら、誰にでも出来ます。力が足りぬのです」

彦右衛門は穏やかに微笑み、首を横に振った。

「人を救うことは簡単ではない。松永様たち火消がよい例ではないですか。一人を救うため数百の男が命を懸ける」

「はい。それはその通りです」

「多くの力が必要です。加持様の智謀《ちぼう》、武蔵さんの経験、寅次郎さんの力、彦弥さんの身軽さ。そして鳥越様の……」

彦右衛門はそこで少し考え込むと、続けて言った。

「明るさ」

源吾は歯の隙間《すきま》から息を漏らした。新之助の特筆すべき力は、達人の域にある剣の腕でも、類《たぐい》まれなる記憶力でもない。その陽だまりのように皆を安らがせる明るさに違いない。

「よくご存知《ぞんじ》だ」

「だからお育てになっているのでしょう？　見込みがあると」

「これは……」

苦笑してしまった。流石は五百人以上の奉公人を率《ひき》い、大丸を仕切っている男である。人を見抜く力がずば抜けている。

「だが今はまだ早い。扇《おうぎ》の要《かなめ》は松永様です」

「扇？」

源吾は鸚鵡返《おうむがえ》しに訊いた。

「どんな良い力も要がなくては纏《まと》まりません。松永様がその要ということです」

「新庄藩火消は癖が強いですからね」

「新庄藩火消……だけですかな？」

彦右衛門は何故か首を捻っていたが、気を取り直したように手を叩いた。

「その扇に私も加われるのが嬉しいのですよ」

「はあ……」

「松永様、折角《せっかく》です。もっと大きくやりましょう」

彦右衛門は悪戯《いたずら》小僧が何か企《たくら》むような笑みを見せる。

「と、言うと？」

「惣仕舞《そうじまい》をつけます」

惣仕舞とは、その妓楼の遊女全てを買い切ることを言うらしい。そう説明を受けても源吾には何を意図しているのか解らなかった。

「つまり借り上げるのです。知らぬ人を巻き込むのは忍びない。松永様ものびのびと動けますまい。それにそのお武家が己の手の者を入れるのを防ぐことも出来る」

「そのようなこと――」

確かに妓楼一軒まるごと借り上げれば、その全ては未然に防げる。だがそれには相当な金が掛かるのは間違いない。その豪儀さに源吾は息を呑んだ。

「救えるかも知れぬ命を守るため。使い甲斐があるというものです。しかし……ちと勘違いをなさっておられる。花菊だけならばともかく、他の遊女も押さえると、時里にも気付かれてしまう」

「確かに……」

では何を借り上げるというのか。支度が整ったと手代が入って来た。彦右衛門はその手代に向けてさらりと言い放った。

「京町一丁目、全ての妓楼に惣仕舞を」

もう唖然とするしかない。彦右衛門は色町一つ借り上げると言うのである。そして大丸の手代、丁稚、傘下の商人を客として送り込む。時里の相手は急用が出来たと、すぐに帰らせてしまう。そうすれば京町一丁目で時里だけが一人になるという寸法である。

「その代わり、必ずし遂《と》げて下さいませ」

彦右衛門はにこりと笑う。これは断ろうとも無駄である。笑顔の奥に覚悟がしかと見えた。

こうして醒ヶ井を残して全ての妓楼を彦右衛門が借り上げることになった。客は誰も揚がらないが、たんまり金を貰っているのだから、妓楼としても文句はない。遊女も休めることを喜んでいるという。ただ一点、彦右衛門は他の妓楼には内密にしてくれと付け加えさせた。このことで京町一丁目全ての妓楼が、

——うちだけ得をした。

と、ほくそ笑んでいる状態になっている。

暮れ六つ前、源吾らは醒ヶ井の前に再度集まり登楼した。心無く早くも時里を切り捨てようとした鳩五郎であるが、こちらで解決をする、大金を積んで揚がり続けると聞いて掌を返して歓待した。このあたり楼主が忘八《ぼうはち》と呼ばれる由縁《ゆえん》であろう。

「見事なものですね」

花菊の部屋に入ると、その豪奢《ごうしゃ》な調度品の数々に寅次郎は舌を巻いた。

「花菊ほどになればこうなりますね」

幇間として妓楼で毎晩芸を披露していた矢吉には見慣れたものらしい。

「こんなものは何にもなりんせん」

花菊は哀しげに言うと、漆塗《うるし》りの箪笥をぽんと叩いた。湿っぽくなることを嫌ったのだろう。花菊はすぐに笑みを取り戻すと皆に向けて言った。

「長くなるでありんしょう。お酒でも呑んで過ごしんすか。少しくらいならよろしいでありんしょう?」

「うーん……どうだろうな。茶にしようか」

源吾は口を歪《ゆが》めた。普段なら過ごしすぎない自信はあるが、この独特の雰囲気の中で呑めば、気付かぬうちに酔ってしまいそうな気がする。やはり吉原にはそのような妖《あや》しく艶《あで》やかな香りが充満している。

「では台屋《だいや》に料理を持たせんしょうか?」

「高くて不味《まず》いんだろう?」

「はい」

花菊は悪びれることなく言うので、源吾は思わず噴き出してしまった。花菊もころころと笑う。

――こりゃあ、人気が出るはずだ。

源吾は花菊にそのような感想を持った。会話の妙、心の棘《とげ》を丸くする天性の才がある。

「なら、菓子はどうでありんすか？　吉原には菓子屋が多いのでありんす」

「いいな。頼むよ」

「一つお願いが……このような時に申し訳ないのでありんすが」

「何だい？」

「あちこちのお菓子を一遍に引いてもよろしいでありんすか……？　夢だったのでありんす」

「それくらいならいいが……」

彦右衛門は醒ヶ井に大金を前払いし、余った分は返さないでいいと言ったらしい。故に菓子くらいならば幾ら引いても問題なかろう。ただそれくらいの贅沢《ぜいたく》、花菊が頼めば聞いてくれる馴染《なじ》み客は幾らでもいそうである。

「外の女の方は、たまにそのような集まりをなさるのでありんしょう？」

「ああ、やっているな」

商家の妻や娘などは時折、それぞれ菓子を持ち寄って他愛《たあい》もない話に興じると聞く。今では武士の妻でも珍しくはなく、深雪も家中の妻たちの集まりに呼ばれて出掛けることもある。

「それを、やってみたくて」

「よし。やろう。ただし、むさ苦しい男ばかりだけどな」

源吾がそう言うと、さらに花菊はそろりと伺いを立てる。

「おとわもよろしいでありんすか？」

聞けば花菊の世話をする禿で、菓子が大好物らしい。

「構やしねえ」

「きっと喜びんす」

花菊は少女のような笑顔を見せ、こっそりおとわを呼び寄せた。

「おとわ、お菓子が食べ放題でありんす」

「やった」

花菊は喜ぶ禿を見て嬉しそうにしている。

——彦弥が惹《ひ》かれる訳だ。

ここに来て僅か四半刻ですでに納得してしまっている。源吾はその無邪気な花菊を眺めながら顎を摩《さす》った。

部屋には方々から取り寄せた菓子が並べられ、皆で摘《つま》みながら下らない話をした。花菊が皆の話を聞きたがったので、順に様々な話をしてみせる。

矢吉、幸助は身振り手振りも交《まじ》え、話にも落ちをつけて面白く話す。寅次郎、大造はというと訥々《とつとつ》としており、どちらかと言えば面白くない。それでも花菊だけは一々相槌《あいづち》を打ち、時に声を立てて笑っていた。

厠《かわや》に立っていた幸助が戻り、源吾は訊いた。

「どうだ？」

「動きはないようですね」

奉公人を摑まえて訊いたという。今日、時里にはまだ客が付いていない。この季節はそもそも客が少なく、特に今年は寒さが厳しいため、客足が遠のいているという。

「鳩五郎は？」

「会ってませんよ」

「下に行ったんだろう？」

厠に立つということは一階に降りたのだろう。全てを見渡せる内所に陣取る鳩五郎と話さないものか。矢吉が何かに気付いたようで、横から口を挟んだ。

「松永様、吉原は二階に厠があります」

「そうなのか⁉」

客用の厠は二階、遊女のものは一階にあるらしく、客は下駄を履いて入り横長の箱のようなものに用を足す。故に二階で小便をしてきたというのが、遊郭に行って来たという意味の隠語にもなるという。

「箱の中の小便はどうするんだ？」

二階の厠など聞いたこともなく、源吾は興味を持った。矢吉は手を斜めに滑らせながら答えた。

「こう……三角になってやして、底があいていて下の肥溜《こえだめ》に落ちるようになってるんです」

「何だと……その幅の大きさは？」

「一尺ほどだよなあ？」

幸助、大造もすぐに頷いた。

「馬鹿野郎。それじゃねえか。『姉川』の不審火は……厠に火を付けた道具を落としたんだろうよ」

「あっ——なるほど！」

何でこんな簡単なことに気付かなかったのか。理由もまた単純であった。源吾らはまさか吉原の二階に厠があるとは知らなかったし、矢吉らはそれが当然になり過ぎて気付かなかった。こういうことこそ盲点となりやすい。

「こうしてじっくり当たれば、一つずつ謎《なぞ》は解けていくだろうな」

「姉川には明日伝えておきます」

「この手法が使えると思わせちゃならねえ。大変なことになる」

「真似されたら、証拠を見つけにくくなってしまいますしね」

源吾の真意とは違うように受け取ったようだがまあいい。ともかく周知しておくべきだった。

そこからさらに一刻程経った。あと四半刻ほどで引け四つか。幸助はうつらうつらし始めている。

「幸助、少し寝ろ」

「いいえ！　ご心配なく」

幸助ははっとして両頬を叩いた。

「交代で誰か起きてなくちゃならないからな。先に寝てくれ」

「では……そう言えば、そろそろですかね。新庄藩の方々は」

「どうだろうな。まだもう少し掛かるかもな」

「大門に来れば連絡が来て迎えに行く段取りになっています。その時は起こして下さい」

源吾は答えなかった。幸助は何か気に障《さわ》ることを言ったかと心配している。そうではない。異様な音が耳朶《じだ》を揺らしたのである。もうすぐ弾き収めと、清搔の音色が一層高くなっているため、それに紛《まぎ》れて他の者は気付いていない。

「きた……」

源吾は立ち上がって窓に近寄ると瞑目《めいもく》した。もう先ほどと同じ音はしない。清搔に混じり、遠くに女の叫び声が聞こえた。

「火事だ！」

「どこで⁉」

矢吉も窓へ駆け寄り、寅次郎は早くも荷を解き始めている。源吾は外を指差して言った。

「最も遠い。あの辺《あた》り」

「江戸町二丁目！　誰が行きますか⁉」

「……全員出る必要がある」

まだ新庄藩火消は到着していない。矢吉に従う吉原火消、彦右衛門の大丸に移った火消、合わせても三十人足らず。源吾の予期していることが当たれば、絶望的に数が足りない。

「ありゃ、火薬、粉塵《ふんじん》、瓦斯《がす》、何らかだ」

「粉塵……瓦斯？」

粉塵爆発や瓦斯爆発などは通常、火消でも知らない。源吾も星十郎に教えて貰って初めて知ったのである。

「ともかく何かが爆《は》ぜたってことだ。寅！」

「行けます」

寅次郎は早くも半纏に袖を通し、源吾の羽織と鳶口を差し出した。源吾はそれを受け取ると再度外を見た。

「灰……？」

宙に細かい白点が舞っている。火元とはかなりの距離があるため、おかしいと思い目を凝《こ》らした。

「雪か」

今年は異常とも思えるほど一向に暖かくならない。しかし如月も半ば、恐らくこれが最後の雪になる。冬は火事が特に多いため、火消は皆春を待ち焦《こ》がれる。天がこの冬最後の試練だと教えてくれているように思えた。

「花菊、行かなくちゃならねえ」

源吾は視線を移すと凜然と言った。

「まずは目の前の苦しんでいる方を救う。彦弥さんがそう教えてくんなんした」

彦弥は源吾のことも沢山話してくれた。そう花菊は語っていた。

「ああ……もしその間に鮎川が来たら報《しら》せてくれ。頼めるか。何とかして戻る」

「お任せくんなんし」

「あいつここに来るような気がする」

「あちきもそう思いんす」

「頼む」

「喰ってやってくんなんし」

「そんな台詞《せりふ》まであいつに聞いたのかい？」

源吾は苦笑しつつ羽織を受け取ると、音を立てて宙に翻す。裏地の鳳凰《ほうおう》は、先に言われちゃ締まらねえなと言わんばかりに、ふわりと背に宿った。源吾は最後に鳶口を腰に捻《ね》じ込み、花菊に軽く片笑んだ。

「ああ、喰ってやる」

五

矢吉の指揮下にいる吉原火消が途中合流し、火元に駆け付けた時には二十数名となっていた。

「半鐘《はんしょう》は⁉」

矢吉は配下の一人に訊いた。

「まだです！」

「走れ！」

配下に命じると、矢吉は残る配下に命じた。

「少しでも早く報せなきゃならねえ……吟《ぎん》じるぞ！」

「おう！」

吉原火消が一斉に応じ、源吾は首を捻りつつ走った。寅次郎も要領を得ない。

その時、矢吉が高らかに唄い始めた。

――火の用心、さっしゃいましょー。火元は江戸町二丁目、逃げさっしゃいましょー。

それに続いて配下も加わる。どの者も喉《のど》の使い方が上手《うま》く、二十人とは到底思えぬほど声が通る。

「声が小せえ！　調子の角を取れ！」

矢吉は叫び、再び朗々《ろうろう》と唄う。それでも脚は全力で回っているのだからとても真似出来そうにない。

――人よ、花よ、逃げさっしゃいましょー。生きて浮世を、謳《うた》いましょー。

「なるほど……角を取るとはそういうことか」

源吾は感心してしまった。声の大きさは変わらない。いや先ほどよりもさらに大きい。それなのに耳に心地よく、無用な不安を感じさせない。

火事場で炎よりも恐ろしいものがある。それは人々が混乱、恐慌に陥《おちい》ることである。そのため火消は誰よりも落ち着いて火事を伝えねばならない。この吉原火消の報せ方は、源吾が今まで見たどの方法よりも優《すぐ》れている。

「頭が考えたんです」

幸助が自慢げに言った。

「女を突き飛ばして逃げちまう客、病気の者を忘れる忘八、混乱して最も痛い目みるのは遊女だ……とね」

大造もそれに続いて捕足した。

「何が元幇間だから、だ。やるじゃねえか……小唄の矢吉！」

源吾が褒《ほ》めると、矢吉ははにかむような表情になった。

異様と言えば異様である。今宵《こよい》は満月、雪はさらに強くなり、花街に降《ふ》り注ぐ。そこに大音声《だいおんじょう》の唄、向かう先は炎が立ち、夜空を茫と染める。それは幻想的ですらあった。

江戸町二丁目は京町一丁目の対角にあるとはいえ、吉原自体がそれほど大きくないので、辿り着くまでそう時は掛からなかった。

妓楼の一角は吹き飛び、そこから炎が顔を見せている。窓が多い構造のため、あちらこちらから濛々《もうもう》と煙が噴き出している。そして周囲に噎《む》せ返るほどの異様な悪臭が立ち込めている。

「妓楼の者は！　逃げ遅れた者は⁉」

源吾は野次馬《やじうま》を摑まえて真っ先に訊いた。

「ここの廻し方です！　先ほど数えました……全員無事です！」

「よし！　消すぞ！」

矢吉はたった二機の竜吐水《りゅうどすい》を展開させている。吉原火消は堀から玄蕃桶《げんばおけ》で水を汲《く》んですぐに注ぎ込んだ。

「両側を水で濡《ぬ》らす――」

矢吉が指示を出そうとするのを源吾は止めた。

「矢吉、待て。それじゃ間に合わねえ」

「じゃあ、どうやって……」

「一度、火元を叩く。火を弱めて両側を崩す」

「わかりました。竜吐水、一階の窓から――」

「違う。よく見ろ」

またしても止めたので矢吉は流石に不満の色を見せた。源吾は苦笑しつつ燃え盛る妓楼を指差す。

「よく見ろ。煙の色が違う。黒煙、紫煙、灰煙、白煙」

「はい……確かに」

「恐らくこれは肥溜が破裂した。臭うだろう？」

今回の下手人も、また二階の厠へ火付けに用いた附木《つけぎ》を投げ込んだと見た。前回こそ運がよかったが、溜まった肥に火が付けば爆《は》ぜることは火消ならば当然知っている。源吾は嚙んで含めるように教える。

「竜吐水が少なく、全ては叩けねえ。黒煙は絶対に竜吐水じゃ消えねえ……それより紫煙。これは『赤獏《せきばく》』を起こす種だ。これから刈り取る」

「赤獏……」

「一機は紫、灰、白の順に追い込め。残る一機は黒と隣り合わせの東の妓楼を濡らす。いけるか」

「はい‼」

矢吉は興奮した様子で応じると、配下に向けて指示を飛ばし始めた。吉原という隔絶した地で火消をやってきたのだ。外でいろはを学んだとはいえ、高度な技を誰にも教えて貰っていない。自ら試行錯誤してきたのだろう。教えられることを吸収しようという意気込みを感じる。

「さて……寅」

「はい。解っています」

「西側を崩す。五分五分で死ぬな」

源吾は笑った。この数で対応出来る規模の火事ではない。東が優先とはいえ、西もすでに炎の侵食を受けている。その時、野次馬の中から源吾を呼ぶ声が聞こえた。見覚えはなかったが、どうやら醒ヶ井の若い衆らしい。

「どうした⁉」

「例の男が現れました！」

「とことん間が悪い」

源吾は舌打ちをした。鮎川はどうやらこの火事が起こることを知っていたらしい。それに乗じて姿を見せたというところだろう。

――どうする……。

人を割けば類焼は避けられず、消火を優先すれば鮎川に逃げられる。迷っている時は無く、決断を下さねばならない。遠くで人の悲鳴が聞こえた。罵声、怒号も続いて聞こえてくる。

「今度は何だ⁉」

振り返った時、源吾は思わず口が緩んでしまった。辻を折れてきた集団がある。先頭に騎馬の者が二人。その後ろに続々と藍《あい》色半纏が続く。どの者の半纏も洗っても落ちぬ汚れが染み付いている。新調してもらってまだ僅か一年だが、早くも穴が空いて当て布をする者も増え始めた。

「御頭！」

「新之助！」

この時ほどこの頭取並を頼もしく思ったことはなかった。

「ありゃあ何だ！」

源吾は指差す。新庄藩火消に追い縋り、足がもつれて転倒する者、摑もうとして跳ね飛ばされる者たちがいる。新之助はちらりと振り返って苦笑した。

「馬を降りろと無茶を言うので、そのまま突破しました」

大名といえども大門より先は馬、駕籠の乗り入れが許されない。新之助が乗っているのは源吾の乗馬の碓氷《うすい》である。碓氷も得意げに鼻を鳴らした。

「よくやった」

源吾は不敵《ふてき》に微笑んだ。星十郎も鞍《くら》からずり落ちそうになりながら馬を寄せて来た。

「百七名、遅くなりました」

「苦労掛けたな。芝は？」

「そのままお伝えします……鳥がいなけりゃ大物喰いになりゃしねえ。空振りしとくから、早く終わらせてくれと」

「与市《よいち》らしいぜ」

吉原からの帰路に寄らせた場所こそ仁正寺《にしょうじ》藩上屋敷である。与市は昨年の借りは返すと快諾してくれたらしい。

野次馬たちは突如《とつじょ》現れた火消に驚愕している。吉原は燃えても決して誰も助けにこない。反対に吉原火消が助けに出ることもない。近くて遠い別の地だった。

「貴様ら！　どういうつもりだ！」

面番所の連中である。輪番であるため、先日顔を合わせた者とは別であった。馬を入れさせたとあれば、自分たちが咎められるため必死である。

「火を消すんだよ」

野次馬からどよめきが起こる。こんな当たり前のことさえ驚きなのだ。

「何故、外の火消が来る！」

「方角火消は江戸中が庭だぜ。吉原は江戸じゃねえのか」

「方角火消だと。どこの家中だ」

「新庄藩さ」

そうは言ったものの、面番所の男は要領を得ない。野次馬たちも一斉に首を捻るのが解った。源吾は思い切り息を吸い込むと、大音声《だいおんじょう》で宣した。

「ぼろ鳶だ！」

野次馬がどっと沸《わ》いた。火のあるところに現れる。そのためならばどんな手も使う。そんなぼろ鳶の悪名は江戸中に轟《とどろ》いており、別天地の吉原でも例外ではなかったようだ。

衆が火事をそっちのけで沸き立つ中、武蔵はさっさと配下を展開させている。

「星十郎！」

「今宵は如月十五日、満月。空は雪。西から東への風。間もなく変じて南風、大門を焦がすでしょう。一刻も早い鎮火が肝要《かんよう》です」

「何だと⁉」

面番所は血相を変える。

「火を消さず置いておきましょうか？」

星十郎は馬上から意地悪そうに笑った。

「い、いや……お願い致す」

「ここは我らに任せ、念のため大門を濡らしておいでなさい」

星十郎が優しく語り掛けると、面番所の連中は声を掛け合い、大門に向けて引き上げていった。

「本当はずっと東風だろう？」

源吾は呆《あき》れつつ見上げた。

「ええ。邪魔ですので」

「ったく、お前まで……」

「私もぼろ鳶ですよ」

星十郎は口角《こうかく》を少し上げ、たどたどしく馬から降りる。

「新之助、降りろ」

「はいはい」

新之助は星十郎と違い、身を宙に舞わすように颯爽《さっそう》と降り立った。

「新之助、任せていいな⁉」

「戻られる頃には終わらせておきます」

「上等だ。じゃあ任せるぜ。俺は行くところがある」

「どうぞ」

新之助は手を滑らせ、源吾は鐙《あぶみ》に足を掛け、碓氷に跨《またが》った。新之助は目の上に手をあてて辺りを見渡した。

「これは番付を上げるいい機会ですね」

「馬鹿言ってんじゃねえ」

「冗談ですよ。一気に片付けます」

新之助の表情が一瞬のうちに変じ、引き締まった顔つきになる。

「信太さん纏を。団扇《うちわ》番も続け！　星十郎さんは水番の指揮を願います。武蔵さん、吉原火消の援護を。西から押しまくって下さい。壊し手は暫し待て！」

「完璧だ。いい師匠がいてよかったな」

源吾はそう言いながら手綱《たづな》を操る。

「優秀な弟子なんです」

源吾が碓氷を駆ろうとしたその時、ずいと寅次郎が進み出た。

「御頭、儂も戻ります」

「壊し手はいいのか？」

「和四郎《わしろう》に任せます」

寅次郎率いる壊し手の補佐役を務める鳶である。

「ようやく子離れ出来たか」

源吾は微かに笑むと、星十郎の乗って来た馬に乗るように言った。寅次郎は町人であるが、近江《おうみ》で田を耕《たがや》していた時、農耕馬を乗り回しており、そこらの武士よりも取り回しが上手い。

「あいつが来そうな気がするんです」

源吾もそう感じていた。だからこそ、すぐに戻る気になっている。

「新之助！　頼むぞ！」

源吾はそう叫ぶと手綱を絞って碓氷を走らせた。寅次郎もそれに続く。信じて任すというのはなかなか難しいものである。源吾も不安が無い訳ではないし、寅次郎も今それを実感しているだろう。しかし、

——いつまでも俺が生きている保証はねえ。

源吾は鐙を鳴らした。毎年何人もの火消が命を散らせている。次は己の番かもしれない。この太平の世にあって今なお続く戦《いくさ》。それが人と炎の戦いであった。戦場に身を置く者として、常に死の覚悟はある。

「御頭、思い出しますね」

「ああ、あの時も二人だった」

彦弥を仲間に引き込んだ時のことだ。星十郎も武蔵もまだいなかった。新之助はいたが、今とは比べられぬほどの素人《しろうと》で、配下を迎えに行かせる小僧の使いのようなことしかさせられなかった。

「たまには昔みたいに無茶しますか」

「悪くないな」

碓氷は行く。馬が走るはずの無い吉原を疾駆《しっく》する。逃げ惑う人々も驚きの顔で見送っている。二騎が目指すは京町一丁目、醒ケ井。この事件を収束させるべく風のように駆け抜けていく。

第七章　谺《やまびこ》彦弥《ひこや》

一

おいとわはもう眠らせた。部屋に一人残された花菊は、畳の上に広げられた菓子の残りに囲まれて、ちょこんと座っていた。

——楽しかった。

それが正直な感想であった。皆で他愛《たあい》もない話に興じるのが、これほど楽しいこととは思わなかった。他の遊女も誘ってやりたかった。

ここに来る男は皆、下心がある。妓楼である以上当然のこと。だが源吾を始め、火消たちはそのようなことを考えていない。これも別の目的で来ているのだからまた当然だが、花菊にとっては新鮮だった。

花菊は残った最中《もなか》の月を頬張《ほおば》る。さくさくとした皮の歯触りと、口中で溶けるあずき餡。甘くて美味《おい》しい。だが皆で食べた時のほうがもっと美味しいと感じた。

四半刻（約三十分）ほどした時、鮎川転《うたた》が登楼してきた。廻し役の若い衆には、姿を見せれば教えるように伝えていた。丁度《ちょうど》、火消の方々が火事場に急行した今、間《ま》が悪すぎる。いやもしかすると、鮎川はそれを見計らって登楼したのかもしれない。すぐに鳩五郎も血相《けっそう》を変えてやってきた。

「花菊……これ以上関わるな。止めようとしたが、逃げられたと言えばいい」

火消のいない今、そこまでする義理は無い。暴れられて迷惑を蒙《こうむ》るのは我らだ。鳩五郎は矢継《やつ》ぎ早《ばや》に言う。

「ごてさん、では時里はいかがなしゃんす」

花菊が迫ると、鳩五郎は苦虫《にがむし》を嚙《か》み潰《つぶ》したような顔になった。楼主《ろうしゅ》は確かに主人だが、花魁《おいらん》の立場も決して弱くはない。ましてや己は醒ヶ井稼《かせ》ぎ頭《がしら》、臍《へそ》を曲げられれば売り上げに大きく関わる。

「火消どもが戻る前に差し出す」

花菊は呆《あき》れて溜息《ためいき》をついた。先日までは命の恩人、妓楼《ぎろう》の恩人と持て囃《はや》していたのに、火消どもとはよく言ったものである。

「誰に？」

「昼間来られた定火消《じょう》の方だ。醒ヶ井は関わっていない。引き渡せばそう奉行所にお伝え下さる」

どこまで呆れさせるのか。あれほど親身になっている新庄藩火消、吉原火消を差し置いて、そちらに渡すというのか。

「八兵衛《はちべえ》」

報告に来た廻しの若い衆である。不器用なことで鳩五郎だけでなく、他の奉公人からも小馬鹿《こばか》にされている。花菊がよく庇《かば》っていた。

「はい」

「お願い……」

「分かりました」

八兵衛が行こうとするのを、鳩五郎が止める。

「待て、どこに行く！」

「花魁の紅《べに》が切れていたので、買いに行くところでした」

普段誰もいなければ花菊さんと呼ぶ八兵衛も、他の若い衆に倣《なら》ってそのように呼んだ。この吉原では夜遅くでも小間物屋《こまもの》が開いている。

「見え透いた嘘《うそ》を。出て行くならば覚悟しておけよ」

八兵衛は少し首を捻り、こちらを見た。

「矢吉さんは、あっしでも入れて下さいますかね……？」

「貴方《あなた》なら適任。あちきからもお願いしんす」

八兵衛はふっと息を漏《も》らして身を翻《ひるがえ》すと、転がるような速さで階段を降りていった。

「馬鹿」

花菊は苦笑した。あんなに物音を立てれば、鮎川が何事かと思うに違いない。

「お退《ど》きくなんし」

花菊は鳩五郎をそっと押しのけると、滑るように奥に進む。時里の居室である。鳩五郎も諦《あきら》めたか、ぶつぶつと小言を呟《つぶや》くのみで、もう止めようとはしなかった。

花菊は襖の引手に指を掛けると、素早く開け放った。拍子木《ひょうしぎ》のような小気味よい音が立つ。

「姐《あね》さん……」

時里と一人の男が向かい合って座っていた。男は振り返り、つと視線を上げる。時里は何かをさっと後ろに隠して躰《からだ》ごとこちらを向いた。

鮎川転だった。今まで数度見かけたことはあるが、こうまじまじとこの男を見るのは初めてだった。細筆で丹念に描いたような怜悧《れいり》な目、締まった頰、その割に上唇《うわくちびる》が厚く甘えたような印象がある。彦弥とはまた違った美男といえる。

表情を変えずに、鮎川が口を開いた。

「女、何用だ」

「時里に話がありんす」

「醒ヶ井は客が付いている時に、立ち入る無礼を許しているのか」

「卑《いや》しい遊女なれば、礼儀を知らぬことお許しくなんし」

花菊は部屋に足を踏み入れる。妓楼に揚がるには刀を預けねばならず、鮎川は当然無腰である。いきなり無礼討ちに遭うことはない。そう思うだけで勇気が湧いてきた。

「姐さん、後に……」

時里が口を開くのを、手を挙げて制した。

「時里、紅が切れたの。貸してくなんし」

「それは……」

花菊は時里を無視して鏡台へ近づく。すると時里は座ったまま身を回した。背後に何かを隠していることは明白であった。

「女、今一度訊く。何用だ」

花菊は鮎川をきっと睨み言い放った。

「ここを捕方《とりかた》が取り囲んでおりんす」

「なっ——」

鮎川は立ち上がった。いや、飛ぶといったほうが相応《ふさわ》しい。胡坐《あぐら》のまま跳び上がり、どんと畳に両脚を突く。そして窓へ近付くと勢いよく開けた。時里も腰を浮かせて窓の外を窺《うかが》う。

「なんだ、誰もおらぬでは……」

「姐さん‼」

花菊は一瞬の隙《すき》を衝《つ》き、時里が隠していたものを奪い取った。漆《うるし》塗りの文箱《ふばこ》である。蓋《ふた》が滑り落ち、中からはらはらと文字の書かれた紙が大量に零《こぼ》れ落ちる。鮎川からの文だった。

時里が両手で掻《か》き集めようとする中、花菊は膝《ひざ》を斜めに折ってその中から二、三枚を拾《ひろ》い上げた。

「これには何が」

時里は茫然として見上げ、鮎川は舌打ちをして窓枠《わく》から足を下ろす。

「俺からの文だが何か悪いかね」

「姐さん、返して……お願い」

「時里、目を覚ましなさい。あなたは利用されているの」

廓の先達としてではなく、一人の女として時里に呼び掛ける。自然、廓言葉でなくなった。

「違うの……私はどうなってもいいの」

「そう言うと思った」

花菊は文を握《にぎ》りしめ、鮎川から視線を外さなかった。

「とんだ妓楼だな。誰か呼んでもいいんだぜ」

鮎川の口調《くちょう》が荒っぽくなった。

「厄介《やっかい》ごとには近付きたがらない。そんな薄情な町なの。情が深すぎる私たちを除《のぞ》いて」

鮎川は鼻で嗤《わら》って顎《あご》で指示を出した。

「時里、拾ってそこの手焙《てあぶ》りで燃やせ」

「でも……」

「時里！」

時里はびくっと弾《はじ》かれるように肩を動かし、再び集め出す。

「花菊だな。どういうつもりか知らぬが、それを渡せ」

「いや……間もなく人が戻って来る。もう呼びに行かせました」

「またはったりか」

鮎川は手を握ったり開いたりと落ち着きがない。

「あなたはもう見抜かれている。もう止めて」

鮎川は大きな溜息をついた。

「仕方ないな」

その様子に安堵《あんど》して、花菊が力を抜いた瞬間、鮎川が畳に前のめりに倒れるように見えた。次の瞬間、鮎川の顔が目の前にあり、腕を鷲摑《わしづか》みにされている。一間半以上あった。それを一瞬で詰めていた。驚くべき速さである。

「よこせ」

鮎川は腕を捻《ひね》り上げる。残った手で花菊の手を押さえ、鮎川は落ち着いた調子で言った。

「時里。襖、閉めろ」

がたがたと震えながら時里は言う通りにする。完全に鮎川の言いなりである。花菊は鮎川の指を食い千切るほど思い切り強く噛んだ。

「貴様《きさま》――」

頭突きを見舞われ、花菊は大きく仰《の》け反《ぞ》ったが手を掴まれて離れることも出来ない。鮎川は懐《ふところ》に手を入れ、小ぶりな刺刀《さすが》を取り出すと、口で鞘《さや》を抜き払った。

「殺して逃れられると思っているの」

「殺される女がする心配じゃあないな」

「転様……姐さんを許して……」

時里は顔を涙に濡《ぬ》らし訴えた。それでも花菊は文をしっかりと握って離さない。鮎川は手を引いて躰を寄せ、耳元で囁いた。

「今ならまだ、文を渡せば許してやる」

鮎川の背中越しに窓の外が見える。先刻よりも一層雪は強く、冬が別れを告げる慟哭《どうこく》のようにも思えた。この雪は積もらない。幼い頃、越後で散々《さんざん》見たから、積もる雪か、積もらぬ雪か見分けがつく。気取られぬよう、そのような、どうでもよいことを敢《あ》えて考えるようにした。

「お願い……文を渡して」

時里も花菊の裾《すそ》に縋り、喘《あえ》ぐように言う。

「時里」

花菊はぽつんと言い、時里を見下ろして続けた。

「私のほうが男を見る目は確かだったよう」

「え……」

場違いな言葉で、一瞬の間ができた。その時——。

「何、俺の馴染みを抱いてんだ」

はっとして鮎川が振り返った時、すでに彦弥が宙を舞っている。繰り出した蹴《け》りが胸に刺さり、鮎川は吹き飛ばされて刺刀を取り落とす。手を突いて着地した次の瞬間、彦弥は矢のように飛び、滑り込んで刺刀を取る。

「谺《やまびこ》……何故ここに」

鮎川は身を起こして睨《にら》みつけた。

「お前と別れてからずっと尾《つ》けていたのさ」

あの日の朝、彦弥は鮎川に自首を勧《すす》めると言っていた。それが不調に終わった後、ずっとその動向を追っていたということか。

「どこに隠れてやがった」

彦弥は上を指差して不敵《ふてき》に笑った。

「屋根」

鮎川が腕を摑んで脅していた時、時里が裾に縋りついていた時、降りしきる雪を背景に、彦弥は窓に降り立っていた。そして唇にそっと指を当てて見せた。彦弥はこちらをちらりと見て言った。

「花菊、それか」

「はい」

「物騒《ぶっそう》なもん振り回しやがって……手荒な男はもてねえぞ」

彦弥が腕を上げて手首を返す。すると刺刀は見事に畳に突き刺さった。

「……すごい」

あまりにそれが上手いものだから、思わず花菊は小声を漏らした。

「軽業芸《かるわざ》さ」

彦弥はそんな独り言にも答えてくれ、さらに思い切り踏みつける。根本まで突き刺さり、もう鋏《やっとこ》でも使わない限り人力では抜けまい。

「鮎川、観念しろや」

彦弥は低く言うが、鮎川は憤怒《ふんぬ》の色に顔を染めるのみである。ただ時里は尋常でないほど震えている。

「鮎川様……もう……無理です」

「黙れ。まだだ。六郷家の者に……家中の者に思い知らせてやるのだ……」

鮎川はじりじりと彦弥に向けて迫る。

「遊女の子でも立派な武士になれるってかい？」

「貴様、何故《なぜ》それを……時里、お前か」

怯《おび》える時里の前に進み、彦弥は立ち塞《ふさ》がった。

「お前は可哀《かわい》そうな男なんだとよ。生まれる前に父に捨てられ、家老《かろう》の三男でも陰では遊女の子、汚れた血と囁《ささや》かれ……」

「黙れ！　母上は立派な御方だった……そこらの武家の女のほうがよっぽど醜《みにく》い心を持っていた！」

「よく解《わか》ってんじゃねえか。女の値打ちはそんなもんじゃ決まらねえ。家老職まで上り詰めたら、時里を身請《みう》けしてやるんだって？　俺はお前のそんなところは嫌いじゃねえぜ」

「そんなことまで……」

鮎川は時里を睨み、下唇を噛んだ。

「時里はお前が下手人《げしゅにん》とは一言も言わなかった。ただ俺は時里の惚れた男がどんな奴かって訊いただけさ」

彦弥は時里を庇《かば》うように一歩進み出た。

「それを渡せ。それさえなければ何とでもなる」

「てめえ……お前が嫌いな奴らと同じ顔をしているぜ」

「貴様に何が解る!」

「家族がいるだけ幸せだろうが」

最後の一言はきっとすぐ傍《そば》にいた花菊しか聞こえなかっただろう。それほど小さな声だった。

その時、階段を上る激しい跫音が聞こえて来た。妓楼の者ではないと直感する。

「花菊!」

「げ。まずい」

彦弥が呟いた瞬間、先ほど時里が閉めた襖が開け放たれた。そこに立っていたのは源吾である。

「彦弥！　心配かけやがって――」

皆が一瞬気を取られた中、鮎川が動いた。先ほどのように頭がぐわんと下がると、花菊目がけて刺すように飛び込んで来る。

「花菊！」

彦弥は咄嗟《とっさ》に前に立ち塞がろうとした。しかしその腰にしがみついたのは時里である。戸惑う彦弥をよそに、鮎川は一直線に迫って来る。

「御頭。そいつを止めてくれ！」

「鮎川か！」

花菊は逃げようとするが体当たりを受けて、その場に押し倒された。

「お前に怨《うら》みはない。離せ……」

鮎川の顔は思わずはっとするほど哀しいものであった。この町で幾度となく見て来た顔である。その瞬間、不覚にも手の力が緩む。鮎川はそれを見逃さず、手汗でぐちゃぐちゃになった文を引ったくった。源吾が伸ばした手が届かんとする刹那《せつな》、鮎川は畳を蹴って真後ろに飛ぶ。宙で仰臥《ぎょうが》するような恰好《かっこう》である。背から落ちたと思った次の時には、鮎川は躰を後転させて片膝を突いた恰好になっていた。

部屋の隅で荒く息をする鮎川は、己の巣を死守しようと一刺しを窺う雀蜂《すずめばち》に似ている。

二

源吾が部屋に入った瞬間から事態は目まぐるしく変化している。部屋の隅に追い込まれた鮎川はまだ諦めていない。射貫《いぬ》くような鋭い視線からも、それは明らかだった。

「天蜂……鮎川転。それを渡せ」

「火喰鳥か」

鮎川は小刻みに視線を動かす。この窮地《きゆうち》を脱する方法を探っているのだ。

「鮎川様……もう……無理でありんす」

時里は彦弥に縋りながら首だけを回した。涙で白粉《おしろい》が崩れ、紅が流れている。

「時里、俐を離すなよ……お前が島流しになっても、俺は必ず待っている」

源吾は腸《はらわた》が煮えくり返り、そのまま口に逆流しそうなほどの怒りを覚えた。

「てめえ……時里に全て罪をおっかぶせるつもりか」

「遊女は島流しが極刑。十年もすりゃ帰って来れる」

鮎川は平然と言い放つと、どんと壁を肘《ひじ》で打った。破れぬかと試したのだろう。

「正気で言っているなら容赦《ようしゃ》しねえ」

源吾は腰の糶《つんぼ》長綱《ながつな》に手を伸ばした。妓楼に刀はご法度だが、勢いのまま飛び込んで誰も咎めなかった。ここで抜けば罪になるのかもしれない。しかしそれすらどうでもいいほどの怒りが湧き上がってきている。

「島も廓《くるわ》も同じようなものだ。どこにも行けやしねえ」

胸がどくんと高鳴った。鮎川の言うことは一理あるのだ。源吾の手が宙で止まった一瞬、鮎川は横っ飛びして窓枠に取りつくと、矢のように外へ飛び出した。

「寅！」

源吾も窓へ駆け寄る。寅次郎が逃げられないように入口を押さえている。

「御頭！　あっちだ！」

寅次郎が指差す。雪舞い散る中、突き出し屋根を走る鮎川が見えた。

――しめた。

醒ヶ井は最も端に建っており、隣は先日半焼し、まだ建て直しているところで進むことが出来ない。逃れるためには通りを渡って向かいの妓楼の屋根に移らねばならないが、その距離は実に五間（約九メートル）はある。鳥でもなければ渡れまい。

通りには寅次郎がおり、騒ぎを聞きつけた人が群れを成し、屋根にいる鮎川を指差していた。

「彦弥、追い込むぞ」

源吾は振り返った。そこには時里にしがみつかれたまま、俯《うつむ》く彦弥の姿があった。

「何してんだ！　早――」

すっと上げた彦弥の手は震えており、源吾は何故か言葉が出てこなかった。

「時里、行かせてくれ」

彦弥は時里を蹴り飛ばすことはおろか、力ずくで振り払おうともしない。

「駄目……私には……あの方しか」

源吾はその時里の姿に苛立ちを覚えた。深雪のような強い女がすぐそばにいるからだろう。だがこのように何かに縋り生きねばならぬ女もいる。そう思うと何も言えなかった。彦弥はこの期に及んでも優しく問う。

「時里、あいつが好きか？」

「はい……」

「そればっかりはしょうがねえよな。訳なんてねえ」

こいつは鮎川を見逃すつもりか。源吾が迫ろうとすると、彦弥は懇願の目で見つめてきた。

「俺はここの生まれらしい。皆が堕《お》ろせと反対するのを無視して俺を産んだんだってよ。山城座に養子に出される日、和尚《おしょう》から聞いた」

時里はゆっくりと白い涙が伝う顔を上げた。

「お母さんは……？」

「お前らがここに来るずっと前に死んだってさ」

彦弥が何故、度々吉原に通っていたのか。ようやく解った気がした。初めは母を捜しに、それからは母の面影《おもかげ》を探しに吉原の町へ来ていたのだ。

「俺は誰が嗤おうと、お前の想いを恋と呼んでやる」

時里が嗚咽《おえつ》して、摑んでいた手がするりと畳に落ちた。

彦弥は時里を置いて窓へと近付いた。その時、外から寅次郎の叫び声が聞こえた。

「御頭！　鮎川が！」

どこにも逃げ場所がないと油断していた。どこかに立て掛けてあったか、鮎川は梯子を見つけている。ただその長さは三間（約五・四メートル）ほどで対岸に渡すには足りない。鮎川は梯子を地に突き立てた。下に逃れるつもりのようだ。

「寅！　捕まえ――」

源吾は驚愕した。鮎川は梯子の先に取りつくと、そのまま前に倒したのである。野次馬から甲高い悲鳴が上がる。そのまま地に叩きつけられる、誰もがそう信じて疑わなかった。

しかし梯子が丁度斜めになった時、鮎川は高く飛んだ。そして対岸の屋根にしがみ付いたのである。野次馬から興奮の歓声が上がる。

「何て野郎だ！」

江戸三大纏師《まといし》に数えられるだけはある。ふと気付くと彦弥がすぐ傍まで来ている。彦弥は窓枠に片足を掛けて叫んだ。

「時里！　恋にけじめをつけようや」

時里に寄り添っていた花菊は、その肩を摑んで真っ直ぐ言い放った。

「あなたの口で言いなさい。この人は必ずどんな願いでも叶えてくれる！」

「元の優しい転様に会いたい……会ってこの恋を終わらせたい……」

「断らねえ！」

彦弥は即座に叫ぶと、屋根に飛び出した。月は今にも落ちてきそうなほど大きく、まるで恋の話に頬を染める少女のように仄《ほの》かに赤みがかっていた。今なお降りしきる雪が風に舞い上がる。屋根に降り立った彦弥の半纏がたなびく。彦弥は豆粒のようになった鮎川を見つめ、指の骨を鳴らした。

「待たせやがって……これで逃がしたら承知しねえぞ。足は我慢出来るな」

源吾は呆れながら言った。己にも同じくあるように、これが彦弥の矜持なのだろう。彦弥は何も答えずに腰を落とすと、ちらりと振り返って笑った。

「行け！」

源吾の咆哮《ほうこう》に弾かれるように彦弥は駆け出した。阿吽《あうん》の呼吸というべきか、下ではすでに寅次郎が鮎川の倒した梯子を、通りの中央に真っ直ぐに立てている。

「寅、悪いな！」

彦弥が前だけを見据えて叫ぶ。屋根を蹴り、寅次郎の立てた梯子目がけて、宙に身を躍らせた。

「飯を奢《おご》れよ！」

梯子の先に足を掛けると、その衝撃は数十倍に跳ね上がる。それでも寅次郎は梯子を離さない。梯子を踏む彦弥はまるで宙を蹴ったように、そして雪の海を泳ぐように対岸へ着地した。先ほどの鮎川の時よりも、盛大な喝采《かっさい》が巻き起こった。その歓声が頂点を迎えた時にはすでにそこに彦弥の姿は無い。次の屋根に飛び移っている。丁度その陰影が月に重なる。半纏が羽のように翻る。それは夜に抗《あらが》う大きな蝶のように見えた。

三

鮎川の脚が鈍《にぶ》っている。もはや逃れられたと安堵しているのだろう。その距離は十間（約十八メートル）を切った。彦弥が迫っていることにも気付いてはいない。

——まだ持っているな。

時里との文を破り捨ててはいない。奉行所や火盗改《かとうあらため》の探索への執念は並ではない。破り捨てて撒《ま》き散らしたとしても、草の根分けてでも欠片《かけら》を集める。鮎川もそのことを知っているだろう。恐らくどこかで燃やそうとしているのだ。痛めた右脚に鋭い痛みが走り、彦弥はぐっと唇を噛みしめた。爪先で走り跫音《あしおと》を消していたが、左足で瓦《かわら》を強く踏んでしまったことで、鮎川がさっと振り返る。

「しぶとい奴め！」

鮎川は吐き捨てるように言うと、再び駆け出した。彦弥ももう跫音を気にせず瓦を踏む。幅二間（約三・六メートル）ほどの隙間などは、どちらにとっても敷居を跨《また》ぐようなもので、屋根から屋根に飛び移っていく。

「時里のところへ帰るぞ！」

「うるさい！」

鮎川は屋根に移るように見せかけ、目に見えないものに弾かれたように横に飛んだ。突き出し屋根に片手を突くと、そのまま躰を横転させて見事に地に降り立つ。鮎川が振り返って屋根を見上げた時、彦弥も夜空を翔《か》けている。

「来るか――」

鮎川の叫ぶ声が聞こえた時、彦弥は宙で身を捻って一回転した。こうでもしないと右脚がもう耐えられないことが解っている。

「痛《いて》え……」

両脚と片手で衝撃を逃がして着地し、思わず零れた。砂埃《すなぼこり》と雪が混ざり合う視界に、駆ける鮎川の背を捉える。

——まだやれる。

涙にくれる時里の顔が過《よぎ》った時、彦弥は再び走り出した。この異常な追走劇に、女のほうが剛胆なのか、遊女たちも火事から逃げることを忘れたように、足を止めて、声を上げる。我先に逃げようとする客を掻き分け、鮎川は右往左往する仕出し途中であろう台屋を突き飛ばした。台がひっくり返って料理や飾りが散らばる。慌てた台屋が地に這《は》いつくばって進路を塞いだ。

彦弥は飛んで軒を摑むと、身を振って台屋の頭上を飛び越える。遊女の艶《なま》めかしい声援が飛ぶ中、彦弥は三間の距離で迫っている。

「くそ！」

鮎川はちらりと見て咆哮すると、狭い路地に飛び込み、山のように積み上げられた桶《おけ》を駆け上って再び屋根に立った。衝撃で桶が音を立てて崩れる中、鮎川はこちらを見下ろして不敵《ふてき》に笑った。足場なくして流石《さすが》に二階までは上がれない。

「諦めろ」

「うちは諦めねえが信条だ」

彦弥は壁を蹴ると、手足全てを駆使して反対側の壁を突き放し、その反動でさらにもう一度元の壁を蹴り、またもう一度、球が跳ねるようにして上に昇り軒を摑んだ。

「縞天狗かよ……」

鮎川は青ざめて身を翻す。

「冴だ。馬鹿野郎」

彦弥は屋根に身を引き上げると、ぼそりと呟いてすぐに後を追った。付かず離れず、鮎川、彦弥は行く。決して文を燃やす間を与えない。

騒ぎはさらに拡大しており、下から指を差して見上げる者が溢《あふ》れていた。火事に気付いていないのか、酔っぱらった客などは、忍者が出たと馬鹿笑いしている。道だけが道ではない。屋根に、壁に、そして空に道を作り、吉原を縦横《じゅうおう》無尽に駆け抜けた。

——こいつ……。

彦弥は鮎川がどこへ向かっているのかようやく解った。吉原を対角に向かって突っ切っているのである。そこにあるのは江戸町二丁目。茫と空を焦がしている場所。火事が起こっているのだと彦弥は見抜いていた。

行燈《あんどん》や提灯《ちょうちん》を拾う間が無いと見て、火事の焰《ほのお》に投げ込むつもりなのだ。火事場に近付くと、見慣れた藍色半纏が見えた。

「彦弥さん！」

下からそう呼ぶ声も聞こえた。

「信太！　そいつを止めろ！」

燃える妓楼を背景に、屋根の上で己に代わり纏を振る信太がいる。信太が纏を離して身構えようとした時、鮎川はその右脇を夜風の如くすり抜けた。ほぼ同時に彦弥も駆け抜ける。

「勝ったぞ！」

焔は夜の空気を掻き乱し、降る雪は舞い踊っている。屋根の端に辿り着いた鮎川は、火を目前に勝利の叫びを発した。

鮎川が文を炎へ投げた。

――それは雪空を舞う白い蝶のように見えた。

紅い光に魅せられたかのように、ひらひらと飛んで行く。蝶が焔に喰われんとしたその時。

「時里がな！」

彦弥の手が文を摑んでいた。愕然《がくぜん》とする鮎川の顔が見えた。

視線を行く先に向けた。彦弥の目に映るのは深紅の炎だけである。文を引き寄せて半纏の中に隠し、焰の壁を突き破る。身を焦がす熱さを通り過ぎた時、瞼の裏に女の後姿が見えた。見たことのない女である。

——誇ってくれていいぜ。

彦弥は天地も解らぬ世界で口元を緩めた。

躰に猛牛に撥ねられたような衝撃が走り、砂埃を舞い上げて地を滑っていく。どんと背中を打って止まる。向かいの妓楼の板壁に当たったようだ。彦弥は目を閉じたまま、ばたっと手を広げて大の字になり、深く息を吐いた。

「彦弥さん！」

新之助の声が上から聞こえてくる。

「おう……」

「何て無茶するんですか！　六間（約一〇・八メートル）くらい飛んでいましたよ！　動かないで下さい」

激しく擦《す》りむき腕から血が流れていた。彦弥は懐から文を取り出して手渡した。

「これ、頼むわ。失くすなよ」

「手当をします。誰か！」

「早く消せ。死にゃしねえ」

彦弥は笑って見せたが、全身が激しく痛む。雪が降っているのか、それとも己が天に吸い込まれているのか、朦朧《もうろう》とする意識の中、屋根の上で膝を突いて茫然とこちらを見る鮎川が視界に入った。

「帰るぞ……」

聞こえてはいまい。代わりに歯を食い縛って腕を上げると、今来た方角を指差した。

「あいつが黒幕」

新之助の目に殺気が籠《こも》る。次の瞬間には立ち上がり、刀の柄《つか》に手を掛けている。

「大丈夫。もう逃げやしねえよ」

彦弥は確かに見ていた。文を炎に投げ込む瞬間、鮎川が躊躇《ためら》ったことを。その一瞬の隙があったからこそ、己は摑むことが出来たのである。

信太を始めとする纏番、団扇番が鮎川を取り囲む。鮎川は天を見上げていた。

鮎川が己と同じことを考えているのではないか。彦弥にはそう思えて仕方なかった。

四

源吾が碓氷に乗って駆け付けた時、消火はもう最終盤に差し掛かっていた。両側の棟はしっかりと取り壊され、新庄藩、吉原火消の竜吐水《りゆうどすい》が絶え間なく水を噴き、壊し手も玄蕃桶《げんばおけ》、手桶を使い、残る炎に止めを刺している。

「御頭！」

真っ先に気付いて武蔵が呼びかけてきた。

「どうなった？」

「無茶しやがる。あれ」

武蔵は親指を立てて指した。皆が消火に当たっている傍《かたわ》らで、数人の鳶に囲まれて項垂《うなだ》れる鮎川の姿を見つけた。そのすぐ脇には彦弥が、額に腕を置いて死んだように仰臥している。

「死んでねえよな……？」

「ああ、でも死ぬかと思ったぜ」

鮎川が炎に文を投げ入れ、それを追って屋根から彦弥が飛び出したというのだ。二丈六尺（約七・八メートル）はある高さから飛び、炎の中を落下して六間先まで横滑りし、板壁に衝突してようやく止まったらしい。

「怪我《けが》は……」

「それが全身の擦り傷と、背中の打ち傷だけ。骨も折れてねえっていうから、よっぽど丈夫なんだろうよ」

源吾は彦弥の元へ歩み寄った。

「よくやってくれた」

彦弥は腕をずらし、片目だけ開けた。

「御頭か……文は新之助が預かっていやす」

「解った。躰は痛むか？」

「ちいとだけ。受け身を取りましたんで、三日も寝れば治ります」

「ったく……そこまで無茶しろとは言ってねえだろ」

命があればこそ、このように呆れることも出来る。内心では胸を撫《な》で下ろしていた。

「いーや。御頭は行けって言ったぜ」

「言ったな」

「あいつ、かなり速かったんですよ」

確かに鮎川の動きは彦弥に匹敵していた。両者ほぼ互角、執念の分だけ彦弥が上回ったというところか。

「文は読んだか？」

「先生が。鮎川からの指示があり、証拠になるとのことです」

「そうか。あとは火が消えれば一件落着か」

あともう一押しというところである。新之助が采配代わりの鳶口を振って指揮を執っている。

「最後まで気を抜かないで下さい！」

配下に向けて新之助が雄々《おお》しく吠える。

「おお、よく解ってるじゃねえか」

源吾は感心したが、彦弥は声に出して笑う。

「どうでしょうね？」

「最後まで気を抜いちゃ駄目ですよ！」

さらに吉原火消に向けても指示を出すと、今度は再び新庄藩火消に向き直り、今一度叫んだ。

「最後まで気持ちを切らさないで！」

「あいつ馬鹿の一つ覚えみてえに……」

「そうなんです」

源吾が舌打ちし、彦弥はからりと笑う。

「おい、無理はするな。寝ておけ」

彦弥が顔を歪めながら身を起こしたのである。軽口を叩いていた先ほどまでと違い、その表情は真剣そのものであった。

「御頭、頼みがあります」

「ああ。解っている」

彦弥は片手を額に当てて拝むようにしてみせた。独断があったとはいえ、今回は彦弥の大金星である。最後までその矜持を全《まつと》うさせてやるつもりだ。

五

完全に鎮火した後、星十郎と武蔵に後の始末を任せて、源吾は醒ヶ井に向かった。同行者は新之助、寅次郎、矢吉、そして彦弥と鮎川である。

万が一、鮎川が逃亡を図らぬようにと源吾と新之助で両脇を抱えて連れて行く。彦弥はというと、寅次郎と矢吉の肩を借り、覚束《おぼつか》ない足取りで歩いていた。

「寅、ちっと低くなってくれよ。高さが違い過ぎる」

「勝手ばかりして、我儘《わがまま》言うな」

寅次郎が苦笑すると、彦弥は矢吉のほうへ向き直る。

「矢吉、今すぐ背を伸ばせ」

「勘弁して下さいよ」

矢吉は困り顔になって出来るだけ肩を持ち上げてやる。

雪は随分小降りとなり、月も西に大きく傾き、吉原を取り囲む塀に一部が隠れるようになっている。

醒ヶ井に着くと鳩五郎はぎょっとした顔になるが、もう何も文句を言わず渋々《しぶしぶ》といった様子で階段に手を向けた。二階に上がり、源吾が時里の居室の襖を開けた。

「松永様……」

時里の手を握っている花菊が振り向く。ずっと側についていてやったらしい。

源吾は道を譲り、脚を引きずりながら彦弥が前に立つ。

「時里、約束は守ったぜ」

彦弥は小指を立ててげんまんの動きをしてみせると、鮎川の手を引っ張り、どんと背を押して部屋の中に入れた。鮎川は項垂れたままである。

「鮎川様……」

「ああ」

時里の呼びかけに答える鮎川の唇が震えている。

「酷いお顔。初めて逢った時のよう」

「そうだったな」

どんな馴《な》れ初《そ》めがあったのか、二人にしか解らない。時里の頰には幾筋もの涙が伝っていた。

「お話があります。これで……」

時里が決意したような顔になり、話し始める。そこでようやく鮎川は顔を上げて遮《さえぎ》るように言った。

「時里、今まで世話になった。これで最後だ」

鮎川は自ら火を付けた訳ではない。その罪はいわば放火の教唆《きょうさ》に当たる。江戸の法度《はっと》は火を付けた当人には火炙《ひあぶ》りという極刑が下されるが、教唆に対しては重い刑を科していない。星十郎が言うには、過去の判例に基づくと島流しに処されるのではないかという。少なくとも十年は島から出られない。出られても江戸に入ることは生涯許されないのである。鮎川は頰を震わせて続けた。

「巻き込んですまない。俺は従わねば殺すと脅したと言う。お前は厳しくとも手鎖百日で済むはずだ」

「何で……」

　時里は絞り出すような声で言う。

「そこからはどこかで幸せに暮らせ」

「勝手を言わないで！」

　時里が叫び、鮎川は口を真一文字に結ぶ。

「私がどこで何をしていても……文句は言わせない」

　鮎川は自らの月代《さかやき》を搔き毟《むし》るようにして震えている。

「ちゃんと罪を償《つぐな》って下さい。私は勝手に待っています」

　時里は濡れた頰を拭うこともなく凜然と言い放った。彦弥は溜息を零して口を開く。

「時里、それがお前の恋のけじめでいいんだな？」

「はい。お別れするつもりでしたが、何だか腹が立ってきて……申し訳ありません」

「誰に言われた訳でもねえ。お前が決めたんだ。文句はねえよ」

鮎川は血が流れるほど唇を嚙みしめ、ぽつりと言った。

「行ってくる」

「はい」

源吾が目配《めくば》せをする。鮎川は新之助と寅次郎に連れられ、階下へ降りて行った。このあと源吾は鮎川の身柄を、奉行所ではなく、火付盗賊改方《ひつけとうぞくあらためかた》の島田に渡そうと思っている。どうしても気に掛かることがあった。

「矢吉、頼めるか」

「はい。大丈夫だと思いますがね」

時里が早まったことをしないか。こちらは矢吉が傍に付き、時間を空けて同じく火盗改《かとうあらため》に連れて行く段取りを決めていた。

矢吉と入れ替わりで花菊が廊下に出て襖をそっと閉めた。

「ありがとうございます」

花菊は源吾と彦弥に向けて深々と礼をした。

「彦弥に言ってくれ。文を奪ったはいいが、危うく死にかけたからな」

「約束だからな」

彦弥は頬をつるりと撫でたが、傷を忘れていたらしく、小さく呻く。

「本当に……ぞっとする」

花菊はくすりと笑ってそう言った。

「ああ、それな。矢吉から聞いたぜ」

「え……」

花菊の顔が一瞬のうちに真っ赤《まっか》に染まる。

「ありがとよ」

彦弥は茶化すように笑い、俯く花菊は耳まで赤くなっている。源吾は何のことか皆目《かいもく》わからず、意味を問うが、何故か二人とも答えようとしない。源吾は眉を顰《ひそ》めてそんな二人を見比べていた。

六

翌日の深夜、源吾は鮎川を連れて大門を潜った。供は提灯を持った小者ただ一人である。

本当ならば昨日の夜にでも火盗改に引き渡したかったが、これには些か訳があった。すでに証拠はこちらが摑んでいるのだ。鮎川は逃げる無駄を悟っている。いや、そうでなくとも、もう逃げることはないだろう。

昨夜、鮎川は過去の全てを吐露《とろ》した。家中では遊女の子、殿に捨てられた子と、散々に陰口を叩かれていたそうだ。周りと馴染むこともなく、百姓や町人の子と遊ぶ幼少期を過ごし、山野に分け入って木登りや、滝から飛び込むなど、大《お》凡《よそ》武家の子らしくない遊びに興じていたという。自身の身軽さはその頃に身に付いたものだと語っていた。

「鮎川家に入ったのは、兄たちと同じ家にいたくなかったからだ」

家老の実子である二人の兄からも、相当に陰険な苛めを受け、

——いつか見ていろ。

と、憤怒の心を持って鮎川家に入った。鮎川家は江戸詰めの火消頭取の家柄である。太平の世で唯一の戦、火事場で勇名を轟《とどろ》かせようとした。

本荘藩上屋敷から吉原は目と鼻の先である。これも業というべきか、鮎川は暇があると吉原へ立ち寄った。

「彦弥と同じだな」

源吾が彦弥の生い立ちを語ると、鮎川は、

「あいつもか……」

と、哀しげに呟いたのが印象的であった。

鮎川はこれも彦弥と同じで、妓楼に揚がろうとはしなかった。母を近くに感じられるような気がする。そんな理由であったらしい。

ある日、旗本の集団と肩がぶつかり喧嘩《けんか》になった。相手は五人、鮎川は奮闘したが袋叩きにあって往来に寝そべっていた。それを助けたのが、時里。二人の出逢いはそのような色気のないものであったらしい。

鮎川はもう一切合切を語るつもりになっており、己が何故この事件を引き起こしたかを話した。

「昨年末、昼見世にはまだ早いと、引手茶屋で一杯呑んでいた時の話だ。いきなり男が俺の前に座った」

その男は鮎川のことを火事場で見たことがあると言い、是非とも酒を奢《おご》らせてくれと持ち掛けてきた。そろそろ時里のところへ行こうとした矢先、男はにこりと笑ってこう言ったという。

――鮎川様は六郷様の落とし子。跡を継ぐのはちと難しいやもしれませんが、家老くらいには取り立てられてもよいとは思いますが。

家中でそのような噂は立っていたし、鮎川もそれを信じていた。しかしこの男は何故それを知っているのか。不気味に感じて席を立とうとした鮎川に男は、

――力を貸して下されば、家老の職と、時里を身請け出来るだけの金をご用意します。

と、切り出したのだという。

「眉唾《まゆつば》かと思ったさ。だが……後日、引手茶屋の同じ部屋で、千両の金を見せられた」

そして当座の金として五十両を渡されたらしい。これは吉原を外に追いやりたい「さる御方」から出ていると言ったらしい。ここまで聞いて星十郎は頷いた。

源吾も吉原に来てからずっとそのことを考えていたのである。

──これは一橋《ひとつばし》ではないか。

と、いうことである。吉原から上がる莫大な税は幕府の重要な財源になっている。ではその税が断たれて一番困るのは誰か。幕府の改革を一手に推し進めている老中田沼である。しかも深雪が言うには、田沼の改革は今が正念場らしい。ここで吉原からの税が断たれれば、改革は頓挫《とんざ》し得るのではないか。それを企《たくら》む者と言えば、源吾が知る限り一橋しかいない。これらは星十郎と導き出した仮説である。

鮎川は吉原という「町」が燃えることには疑問を持たなかった。むしろ同じく吉原を憎《にく》む者たちと一緒に、世直しをしている気ですらあった。

遊女を傷付けずに町だけを燃やす。これは火の動き、風読みに長けた火消の己にしか出来ぬ使命と思うようにした。何度再建されても、また焼き払ってやると覚悟を決めていた。

しかし、梅毒に冒《おか》された遊女が、当初の予定を変え、自らの命も共に燃やした時に初めて、

──他に救う道はないのか……。

と、葛藤するようになったらしい。だがもう戻れない。時里だけでも救う。そ

の一心で最後までやり遂げようと思ったという。

「鮎川……」

日本堤を歩いて暫く経った時、源吾は小声で呼んだ。虫も鳴かない季節である。吐息まで聞き分ける自信がある。鮎川には事前に全てを伝えてある。時里のことを危惧《きぐ》して、鮎川はこれにも協力を惜しまなかった。

「ああ」

堤の下からのそりと影が上がってきたのである。この不審火の下手人を次々に斬っている人斬りである。男は大振りの唐笠を被っていた。もう正体を隠す気はないのだろう。

「出やがったな」

源吾は立ち止まると、鮎川を後ろへ押しやる。

「松永殿、その者をこちらへお渡し下さい」

声も先日耳にしたものと符合する。

「日名塚要人《ひなづかかなめ》」

要人はくいと唐笠を上げた。今宵は十六夜《いざよい》、昨夜と違って雲が多く月明かりも弱い。それでも眼光が鋭《するど》いことだけは見て取れる。

「もう一度申し上げる。鮎川をこちらへ」

　要人は流れるような所作《しょさ》で腰へ手を移した。

「私はあなた方の敵ではない……お前はそう言ったな」

「はい」

「その意味がようやく解った」

「それならば話は早い。断る理由もありますまい」

　要人は柄から離した手で招く仕草をした。

「断る」

「困りましたな。そのままお伝えしても？」

「直《じか》に俺が言ってやる」

　要人は細く息を吐くと、すらりと刀を抜き払った。

「出来るだけ……怪我をさせぬよう配慮致します」

　要人は刀を横車に構え、地を蹴って踏み込んで来た。明らかに己より勝る相手に、源吾は震える躰を叱咤《しった》して一歩前に出た。

「こっちこそ」

　小者は、いや小者に変装した新之助はそう呟く。それと同時に提灯を投げ捨て、源吾の腰に収まっている長綱の柄に手を掛けた。源吾は万歳をしている無様な恰好である。

腰間《ようかん》から光芒が放たれる。一気に抜かれた長綱は、月下に煌《きら》めき、横から縦の動きへと変じた。要人が繰り出した横薙《な》ぎを叩き落とす。要人はすかさず鋩《きっさき》を地に擦るように引くと、腕を旋回させて唐竹割に打ち込んだ。新之助は鍔《つば》元でそれを受けると、旋風のような足払いを仕掛けた。要人が飛び退《の》き、地を踏む刹那、新之助の斬撃が要人に向けて走る。

「やられましたな……流石、府下十傑」

長綱の刃が要人の首にぴったりとつけられている。薄皮一枚切れたのか、つと筋のように血が流れた。

「刀を捨てて下さい」

要人は素直に刀を落とす。

「脇差も抜いて貰います。あなた、居合も遣るでしょう？」

「なるほど。私は嵌《は》められた訳ですか」

「おい、手はゆっくり動かせ。殺気が消えちゃあいない」

新之助が低く凄《すご》むように言った。

「買い被りですよ」

要人はゆっくりと手を動かし、脇差を鞘ごと抜いて地に転がした。

「日名塚、お前は公儀隠密《こうぎおんみつ》だな」

源吾が問うと、要人はやや首を傾けた。新之助の刀はそれもしっかりと追って離れない。

「実に想像が逞《たくま》しい」

「加賀、熊本、米沢、仁正寺……町方じゃあ、に組、よ組、い組。方々《ほうぼう》に訊きに走らせたが、主だった者でお前を知っている者は皆無《かいむ》だった」

一時帰宅した時、新之助と武蔵に日名塚要人を調べるように命じていた。左門の協力も得て、各藩、町火消に聞き込ませたが、誰も要人のことを知らないと言う。無言を貫《つらぬ》く要人に、源吾は続けた。

「明和の大火の後、日名塚要人は諏訪家を辞した。大火で妻と二人の子が死に、それに心を痛め、常陸《ひたち》の郷士の養子に入った弟の元に身を寄せ、田畑を耕して菩《ぼ》提《だい》を弔《とむら》うつもりだったようだ」

「よくお調べで。確かに常陸に行こうと思いました。しかしそれでは妻子は報《むく》われぬと思い直し、戸田家に仕官……」

「日名塚要人は死んだよ。常陸に向かう途中、旅籠で腹痛を訴えて。これは本当に病だったようだ」

要人は口を噤《つぐ》んでいる。源吾はさらに続けた。

「地味な火消だったらしいな。さっきは誰も知らないと言ったが、ただ一人だけ面識のある者がいた。あ組の馬鹿……晴太郎《せいたろう》だよ。互いによく腹を下すとかで、おなじ漢方の店に通っていたらしいじゃねえか」

「これは、奉行所も顔負けですな。確かに私は腹が……」

「日名塚要人。齢《よわい》三十五、身丈五尺二寸（一五六センチメートル）。顔に痘痕《あばた》、垂れ眉、団子鼻《だんごばな》、痘痕に引け目を抱いており大きな菅笠をいつも被っている……当て嵌まるのは笠だけだが？」

要人は溜息をついて苦笑した。

「あなた方が買われるはずだ」

源吾の指示で新之助が刀をゆっくりと引く。

「拾《ひろ》っても？」

捨てた刀のことである。

「俺が届けてやる」

要人は唐笠をぽんと叩くと、後ろ向きに歩み始め、四、五歩進んだところで身を翻した。新之助は刀を正眼《せいがん》に構えて気を抜いていない。風に煽《あお》られた雲が月を隠す。唐笠の鍔に付けられた布が揺れる。要人、いや要人を騙《かた》る何者かは、そのまま振り返ることなく立ち去って行った。

七

鮎川の刑が確定したのは十日後の如月も終わろうかという頃であった。八丈島への島流し。異例の早さである。鮎川を連れて行った時の島田は、お前が俺に手柄を渡すとは、これは何かの罠《わな》ではないかと、目を白黒させていた。島田は上からの命で人斬り、つまりは日名塚要人を追っていた。こちらは島田には挙げられなかった。そこで火付けの黒幕を捕縛したのは、島田にとっては渡りに舟という訳である。鮎川の自供により、それぞれの火付けの実行役も全て捕えた。自らを焼いた遊女を除き死人が出なかったこと、事件が吉原で起こり、特殊であったことも鑑《かんが》みて、皆が島流しで落着した。

要人のことは語らなかった。証拠が十分に揃っていないということもある。それに源吾はどうしても自ら確かめたかったのである。

——急ぎ、お目通り願いたい。

と、源吾が文を書いたのはその頃である。相手も何のことか察しがついたようで、場所を指定してきた。日本橋《にほんばし》の料亭「楢山《ならやま》」である。以前、新之助に奢《おご》って痛い目を見た店であった。

源吾が楢山に行くと、話が付いているようで最も奥の部屋に通された。四半刻ほど待っていると、廊下を歩く跫音が聞こえ、やがて部屋の前で止まった。襖がするりと開く。

「待たせた」

「田沼様……」

暫《しば》し向かい合って互いに口を利《き》かなかった。膳や酒が運ばれてきたが、これにもどちらも手を付けない。初めに口を開いたのは源吾であった。

「これを」

大判の風呂敷に包んで持参した。日名塚要人の両刀である。大刀のほうは鞘の代わりに晒《さらし》を巻き付けてある。

「会ったか」

田沼は顔色を変えずに言う。

「はい。鮎川が斬られそうになるのを、うちの鳥越が防ぎました」

田沼はまた押し黙る。源吾は丹田《たんでん》に力を込めて待った。

「日名塚は儂《わし》の差し金じゃ」

やはりそうであった。ようは田沼の手駒の一つということである。

「田沼様は私どもを派す前に、すでに日名塚を送っていた……存念をお聞かせ願いたい」

「吉原を守らねばならず、日名塚を送ったが、下手人は一向に摑めなかった。それでお主らを頼ったのだ」

「吉原……それはそこに暮らす人々ではなく、吉原から上がる実入りでしょう」

田沼はじっとこちらを見るだけで否定しなかった。改革のために金が必要。吉原は大きな財源。綺麗ごとではないことは源吾にも解る。しかし何故、下手人を殺さなければならない。己らはそれを炙り出すために利用されたのではないか。黙る田沼に向け、源吾は堰《せき》を切ったように話した。

「三と七。儂が三で公が七。五分五分とはいかん。正直なところ押されておる」

田沼と一橋の政争の話と分かった。

「だから……」

「これ以上押される訳にはいかん。公の手先を刈り取れば、恐れをなして寝返る者もいよう」

一橋に与《くみ》するならば、それは死を意味する。その示威《じい》行為であったということか。

「長谷川様がここにおられれば何と申されるか……」

源吾は拳《こぶし》を強く握りしめる。先代平蔵はどんな下手人も生かして捕え、刑に服させようとした。それが結果的に死罪となろうとも、己が裁くことではないと。

平蔵と田沼は志《こころざし》を共にしていたと聞いている。だからこそ平蔵のことが思われた。

「その長谷川を失ったのが殊《こと》の外《ほか》大きかった。子息もなかなかの男らしいが、火盗改に推挙するにはまだ若い。江戸、京ともに、公の息の掛かった者が日に日に増えておる……悠長《ゆうちょう》なことはしておれんのだ」

「しかし……田沼様は――」

「松永、ちと考え違いをしていやせんか」

源吾が前のめりになるが、田沼は威厳の籠《こも》った声で制して続けた。

「儂は善人などではない」

「江戸に暮らす者は皆我が子……そう仰《おつしや》ったではありませんか！」

「千人の子の安寧《あんねい》を守るため、一人を斬らねばならぬ時もある」

しかし火消は常に目の前の「一」しか見ていない。「千」という数はあくまでその積み重ねである。田沼の言う政《まつりごと》がそうならば、本質的には相容れないのかもしれない。田沼は肩の力を抜いて問うた。

「では訊こう。千人の籠る屋敷、一人が暮らす小屋、どちらかしか救えぬならば、お主はどちらを救う」

「どちらも」

「それは綺麗ごとよ。選ばなくてはならぬのだ」

「その綺麗ごとを諦めぬのが火消です。千と一人を救うため、自らの命を懸けます」

「そうか……」

田沼はそう言って再び押し黙った。

「田沼様の夢のためならば、私は手駒にでも何でもなりましょう。しかし、このようなことを続けなさるなら、お手伝い出来かねます」

暫し無言の時が流れた。

「のう、松永」

田沼は源吾の視線に堪えかねたように欄間《らんま》のほうへ目をやると、鉋《かんな》を掛けるような乾いた声で言った。

「次に生まれてくる時は、儂は火消になりたいのう……」

熱意、苦悶《くもん》、悲哀《ひあい》、その一切を抱え込み、己の中だけで折り合いをつけねばならない。一国の宰相《さいしょう》とはこうも苦しいものか。そう思うほど田沼の顔は酷く疲れ果てているように見え、源吾もそれ以上は何も言えなかった。

次の非番の日、久方ぶりに皆を自宅に集めた。約束は申《さる》の下刻であるが、新之助は一刻も早く来て、飽きもせずに平志郎を眺めており、深雪としても支度に専念出来ると大層喜んでいる。

源吾はというと、あまり誰も気にかけてくれないが、書類が山積でその処理に追われており、その点でも新之助が見てくれているのはありがたい。

「御頭、手伝いましょうか?」

軽い調子の新之助に、源吾は文机《ふづくえ》に向かい、振り返りもせずに答えた。

「余計に時が掛かる。平志郎を頼む」

「そういえば、時里さんの刑が決まったそうですね」

「ああ、鮎川も惚れていたってのは、本当だったみたいだな」

鮎川は時里を散々に脅して利用したと証言した。それで情状酌量《じようじようしやくりよう》され、手鎖八十日に減刑された。さらに鮎川は本荘藩に対しても手を打っていた。詮議において、自室の棚の中を見ろと言い、言われた通りに改めたところ、

――故あって出奔《しゆつぽん》致します。

と、短い文が隠されていたという。日付は無い。だが鮎川は当日には出奔していたと断固言い張り、それが容《い》れられることとなった。よって本荘藩も咎めを受けないで済むことになった。

「時里さん、行くところあるんですかね?」

ふいに新之助が心配そうに訊いてくる。

「品川の宿に伝手《つて》があるらしく、そこで働かせて貰えると聞いた」

「それはよかった。やっぱり……待つんですかね?」

「どうだろうな。こればっかりはな」

気持ちが変わることもあるかもしれない。仮にそうなっても誰も責めることは

出来まい。鮎川も同じであろう。時里が幸せに暮らすことを一番望んでいるのは鮎川ではないか。

「待っていて欲しいな」

源吾は口元を緩めて筆を走らせた。恋とはそうあって欲しい。そう言っているように聞こえたからである。

予定の時刻になると、皆が続々と集まって来て、いつものように鍋を囲む。深雪が運んで来た鍋の蓋を取ると、皆から感嘆の声が上がった。

「これは何て鍋ですかい？」

武蔵が声を弾ませて問う。

「すけとの沖汁《おきじる》。越後の鍋です」

深雪の解説に依ると、介党鱈《すけとうだら》をぶつ切りにし、芹《せり》と一緒に味噌《みそ》で煮込んだだけの野趣《やしゆ》溢《あふ》れる鍋なのだという。

「へえ、奥方様は越後の方にもお知り合いが？」

「いいえ。彦弥さんからの又聞きです」

深雪がそう言うと、星十郎は思い出したように口を開いた。

「そういえば、本日からですか」

今日は彦弥がいないのである。鮎川の刑が定まった翌日、彦弥からある申し出があった。暫し暇を貰えないかというのである。脚の療養も兼ねて行きたいところがあるらしい。山城座のほうも、脚が完全に治るまでは軽業をさせられないということで、これを認めてくれたらしい。早ければ一月《ひと》、遅くても二月《ふた》で一度戻ると彦弥は約束した。源吾がどこへ行くのかと尋ねると、彦弥は曖昧《あいまい》な笑みを零して行き先を告げた。それに源吾が許可したことで、彦弥は本日の夜から発《た》つことになっていた。

「今日のお代はお幾らですか？」

新之助はとっくに畳の上に財布を取り出している。武蔵、星十郎も懐から取り出し、源吾が取りに行こうと腰を浮かせた時、深雪と寅次郎の咳払いが重なった。片や高く、片や低い、それが案外心地よく混じっている。

「昨日、彦弥が儂のところに来て金を置いていきました。先刻奥方様に……」

「はい。二分金一枚」

「げ、越後鍋ってそんなに高いのですか？」

新之助は顔を引き攣《つ》らせる。二分金二枚で一両なのだから確かに高すぎる。寅次郎は微笑《ほほえ》みを浮かべて言った。

「奥方様の言いつけを破ってしまったから、これで勘弁して下さい。皆にも迷惑かけちまった……と」

いつの間にか深雪の手に二分金が摘まれている。

「しかしこれは頂けません。皆様、よくお働きになったので、今日はご馳走《ちそう》しようと考えていましたもの」

新之助はぱっと表情を明るくさせた。

「じゃあ、皆で小諸屋食べ放題と行きますか」

「それもいいですね。彦弥さんが戻ったら」

深雪も珍しく新之助に同調してくすりと笑う。

「湯屋帰りとかどうですか？　もしかしたら御頭や奥方の作った桶があるかもしれない」

新之助は湯屋も好きらしく、先日、湯屋の話が出てからというものずっと話している。湯屋の桶の内職をしていた時、深雪は吉原の桶の消耗が早いことを耳にし、それを覚えていたからこそ事件の糸口を摑めた。

「それにしても……よくそんな昔のことを覚えていたな」

源吾は桶を作ったことも言われるまですっかり忘れていた。深雪も貧しい時の記憶など消し去りたいと思っていても不思議ではないのだ。

「あれはあれで楽しい日々でございましたもの」

妻は微笑み、夫はこめかみを掻《か》き苦笑する。いや、今は母と父か。それを見て皆が口を綻《ほころ》ばせた。

「まあ、あの頃の旦那《だんな》様は私とあまり口を利いて下さいませんでしたが」

ちくりと言われ、源吾は恐縮する。

「それは最低ですね」

「俺が馬鹿だったんだよ」

新之助も深雪に加勢し、源吾は素直に詫びつつ格子戸《こうしど》へ目をやった。己に似て馬鹿な配下を持ったものだと思う。いや火消は皆そうと相場が決まっているから当然か。そもそも男という生き物が馬鹿の集まりなのかもしれない。間もなく弥生《やよい》（三月）に入る。もう今年は雪も降らないだろう。彦弥の旅路は随分と楽になる。そのようなことに思いを馳《は》せ、源吾は小さく片笑んだ。

終章

花菊は紙で蛙《かわず》を折っていた。あの事件の翌日も醒ヶ井は何事もなく営業を始めた。月の終わりは商家も集金などで何かと忙しく、今日になってようやく客も途切れた。故《ゆえ》に暇が出来て折り紙を始めたのだ。

「出来た」

花菊は畳に息を落とすように言った。紙で作った蛙に針を刺し、隠す。このまじないにどんな意味があるのかは解らないが、少なくとも前回は効果があった。

「蛙」

独り言である。ぴょんぴょん跳ねる様《さま》は少し似ているかもしれない。そう思うと針を刺すのが少し忍びなく、束《つか》の間《ま》それをかざして見つめていた。

――こん。

何か物音がした気がして、花菊は振り返った。しかし当然ながら誰もいない。

気のせいだったかと、針を取ろうと腰を浮かせた時、再び音が聞こえた。

——こん、こん。

間違いではない。確かにしている。しかも妓楼の外からである。

「お化け……」

花菊は折り紙の蛙を胸に引き寄せた。ここは二階なのだ。しかも格子戸になっており、外が見えるが人影はない。悪戯で石を投げたなども考えられたが、それにしては音が優しいのも気になった。

「誰⁉」

呼びかけたが答えはない。もしかしたら国元の父母に何かあり、魂《たましい》だけでも飛んできてくれたのかもしれない。その考えに至った時、花菊は急いで窓に近づき格子戸を開けた。やはり誰もいない。外には提灯《ちょうちん》に彩られたいつものこの町が広がっているのみである。

「よう」

上から大きな影が下がってきた。

「きゃあ！」

天からお化けが降って来たと思い、花菊は思わず悲鳴を上げた。

「しっ――」

お化けは口に手を当てて息を漏らす。いやお化けではない。彦弥である。

「どうなってるのそれ……」

花菊は驚きのあまり口を押さえて尋ねた。彦弥は吊るされたように逆様《さかさま》になっているのだ。

「屋根に脚を引っかけてんだよ」

「ああ……それで」

花菊が得心《とくしん》した時、悲鳴を聞きつけた若い者が、襖の向こうから何かあったかと訊いてきた。

「蝶《ちょう》が入って来て驚いただけです。もう出て行きました」

我ながら苦しい言い訳だと思ったが、若い者は何とかそれで納得してくれたようで下がっていった。

「何⁉」

花菊はもう自分が花魁などという意識はどこかにすっ飛んでいる。この男の前に出るとそうなってしまうのだ。

「金が無《ね》えから揚がれやしねえ。ちょっと待ってろ」

彦弥は腹に力を入れて身を引き起こし、花菊の視界から消えた。

「ほれ」

「きゃ――」

花菊は慌てて両手で口を塞いだ。また驚いて声を上げそうになったのである。彦弥の両手に盛蕎麦《もりそば》の蒸籠《せいろ》が摑まれていたのである。当然ながらこちらは逆さではない。

「何……どういうこと？」

「小諸屋の蕎麦。あそこは出前やってねえから。俺がな」

確かに花菊が望み、彦弥が請け負ってくれたことの一つである。

「受け取ってくれ。待ってろよ。つゆもあるから」

彦弥はまた身を引き起こして消えると、今度は銚子と蕎麦猪口《ちょこ》を持って戻ってきた。口に箸《はし》が咥《くわ》えられている用意周到振りである。

「ふふ……ありがとう」

銚子と猪口を受け取って一度中へ置くと、箸をそっと口から取る。

「残念」

「何、言っているの」

花菊は可笑しくなって笑った。

「じゃあ、行くな」

「どこへ?」

「越後」

「え……」

「だいたいの場所は聞いたからな。親父さん、御袋さんを捜してみる。すぐに連れて来るって訳にはいかねえだろうが……まずは無事を確かめねえとな」

彦弥が言い終わる時、花菊は思わず抱きしめてしまっていた。

「揺らすな。落ちる——」

「落ちても構わない」

「馬鹿言うな」

彦弥が手をばたつかせるので、花菊はゆっくりと離れた。

「ありがとう……」

「これで三つ目だ。あとは二つ。上野の桜なあ……これも難しいよな」

花菊は目尻を指でなぞり首を横に振った。

「あと一つ」

彦弥は逆様のまま指で自分の鼻をちょいと弾いた。

「そうか」

この人は本当に解っているのだろうか。花菊がそう考えた時、彦弥の懐から何かが零れ落ちた。あっと手を伸ばしたが、それは宙で止まっている。首に掛けた木札である。

「これ……手作り？」

「ああ、貰った」

「女の方？」

「当たり」

「懸命に作ったのでしょうね。伝わってくる」

「よく解ってるじゃねえか」

「恋敵《こいがたき》ね」

蝶の羽音ほどの小声である。

「え？　何て？」

「ううん」

「悪《わり》い……もう限界だ」

彦弥の顔が紅潮している。逆さ吊りのようになっているのだから無理もない。彦弥は片目を瞑《つむ》るように顔を顰《しか》めて言った。

「——佳乃《よしの》、行ってくる」

花菊となる前の名。父母が付けた名で、彦弥が呼んでくれたことが、何より嬉しく感じた。春が来たかのように、胸が温かくなるのを感じた。

「はい。待っています」

そして、空に吸い込まれるように彦弥は消えた。

まるで夢を見ていたような思いがした。しかし部屋の中に目をやると確かに蕎麦も銚子もある。夢ならばもう少し艶《つや》っぽいものを贈るに違いない。

「食べた後、どうすんのよ」

花菊は苦笑した。そのことまでは頭が回らないのが、何ともあの人らしい。花菊はもう一度外を眺めた。張見世では遊女が手招きをし、鼻の下を伸ばした冷やかしが足を止める。どこかの妓楼に運ぶのだろう台屋が飾り立てられた大きな盆を頭に載せている。清掻《すががき》の音色、やわらかな光を放つ提灯、吉原は今日も変わらず華やいでいる。見慣れた光景と一つ違うのは、向かいの妓楼の屋根に影が降り立っていることだけ。まるで泥棒みたいに腰を屈《かが》めているのを見て、花菊はくすりと笑った。

「ありがとう」

　折り紙の蛙に感謝を言う。先ほどは蛙に似ていると思ったが、それにしては跳ねすぎる。ふわりと舞う様は、やはりどちらかというと蝶に似ていた。今度は蝶を作ろう。そのような子ども染《じ》みたことを考え、花菊は眠らぬ町に舞う蝶の影をいつまでも見つめていた。

参考文献

『江戸の火事と火消』山本純美著（河出書房新社　一九九三年）
『火縄銃から黒船まで―江戸時代技術史』奥村正二著（岩波書店　一九七〇年）
『江戸の火事』黒木喬著（同成社　一九九九年）
『図説　吉原事典』永井義男著（朝日新聞出版　二〇一五年）
『江戸吉原図聚』三谷一馬著（中央公論新社　一九九二年）
『吉原という異界』塩見鮮一郎著（河出書房新社　二〇一五年）

解説――「俺にも書かせろ」文芸評論家が手をこまねく作品

文芸評論家　縄田一男《なわたかずお》

東映時代劇全盛期の昭和三十年代のこと。大友柳太朗《おおともりゅうたろう》主演の「丹下左膳《たんげさぜん》」で、柳生源三郎《やぎゅうげんざぶろう》に扮した大川橋蔵《おおかわはしぞう》が、刺客《しかく》の一団に取り囲まれて危機一髪――と、そこへ雷鳴響く夜陰《やいん》をついて駈け込んで来た左膳が、隻眼隻手《せきがんせきしゅ》でニヤリと笑って、只《ただ》一言、

「俺にも斬《き》らせろ」

実に痛快極まりない場面である。

が、この台詞《せりふ》が痛快に思えぬ男がいた。

それが、かくいう私である。

今村翔吾の〈羽州《うしゅう》ぼろ鳶《とび》組〉が刊行されるたびに、簡単な書評では扱ってきたものの、いつになったら解説がまわってくるのか――。

正にうずうずと手をこまねいて、

「俺にも書かせろ」

という思いにずっと駆られてきたのである。

そして、とうとう、そのときがやってきた。シリーズ第六巻の本書『夢胡蝶《ゆめこちょう》』である。

ここで、何故《なぜ》、私がこれほど興奮しているかといえば、この〈羽州ぼろ鳶組〉シリーズ、第一巻の『火喰鳥《ひくいどり》』が刊行されるや、その面白さにたちまちにして皆が瞠目《どうもく》し、その後、『夜哭烏《よなきがらす》』『九紋龍《くもんりゅう》』『鬼煙管《おにきせる》』『菩薩花《ぼさつばな》』と、矢継ぎ早に続篇が刊行されて、今回で六巻目、圧倒的反響を呼ぶに至ったのである。

では、何がそんなに面白いのかといえば、本シリーズは、久々の〈火消〉ものの復活だったのである。〈火消〉ものといえば、古くは講談の『野狐三次《のぎつねさんじ》』や、これを小説化した村上元三《むらかみげんぞう》の『野狐笛《やこぶえ》』等があったが、それらがもてはやされたのが、昭和三十年代前半頃まで。その後は、とんと書かれなくなってしまった。

それでも、平成の世に入ってから書かれた〈火消〉ものも皆無《かいむ》ではない。これらについては第五巻『菩薩花』巻末の末國善己《すえくによしみ》の解説を参照されたい。しかしながら、それらの作品は、どれも単発でしかなかった。

私の知る限り、〈羽州ぼろ鳶組〉は、〈火消〉もの、初の連作なのである。では、その面白さは、と元に戻ると、まず、魅力的な主人公たちの設定である。主人公・松永源吾《まつながげんご》は、出羽新庄《でわしんじょう》藩の火消頭取。だが、新庄藩が極めて貧乏なため、人集めにも苦労する。その源吾のもとに集まったのは、元相撲《すもう》取り荒神山《こうじんやま》寅次郎《とらじろう》、軽業師《かるわざし》の彦弥《ひこや》、風を読む名人、加持星十郎《かじせいじゅうろう》、剣には強いが火消はからきしの鳥越新之助《とりごえしんのすけ》ら――彼らは正味で源吾に命を預けているのだ。そして各々《おのおの》が、適材適所、縦横無尽《じゅうおうむじん》の活躍をするのである。

面白いのは、作中人物だけではない。これまで発表されてきた各巻には必ず推理小説的趣向が盛り込まれており、これがかなり本格的なのだ。

さらに、「火事と喧嘩《けんか》は江戸の華」というように、〈火消〉ものに欠かせないのが、その消火活動である。これが正に迫力満点。そしてこれにも増してすばらしいのは、その紅蓮《ぐれん》の炎の中ではじまる善玉、悪玉の対決だ――いや、善玉、悪玉といったが、そんなものではない。ときには、三つ巴、四つ巴《どもえ》の争闘が繰り広げられるのだから、これはもうたまらない。手に汗握るというのはこのことだ。

さらに、各巻に登場し、やがて準レギュラーからレギュラーになっていくであろう、スペシャルゲストスターたち。

そしてこれだけ盛り込んでも作者は、余裕の筆致《ひっち》で物語を閉じていくのである。こうして書けば、私がこのシリーズにどれだけ惚《ほ》れ込んでいるかが了解されよう。が、惚れ込んでいるのは私だけではない。〈羽州ぼろ鳶組〉が全国の書店で圧倒的な売り上げを誇っていることからも、それは察せられる。しかも面白さは巻を重ねるごとに右肩上がり。

だから、私が、

「俺にも書かせろ」

と、手ぐすねひいて待っていたのも、これでお分かりだろう。いま現在、このシリーズの解説を頼まれて断わる文芸評論家は、まずいないと思われる。

さて、ここからは、本書の解説に入るが、幾つか作品の核心に触れねばならないので、解説を先に読んでいる方は、それより何十倍も面白い、本文の方に取りかかっていただきたい。

『夢胡蝶』の発端《ほったん》は、女好きの彦弥が妙に内省的になっているという、なかなか微笑《ほほえ》ましい場面で幕があく。

と、それも束《つか》の間《ま》、彦弥は、吉原《よしわら》の妓楼《ぎろう》「醒《さめ》ケ井《がい》」の火事を見つけ、二階でいっそ焼け死んでしまおうか、と考えていた花魁《おいらん》・花菊《はなぎく》と出会う。当然、彦弥はこれは何とかしなければと思うが、その際、花菊は、約束を叶えてくれるならおとなしくいうことをきくという。その約束とは、一、故郷越後《えちご》にいる父母にもう一度会いたい。一、評判の小諸屋《こもろや》の蕎麦《そば》が食べたい。一、町娘が熱を上げる鳶《とび》の活躍が見たい。一、皆と同じような恋がしたい等々――彦弥は「まず一つはすぐ叶えられる」といい、花菊を抱いて、下で受け止めようと広げられていた布団《ふとん》に、自《みずか》らを盾《たて》にするかのように背面から飛び降りた。

このことが縁《えん》になり、彦弥は、吉原火消の頭・矢吉《やきち》からスカウトがかかる。

この吉原火消が本書におけるキーワードである。吉原火消は、このシリーズにおける第三の火消ということができる。

これまで〈羽州ぼろ鳶組〉に登場した火消は大きく二つに大別される。

作中にも説明があるが一つは武家火消であり、もう一つは町火消である。

前者は、幕府直属の定《じょう》火消、各大名の持っている八丁火消に大別され、その八丁火消の中から幕府より特別な任務を与えられたものが、寺社や蔵を守る所々《しょしょ》火消や、新庄藩のように城を守ることに専念する方角《ほうがく》火消であり、源吾らは、これに属している。

一方、後者はいろは四十八組あり、幕府が町方に命じて結成させたもので、その費用も町々で負担している。

では、吉原火消とは何か――。

これは、各妓楼が抱えている店《たな》火消のことをいい、それらの集合体のことを吉原火消と称するのであり、別名「火の番」。印半纏《しるしばんてん》、紺《こん》の腹掛《はらが》け、股引《ももひき》、三尺《さんじやく》帯《おび》というでたちで、夜が更《ふ》けると、鉄輪のついた棒をじゃらじゃらと鳴らしつつ「火の用心さっしゃいましょう。二階を回っしゃいましょう」と呼びかけて火の番をするのである。

ところが、ここにひとつのからくりがあった。火事で妓楼が焼ければ、廓《くるわ》の外での臨時営業が認められ、この場合、幕府に納める税はすべて免除される。吉原での一日の売り上げは、およそ千両といわれ、幕府は吉原火消を結成させたのだが、この吉原火消、楼主たちが口をつぐんではいるものの「燃えれば儲《もう》かる」ため、真《ま》っ当《とう》な火消が選出されるはずもなく吉原の出来の悪い者や、あぶれ者を雇って数合わせをしているものだから、まともな消火活動は望むべくもない。適当に火に当たることの口止め料が含まれているので、俸給だけはいい。

その中で幇間《ほうかん》だった矢吉は、妹を吉原の火事で失い、自ら吉原火消に志願したのだという。そして、そんな中、花菊を救ってくれた彦弥に是非《ぜひ》援《たす》けてもらいたいことがあるという。それは、この頃、吉原では、数日おきに不審火があり、その犯人を彦弥に捜し出してもらい、本当の火消の姿を示して欲しいというのだった。

　源吾は、彦弥をはじめ、チームをつくり、すぐさま吉原へと乗り込むが――。

　この一件、幕閣のさる筋の意向や、奉行所から火付盗賊改方《ひつけとうぞくあらためかた》までが絡《から》み、物語は、ますます錯綜《さくそう》しはじめる。そして……まだ解説の方を先に読んでいる方はいませんよね。私は先に、このシリーズは、各巻ともかなり本格的な推理小説的要素が絡んでいると記したが、本書においても、六つの火つけに六人の犯人という贅沢《ぜいたく》な設定。この謎《なぞ》ときのくだりだけでもかなりのハイレベルだが、後半、彼らを操った、暗い出生の秘密を持った真犯人が、登場する。

　そして、女郎の実《まこと》と卵の四角はない、あれば晦日《みそか》に月が出る――といわれる中で、下手人にその実を捧げてしまった遊女の悲劇。さらには二度にわたる紅蓮の修羅場《しゅらば》等々、作者の筆致はどこまでも読者の心をとらえて離さない。

　断言するが、ここまで読者の期待を裏切らない、文庫書き下ろしシリーズは、そうそうあるものではない。

　それから、これは、単なる私の妄想《もうそう》なのだが、舞台が同じ吉原、そして、主人公の姓が松永――片や名は誠一郎《せいいちろう》、片や源吾という違いはあっても、実はこの一篇、作者の『吉原御免状』（隆慶一郎《りゅうけいいちろう》）に対する密《ひそ》かなリスペクトなのではあるまいか。

また、こうも思う――私は『吉原御免状』以来、この地を舞台にした作品の中で、これほど面白い作品に出会ったことはない、と。

つまりは、それほど今村翔吾の作品は、読者の愉《たの》しみにあふれているのだ。

夢胡蝶

一〇〇字書評

切り取り線

購買動機（新聞、雑誌名を記入するか、あるいは○をつけてください）	
□（　　　　　　　　　　）の広告を見て	
□（　　　　　　　　　　）の書評を見て	
□ 知人のすすめで	□ タイトルに惹かれて
□ カバーが良かったから	□ 内容が面白そうだから
□ 好きな作家だから	□ 好きな分野の本だから

・最近、最も感銘を受けた作品名をお書き下さい

・あなたのお好きな作家名をお書き下さい

・その他、ご要望がありましたらお書き下さい

住所	〒				
氏名		職業		年齢	
Eメール	※携帯には配信できません	新刊情報等のメール配信を 希望する・しない			

この本の感想を、編集部までお寄せいただけたらありがたく存じます。今後の企画の参考にさせていただきます。Eメールでも結構です。

いただいた「一〇〇字書評」は、新聞・雑誌等に紹介させていただくことがあります。その場合はお礼として特製図書カードを差し上げます。

前ページの原稿用紙に書評をお書きの上、切り取り、左記までお送り下さい。宛先の住所は不要です。

なお、ご記入いただいたお名前、ご住所等は、書評紹介の事前了解、謝礼のお届けのためだけに利用し、そのほかの目的のために利用することはありません。

〒一〇一‐八七〇一
祥伝社文庫編集長　清水寿明
電話　〇三（三二六五）二〇八〇

祥伝社ホームページの「ブックレビュー」からも、書き込めます。

www.shodensha.co.jp/bookreview

祥伝社文庫

夢《ゆめ》胡蝶《こちょう》　羽州《うしゅう》ぼろ鳶組《とびぐみ》

平成30年8月20日　初版第1刷発行
令和7年7月15日　第11刷発行

著　者　今村《いまむら》翔吾《しょうご》
発行者　辻　浩明
発行所　祥伝社《しょうでんしゃ》
東京都千代田区神田神保町3-3
〒101-8701
電話　03（3265）2081（販売）
電話　03（3265）2080（編集）
電話　03（3265）3622（製作）
www.shodensha.co.jp
印刷所　堀内印刷
製本所　ナショナル製本
カバーフォーマットデザイン　中原達治

Printed in Japan ©2018, Shogo Imamura ISBN978-4-396-34448-1 C0193

祥伝社文庫の好評既刊

今村翔吾　火喰鳥《ひくいどり》　羽州《うしゅう》ぼろ鳶《とび》組

かつて江戸随一と呼ばれた武家火消・源吾《げんご》。クセ者揃いの火消集団を率いて、昔の輝きを取り戻せるのか⁉

今村翔吾　夜哭烏《よなきがらす》　羽州ぼろ鳶《とび》組②

「これが娘の望む父の姿だ」火消としての矜持を全うしようとする姿に、きっと涙する。最も〝熱い〟時代小説！

今村翔吾　九紋龍《くもんりゅう》　羽州ぼろ鳶《とび》組③

最強の町火消とぼろ鳶組が激突⁉ 残虐な火付け盗賊を前に、火消は一丸となれるのか。興奮必至の第三弾！

今村翔吾　鬼煙管《おにきせる》　羽州ぼろ鳶《とび》組④

京都を未曾有の大混乱に陥れる火付犯の真の狙いと、それに立ち向かう男たちの熱き姿！

今村翔吾　菩薩花《ぼさつばな》　羽州ぼろ鳶《とび》組⑤

「大物喰いだ」諦めない火消たちの悪あがきが、不審な付け火と人攫いの真相を炙り出す。

今村翔吾　夢胡蝶《ゆめこちょう》　羽州ぼろ鳶《とび》組⑥

業火の中で花魁《おいらん》と交わした約束――。消さない火消の心を動かし、吉原で頻発する火付けに、ぼろ鳶組が挑む！